吉時當嫁 3 完

文創風 743

杜若花 著

目錄

第四十一章

林語妍這一次是快刀斬亂麻，一回王府便喊來齊津章，哭天喊地的嚷著要齊津章娶妻，若不然立刻便要死在他跟前。

齊津章不耐煩，從前母親就是這麼做，還一心想把林家表妹林添添娶進門，他藉口遊歷才躲了過去，如今回來不過三個月，母親又要來這麼一遭。

林語妍也是怕兒子轉頭又遊歷去了，一走就是兩、三年，當下只說道：「你若是心中還有母親，便接受了，不然你只要出了國公府，我即刻死在你跟前，說到做到！左右燁王府就你一個兒子，你不肯娶妻生子，燁王府沒了後，我與你父親活著還有什麼意思？」

說起來林語妍心中也是委屈，她林家的女兒嫁出去，無不是多子多孫，可她只生了齊津章便再生不出來了，之後又給燁王納了數個美妾，竟還是生不出來。最後太醫一查，原來是燁王一次離開洛城替先皇辦事的時候，無意間中了毒，那毒雖然早就治好了，卻是再不能有後了。於是整個燁王府，就齊津章這麼一個獨苗。

齊津章見母親不是尋死覓活，而是當真決然，便也不敢放肆，只吶吶的問道：「母親這意思，是有看中的？」

林語妍聽得兒子轉圜的語氣，馬上恢復溫柔，拉著兒子的手說道：「永寧侯嫡長女、小公主義女，興德郡主顏碧彤。」

齊津章皺著眉頭思索一番，他對女孩子不甚關注，著實想不起來這位姑娘的模樣。

林語妍又笑道：「你三年沒有回來，肯定是不記得她了，她如今十四歲了，整個洛城再找不出比她更美的人兒了，娘也不逼你，你自己找個機會去瞧一瞧，保准中意的。」

齊津章心中翻了個白眼。保准中意？這還不是逼他？到時候他若是說不中意，只怕娘又要哭喊著抹脖子吧……但嘴裡也只有應承下來，心中琢磨著不如依了母親，娶個合適的女子進門。不過既然要娶女人，總得娶個性子稍稍相合的，或許自己還肯接觸一二。

這樣想著，齊津章心中就浮現出四年前長公主宴會上，那個撫琴〈漁樵問答〉的女子，他心中浮出一絲難過。回過神凝眉想一想，當日那個女子，好像就是永寧侯顏家的，不過並不是興德郡主，而是她族姐。只不曉得她那族姐，如今是否已經定了人家。

第二日，齊津章便尋了顏家瀚彤，從前一個是王府世子，一個是侯府嫡長孫，倒也曾一同說話。如今瀚彤身分低了這麼多，見齊津章回來也不曾嫌棄，依舊尋他做耍，心中自是感激不盡。

齊津章帶著瀚彤吃了一頓酒，閒聊了許久，方切入正題問道：「瀚彤，聽聞你的親事有結果了？」

瀚彤臉上的笑意稍斂，他與慧公主的親事只是兩方說好了，要等他出了孝期才能定下來，但到時候可就不只是定下來，而是連同婚事都打算在年底前搞定了。他不喜歡慧公主，可祖母與父親都說了種種理由好處，他不得不從。

此刻齊津章問起來，他心中不高興，也不敢表露出來，只說道：「沒多久我便要出孝期了，到時候才算真正定下來。」

齊津章並不感興趣，只說道：「你如今也十七歲，該定下來了。你都不曉得我母親，天天拿著剪刀對著自己，我若是不應，便要抹了脖子……」

這樣說了，他又有些不好意思，好似他多不樂意娶親。雖然他的確不願意，但如今對人家妹妹有想法，總得表現得熱情些吧？便咳嗽兩聲問道：「對了，聽聞你家裡還有個妹妹，也到了歲數，她應當也定下人家了吧？」

顏瀚彤打量了他一眼，見他目光躲閃，心中琢磨，難道燁王世子對妙彤有了心思？不過家裡早就決定好了，妹妹將會是廉廣王妃，將來還會登上高位。如此看來，燁王世子妃的位置，當然是不夠看了。

他堆著笑點頭說道：「世子說得不錯，我妹妹她也定了人家，待到出了孝期，便會定下來……我妹妹是女兒家，與我不同，這樣的事情自然不能現在說出來。」

燁王世子耷拉著腦袋，只聽到說那顏家妙彤已經定了人家，沒聽他後面解釋的語言。心中便想著，不如去瞧瞧那顏家碧彤吧？既然是妙彤的族妹，說不準性情一樣，也喜歡這等閒情逸致呢？

瀚彤瞧著燁王世子的模樣，很是惋惜，可惜他只有妙彤一個嫡妹，若曼彤是嫡出，做個世子妃也很不錯呢。

五月初，辰王齊培熙回洛城了，自從前年初，他與董氏合謀陷害碧彤不成，反倒與董氏那老貨有了首尾之後，便自己心虛出城玩了兩年。

聽到辰王回來的消息，董氏是驚恐萬分，當年她出了那樣大的醜，雖然被顏顯中一力壓了下來，對外只說她受了驚嚇病倒了，可是當天的一切卻如同噩夢一般困擾著她。

顏顯中死後，她假裝那一切都不曾發生，可如今辰王竟然回來了，叫她勾起了一切可怕的往事。更重要的是，當日知情的顏浩軒是自己兒子不打緊，顏浩宇卻已經與她離了心，只怕如今顏浩宇，也想起了當日她的不潔之事。

董氏陰沈著臉，思索著自己應該趕快行動，除去顏浩宇這個知情者，不然萬一哪一天，他將這等醜事公諸於眾，豈不是叫她活也活不了？只怕不僅活不了，還要帶累軒兒和宮裡的金枝。

只是董氏沒有想到，辰王竟不知道流言可畏，還下帖子要登門拜訪，說是祭奠舊友顏顯中。洛城無人不知，辰王暴戾，而顏顯中乃一代忠臣，這二人談何舊友之說？

顏浩軒接了辰王的帖子，想推拒也是不敢的，只能硬著頭皮迎他入府。然而沒客套兩句話，辰王便要求探望故人之妻董氏。顏浩軒敢怒不敢言，只好硬著頭皮派人通知一聲，帶著辰王來到暮春院。

因來得匆忙，正遇見妙彤準備回自個兒院子。

顏浩軒耐著性子介紹一番。「這是下官長女妙彤，這是辰王。」

妙彤見著面前這位肥胖的老人，倒也沒做他想，恭敬的行禮問安，便自己走了。

待到了暮春院，董氏強打起精神，特意戴了不少金玉頭面，顯得氣勢足些。

辰王瞧著面前這個滿是皺紋、皮膚坑坑窪窪，滿頭黃金玉飾壓著，叫人擔心她的頭會不會被壓斷的老女人，想到自己曾經與這麼個醜貨有肌膚之親，胃裡直犯噁心，真想跳起來將這女人砍殺了才好。

而董氏的心情更是複雜，她第一任丈夫是個病秧子，身虛體弱，但是因為年輕，面皮白淨，倒是極好看的。而她嫁給顏顯中的時候，他已經三十好幾歲了，雖然不年輕，且因為常年勞碌，瞧著更顯老一些，但是他有一早起來打套拳的習慣，身材是極好的。

眼前這個辰王，面皮雖然白淨，可是跟一團發麵饅頭似的，看著倒胃口，而他那胸脯上垂到肚子上的肉，可比女人的還要大上許多，真是難看至極。

兩個都恨不得將對方捅出個洞來的人，虛與委蛇的說了些客氣話。

最後是辰王覥著臉說出了今日的來由。「原先妳可是說過的，要將妳那三孫女送給本王享用，本王沒享用成，還替妳家給一力隱瞞了，如今是不是該連本帶利收回來了？」

董氏聽他說起過往，心中更不愉快，沈著臉說道：「當日我們都是著了那妖女的道，你若是要報仇，盡可找那妖女去。」

辰王冷哼一聲說道：「妳這是想推卸？當初我可是與妳說好的。」

董氏忍著氣，想著面前這個人不可以得罪，於是問道：「你想要什麼？」

辰王說道：「本王夫人過世多年了，一直未曾續娶，妳那三孫女尚未訂親，正合本王的意。」

辰王早年也是娶過親的，不過他不是憐香惜玉之人，不到一年多，他那王妃便一根繩子懸了樑。王妃死了之後，再沒有好人家敢把自己女兒嫁給他了。辰王本就不是常人，只喜歡十歲樣子的男女，直到這些年年紀大了，才慢慢也能接受二十歲上下的了。

如今他一開口，竟是要娶碧彤為王妃。自然他也不是真心想要王妃，而是恨極了她，想要娶了來使勁磋磨，以洩心頭之恨。

董氏搖頭說道：「王爺您不知道，如今已經分了家，我那長子與我也已離了心，那妖女的婚事，不是我能做主的啊。」

便是未曾分家，她要是敢將碧彤說與辰王，只怕顏浩宇要拉著她拚命才是，更別提如今碧彤後頭還有小公主與齊家做後盾。

董氏與顏浩軒本以為辰王會繼續糾纏，哪想辰王微微一笑，說道：「妳說的不錯，我也打聽過了，那顏家碧彤，後面的靠山大得很，本王自也不敢輕易得罪。」

董氏與顏浩軒對看一眼，都不明白為何他這麼輕易便放棄了。

辰王繼續說道：「既然惹不起，本王也只能退而求其次了。剛剛過來的時候，瞧著那姑娘，是妳家長女對吧？她那模樣，本王也甚是喜歡，便叫她做本王的王妃吧。」

董氏急了，忙道：「王爺，那可不行，妙彤她已經定了人家。」

辰王摸著下巴獰笑道：「休要唬本王，本王可是查清楚了，你們顏家女兒，只一個定了親事，其他女兒都沒有訂親。怎麼，這長孫女的母親早就死了，妳還要說做不了她的主嗎？」

董氏又氣又急，結巴半晌說道：「妙彤因還在孝期，其實已經訂好了人家……」

辰王冷臉哼了一聲。「那隨便妳，既然捨不得孫女，那便捨了妳自個兒吧。反正妳家當家的已經死了，當初的醜事我可不怕被人知曉了。」說罷，一撩長衫，轉頭就走。

顏浩軒著實不想理這個無理的混蛋，但又擔心他在院子裡亂轉，直接抓了妙彤回去，那可不得了。於是急忙跟上，到了外頭，二人都收起臉上的怒色，揮別離去。

顏浩軒一路走回暮春院，心中著實生氣。想到那個可以做他長輩的辰王，陰笑著喊他岳父大人，真是噁心至極。

回到暮春院，董氏已經摔了好幾個古董花瓶了。

顏浩軒心疼的抱住董氏手中那個最大的，說道：「母親、母親，不能這樣了，這花瓶可值不少銀子呢！」

董氏看了眼花瓶，倒是忍下來，由著顏浩軒將花瓶擺回原處。悠悠的嘆了口氣。「你母親老了，看誰都走眼。說起來咱們如今過的什麼日子？還要靠那一家接濟，你瞧你那大哥每次送東西的模樣，跟施捨一樣……本想著夢彤膽子小，嫁到商家去，也能弄不少的銀子，偏她竟有了旁的心思。」

顏浩軒勸慰道：「別氣了，母親，反正沒有夢彤，還有綺彤呢，老三不敢反抗的。」

董氏嘆了口氣，又說道：「如今怎麼辦？母親自個兒倒是不怕，大不了抹了脖子去。可那件事情若是被暴露出去，你和金枝往後可怎麼辦啊？」

顏浩軒眼眸一閃，若是被人知道他曾經陷害過侄女，只怕如今的位置都保不住了。他低頭思索一番，伸手扶住母親說道：「娘這是哪裡的話？您做的這一切都是為了兒子，這個時候，兒子如何捨得叫妳再受這些累？」

董氏猶豫著問道：「可是妙彤……妙彤……」

顏浩軒咬一咬牙說道：「妙彤是兒子的女兒，您是兒子的母親，兒子得為您考慮啊。」

董氏淚流滿面，抱住顏浩軒哭喊道：「我的兒啊！你大哥是個養不熟的白眼狼，你妹妹如今身處高位，只顧著自己。只有你最有孝心，懂得心疼娘。」

顏浩軒冷冷的任她抱著，心中卻很是不耐煩。若不是如今大哥還沒有被拉下馬，很多事情尚需要母親去做，他還真不願這個失貞的母親活在世上呢。

董氏與顏浩軒商量著，這件婚事自然不能明媒正娶，只能想法子讓妙彤在辰王面前失了身，而且一定要讓旁人瞧見他們顏家是不得已的。

偏偏這件事叫瀚彤知道了，瀚彤氣得與顏浩軒大吵一架，直言他為了自己的位置賣兒鬻女。顏浩軒罵了他一頓，又告知他姑母打算讓五王爺娶碧彤了。

瀚彤都不知道自己是怎麼回院子的，原來表哥並不打算娶妹妹了，他們顏家二房怎麼樣都不可能恢復從前的輝煌了，而他……很可能一輩子都要受那個刁蠻的慧公主的氣。

想著想著，瀚彤就想到了燁王世子，齊津章雖然也是旁支，且他屬於辰王孫輩。但他年輕，而且燁王府可比辰王府乾淨多了。既然妹妹不能做五王妃，嫁給燁王做世子妃，總比辰王妃要好一些。

沒過幾日，出了孝期的妙彤在去永寧侯府找堂妹們的途中翻了馬車。正好燁王世子路過，為了救妙彤，他手臂受了不小的傷，於是燁王妃火速去顏府定下了這門親事。

待齊靜收到燁王妃送的諸多禮物的時候，燁王世子與妙彤的婚事已是板上釘釘了。

青彤莫名其妙的翻著那些禮物，問道：「母親，這非年非節的，難不成他們燁王府禮數這樣多，要娶大姊姊，還往我們這裡多送禮啊？」

齊靜看了眼碧彤，想著一雙女兒都大了，碧彤也該早些訂親，說一說也無妨了。便解釋說道：「從前給妳定下的時候，是想給妳姊姊定燁王世子的，不過當時妳們祖父和父親覺得世子混玩了些。後來想是妳們舅母與燁王妃通過氣，叫她好生約束燁王世子的，如今燁王世子迅速定了親，這些禮，想來是燁王妃自己不好意思吧。」

青彤撐著腦袋想一想，說道：「說起來，燁王世子倒也真是合適，可惜被大姊姊搶了先。」

碧彤瞪了她一眼說道：「合適什麼？妳沒聽母親說嗎？祖父與父親都不是很滿意呢。」

青彤忙說道：「可是姊姊，妳是郡主，妳將來的夫家，肯定不能比我差吧？但整個大齊，可沒幾個身分比得過表哥的呢。除了燁王世子，便只有四王、五王了，或是藩王子孫輩。」

齊靜倒是笑起來說道：「妳們祖父當時是不願意妳姊姊嫁到皇家的，實際上就母親看來，身分並不重要，只要人合適便成了。如今妳們也出了孝，抽個空，我帶碧彤去小公主府上，跟小公主商議商議。」

碧彤心中只琢磨著，果真那燁王世子是為了那首曲子，上一世林添添，這一世的妙彤都是彈了那首曲子才得了燁王世子的眼。碧彤彎起了嘴角，妙彤，這一世怎能叫妳那麼快活呢？

碧彤回過神問道：「母親，我突然想到林添添了，好似她現在還沒有定下人家吧？」

齊靜回答道：「本來是沒有定下的，不過前日倒是聽說了，長公主瞧好了人家，是定遠侯庶子，就是妳義母夫家的侄子。端午前，唐家庶子回洛城探望唐太妃娘娘，順道去小公主府探望，正好遇著長公主帶著齊安郡主也去了小公主府，齊安就瞧中了。」

碧彤凝神想了想，上一世唐家避世，到她死的時候，都沒有回洛城的消息，這個唐家庶子，她更沒有聽說過，也不曉得林添添將來是好是壞了。

青彤有些吃驚問道：「唐家庶子？配齊安郡主？」

齊靜明白，青彤是想說這歷程竟與當年的小公主相似，便笑道：「聽聞長公主很是滿意，我知道妳們與齊安郡主關係好，難免擔心。不過妳們也別擔心了，誰說庶子位低便是不好呢？」

碧彤忙點點頭說道：「不錯，就算地位不高，只要待林添添好，便是最合適的。」

未等齊睿、青彤的親事定下，齊睿便收到旨意，被封欽差大臣，去往懷州巡查。這個消息莫說兩家其他人，便是碧彤也察覺出不對來，他一個武將被封做欽差大臣，去的還是顏家老家懷州，懷州離洛城兩千里路程，實在是遠得很。

這下青彤的親事自是只能等齊睿回來再定了，好在是親戚，倒也不擔心齊家會反悔。

過了大概一個月，碧彤正在屋子裡練字。雖然祖父已經走了，但碧彤依舊每日會練半個時辰的字，也一直記得祖父的話，字如其人，人正，方能字正。

銀鈴輕輕走了進來說道：「姑娘，三房大姑娘來了。」

碧彤有些好奇，自搬到這邊來，雖然綺彤偶爾會尋青彤玩一玩，但似乎有些故意躲開她，向來是不願意單獨與她待在一處的，此刻怎麼主動跑來找她了？

銀鈴又說道：「本來奴婢沒想打擾您，但是大姑娘說要在院子裡看會兒花，順道等一等您……」

這六月中，日頭正毒的時候，在院子裡看什麼花？這綺彤是當真有事了。

碧彤收起練字的紙筆說道：「妳帶她去花廳吧，這樣熱的天，莫要中了暑氣才好，我這便過來。」

碧彤淨了手，來到花廳，見到綺彤雖然在喝茶，眉間卻有一股鬱色。

她瞧見碧彤進來，立即笑起來說道：「三妹妹來了？是姊姊的不是，這大熱天的，還來叨擾。」

碧彤只笑了笑，心知綺彤這副樣子，定是有事相求了，便對著元宵說道：「妳們先下去吧，我與二姊姊要說會兒私房話。」

元宵領著小丫鬟們離去了，綺彤的丫鬟也乖覺，立刻跟著走了。

碧彤方對著綺彤笑道：「二姊姊，無事不登三寶殿，妹妹知道妳是有事相告，咱們既是姊妹，便也不消講究那麼多了，我瞧著妳似乎很是著急的模樣。」

綺彤見碧彤這般直接，倒也鬆了口氣，叫她拐彎抹角的說些客氣話，再繞到正題上頭，以她如今的心情，如何做得出？此刻便低聲說道：「三妹妹，我也是沒有辦法，想著三妹妹向來聰穎，法子比較多，這才來求一求妳的……」

第四十二章

碧彤知道綺彤雖然是三叔的女兒，卻向來不喜巴結討好的，此刻竟這般言語，想來是當真遇到難事了，忙問道：「二姊姊哪裡的話，我們既是姊妹，又說什麼求不求的，只要能幫得上忙，我一定會盡全力的。」

綺彤卻只一滯，眼神飄忽不定，又久久不敢言語。

碧彤皺著眉頭，催促道：「姊姊既然說是來求我的，又何須這個樣子，吞吞吐吐的不說出來，是害怕我給妳捅出去了不成？」

綺彤咬一咬牙，說道：「畢竟是女兒家的名譽……祖母、祖母她要將我嫁給辰王……」

碧彤大吃一驚，辰王?!就是當年與董氏合謀、想要害她的辰王，可是那辰王如今已經六旬了，這樣老的人，董氏怎麼會想要將綺彤嫁過去？這不是搬起石頭砸自己的腳嗎？這麼明顯的賣女之事她也做得出來?!

碧彤猶豫了一下，問道：「定下來了嗎？妳母親也肯答應？」

綺彤搖搖頭，眼淚撲簌簌就掉下來，說道：「是我父親在那邊有人得了這個消息，偷偷來告訴父親……我母親跟父親大吵了一架，我才知道的。可是祖母要做的事情，我們反抗也沒有用……」

綺彤此刻一副心如死灰的模樣，她以前從來不覺得父親是庶子有什麼特別要緊的，直到這時候才明白，若父親是嫡子，祖母怎麼會捨得？哪怕不是親生的，祖母也不敢對她動這樣的心思吧。

碧彤皺著眉頭說道：「也就是說，祖母壓根兒沒告訴旁人，那她是打算偷偷的來嗎？」

綺彤凝神細想一番，說道：「我自己猜測是這樣的，祖母應當是想要我嫁給辰王，弄點好處，又怕旁人戳她的脊梁骨，所以打算先將我與那辰王送作堆……等事成了之後，再過了明路，讓我嫁去辰王府……妹妹，反正我是絕不會去的，若是……若是真有什麼，我立即自盡，絕不苟活。」

碧彤瞧著面前的女子，堅強堅韌，是上一世除了大房外，唯一一個幫過她們的人。靠著她，齊靜才能進宮，才能見到她們姊妹，估計也是因為這件事，讓她夫家整個萬劫不復。為了那一次的情義，她無論如何，都要救她這一回。

綺彤見碧彤不說話，又咬咬牙說道：「碧彤妹妹，我知道，這樣的事情本不應該找妳的。但姊姊實話實說，我這些年看著，也懂得很多異常之處，可妳全都能化險為夷……其實我這些年袖手旁觀，本也沒有資格請求妳幫忙的，偏偏如今我實在是沒有法子，我不想死，我想好好的活著！」

碧彤想不到綺彤會這樣直接。想好好活著，對在閨中無憂的女子來說，是怎麼都不肯宣之於口的，她們都自命清高，動不動就說寧為玉碎不為瓦全，怎麼會說出想好好活著這般俗氣的話來？可是綺彤卻說了，還說得這般直接。

綺彤又低著頭猶豫著說道：「碧彤妹妹，實際上我也想拿什麼跟妳交換，可如今我的情況妳也是清楚的，只怕沒什麼能同妳交換的……我能許諾的，只有將來，將來妳叫我上刀山下火海，我都是樂意的。」

碧彤瞧她連句客套話，說妳能幫則幫，不能幫我不勉強也不願說，果真是個極致的女子。當下笑起來，伸手拍了拍綺彤的手說道：「姊姊先回去吧，總得叫我好生想一想才行吧？」

綺彤猶豫片刻，也明白碧彤說得對，當下點點頭，又用手絞一絞帕子，嘆了口氣轉身出去了。

碧彤細細的串一串這些事，看來妙彤本來應當是嫁給五王爺的，本來她以為妙彤與燁王世子訂親，是燁王世子瞧上了眼，現在想來，只怕是董氏他們在其中起了作用的吧？那辰王不是什麼好相與的人，恐怕前陣子是拿著兩年多前的事情去找董氏算帳，本來應是屬意妙彤的。

碧彤既然決定幫綺彤了，自是很快便想到了法子。皇室中人最是信命，所以洛城佛寺格外多，淨慈寺是小公主最常去的。淨慈寺最有名的，便是從前的方丈淨覺大師，早在二十年前，他便退位將住持讓給自己的師弟，自己則雲遊四方去了。

恰是這一年他回來了，上一世這一年，淨覺大師曾給四王爺齊真輝批命，說他命本已絕，又說他命格奇特。不過那也是淨覺大師唯一一次算錯了命格，上一世的四王爺，到她死的時候都活著呢。

也就是這一次淨覺大師批錯了命，導致整個皇室都質疑他的能力，而他並不在意，只笑著說了句。「佛曰，不可說，不可說。」然後又離開洛城雲遊四方，再不見蹤影。

這一世的淨覺大師，應當是已經回了洛城。碧彤很快便拜訪了小公主，請小公主幫忙約一約這淨覺大師，好幫她的族姐綺彤批一批命。

七月初一，小公主約了永寧侯夫人齊靜，帶著齊靜的兩個大女兒，並還未訂親的三房長女一起去淨慈寺上香。正遇見淨覺大師回了洛城，小公主便央求他為三個女兒家批命。

想是淨覺大師長久漂泊，此刻見了舊人，倒是心情甚好，平日批一命難求的他，竟連著替三個女兒家都批了命。

碧彤、青彤是一樣的命格，兩世貴不可言。綺彤的卻是：狀若浮萍，心若蒲葦，逃不開的飄萍命。

碧彤本意是求那淨覺大師給綺彤批個差命格，叫辰王不喜，沒想到卻是這般差。那辰王乃皇室貴胄，凡事最愛講究，自是不願意娶個飄萍命格的女子做王妃。只是雖如了願，這命格也著實難聽了些，往後綺彤再如何尋旁的人家？

綺彤卻不甚在意，反倒安慰說她只要不入那辰王府，便是做姑子也是高興的。

七月十五，曼彤出門被歹人劫走，據說差點被剝了衣衫辱了清白，幸而遇到辰王相助。雖然曼彤保住清白，但終究被人捉了去，這想要尋親事，卻是不能了。

辰王此時下聘，直言將娶曼彤為王妃，惹得洛城上下竊竊私語。

一說那辰王是故意的，看中顏家女兒模樣好看。又說那曼彤乃顏家庶女，嫁做王妃也屬高攀。還說顏浩軒此人好鑽營，一雙女兒都嫁到皇室旁支，長了又要做駙馬爺了。

不過那些最愛咬耳朵的婦人們，幸災樂禍地偷偷笑話著，顏家三門親事，除了長女妙彤，另兩門可不都是笑話了嗎？

八月十五中秋節，顏浩宇是要陪著齊靜一家子過個團圓節的，因此八月十四的晚上，他便去了顏府陪一陪董氏。

想是春節的時候，洛城流言紛紛，董氏如今也不敢再有什麼小動作，只是越發和善，一心一意的當個好母親，對著顏浩宇噓寒問暖，倒叫顏浩宇記起，兒時母親對他有求必應的場景了。

顏浩軒在一旁又是流淚又是傷心，直說從前做下那許多混帳事，如今都報應到兒女頭上，又幾欲下跪求大哥原諒。顏浩宇幾杯酒下肚，瞧著從前慈愛的母親、聽話的弟弟這般模樣，哪裡還想得起來他們做下的壞事？

董氏又長嘆一口氣說道：「母親知道明日您要陪靜兒和孩子們，畢竟成了家，那才是你真正的家。只是母親實在覺得冷清，你父親走了，母親也不曉得還有幾日好活了，今晚你便晚些回去可好？母親再整一桌子席面，咱們娘兒三人，好生說會兒話。」

顏浩宇哪裡聽得如此傷感的話語，當下點頭說道：「母親自會長命百歲，母親放心，兒子雖然不在您身邊，但是無時無刻不記掛著母親，今夜兒子便與二弟暢飲一番，不醉不歸。」

顏普、顏通二人聽了，急忙在後頭拉顏浩宇的衣衫。

董氏見狀說道：「你二人服侍侯爺也是辛苦，今日便也整一桌席面給你二人去吃一吃吧。」

顏普忙恭敬的推拒道：「多謝老夫人，奴才們怎有資格吃席面？自是應當隨侍在侯爺跟前的。」

董氏愣怔片刻，頗有些失落的點點頭說道：「那……待你們回侯府再吃也是一樣的。」

顏浩宇心中一軟，自己這般防著母親，母親只能如此小心翼翼，便是對他身邊人，也不敢用命令的語氣了。他想左右靜兒孩子們都是安全的，便揮一揮手說道：「顏普、顏通，既然老夫人說了，你們便也去吃一吃吧，我這裡反正也無事。」

顏普機靈，立刻說道：「侯爺，咱們不餓，您安心吃便是了，咱們在旁邊，也不打擾你們。」

顏浩宇一瞪眼說道：「我不過是陪你們二爺吃一吃酒，有什麼要緊的？快去，別擾了我們。」

顏普、顏通只得跟著董氏的嬤嬤轉身去了下房，而後便來了一個顏浩軒的隨從陪著他二人一起吃酒。

顏府外院，瀚彤正陪著四王爺、五王爺二人。

原來雖然慧公主與瀚彤已經定好了親，董太妃也不能徹底放心。想著齊紹輝與瀚彤是表兄弟，比她與顏家的關係更親近，便央他去幫著瞧一瞧瀚彤的人品。又想著萬一齊紹輝維護自己的表弟，叫慧兒吃了虧可怎麼好？便又央了齊真輝一起去幫著瞧。

瀚彤與齊紹輝的關係一向可以，而且紹輝為人溫和，他自是不怕的。但那豫景王是皇太弟，又曾做過殺伐決斷的刑部尚書，著實叫他害怕。

齊真輝自己倒是沒多大感覺，他不喜歡那個便宜妹妹，所以對面前這個妹夫也沒多大感覺。只閒閒的說著話，細細瞧了瀚彤幾眼，好回去對董太妃交差。
不過他倒是想到，那個便宜妹妹今年才十七歲，因一直沒定下人家，太后與董太妃就急成這般模樣。可見他若是真找著滿了十八歲還未曾結婚的，多半都是有問題的吧？
齊真輝腦中浮現出顏碧彤的模樣，雖然他覺得自己對那個女孩子沒什麼意思，偏皇兄就認為他是瞧中了那個女孩子。一個才十四歲的黃毛丫頭，他怎麼可能喜歡？不過那女娃長得還真是好看吶，不然乾脆就……定下這個？
齊真輝不自覺的摸著下巴，他已經十九歲了，在現代他可是二十五歲的正常青年呢！說起來他穿過來已經「吃素」了這麼久，雖然他那便宜媽老早就想送他兩個暖床的，但他過不去那個坎啊……他可沒想過要三妻四妾，總覺得道德上不允許。
所以，他肯定是得娶媳婦的，那個顏碧彤長得很不錯，很是符合他對媳婦的想像。就是太聰明了點，他理想的媳婦最好是膚白胸大腿長，腦袋瓜笨一點，床上功夫好一點的。上次他抱過那個顏碧彤，乾扁乾扁的，個子還矮，不曉得現在長了兩歲，長大了點沒……
齊紹輝只瞧見自己那四哥，對著自己的表弟，一邊摸著下巴，一邊發出淫蕩的微笑。嚇得他心臟怦怦直跳，他自是知道許多男子喜歡男子，稱作斷袖，但沒想到原來自己四哥是個斷袖啊。他與皇兄那般親密，不會……兩人有個什麼吧？
這樣也好，若當真如此，到時候他把消息散布出去，那奪位豈非不費吹灰之力？

可憐的瀚彤，抬眼就瞧見面前兩個王爺都帶著古怪的微笑瞧著他，直嚇得眼淚都快出來了。

不多時，四王、五王便相攜告辭，準備離去。剛出了院子，便見著幾個人扶著兩個隨從模樣的人，往客房走去。二人都有些詫異，既然是隨從，怎會迎到客房？

瀚彤解釋說道：「這是我大伯身邊的隨從，估摸著喝醉了酒，祖母心疼大伯，對他身邊得臉的下人也是很好的。」

齊紹輝有些莫名其妙的問道：「隨從不隨侍在一旁，怎的還敢喝醉酒？大舅父這是尋的什麼下人？」

瀚彤笑道：「明個兒是中秋，大伯他不在這邊過，今日過來陪祖母。想是吃酒吃得高興，便賞了下人。」

齊紹輝點點頭，倒也沒說什麼，跟齊真輝一同走了。

待兩人分開之後，齊真輝轉身又往顏府的方向走去。

隨從問道：「殿下，您這是要上哪兒去？」

齊真輝笑道：「哪來那麼多話？你主子我做什麼，你便跟著。」

見著隨從唯唯諾諾的樣子，他心裡有些高興。他是現代人，在那裡講究人人平等，剛來這裡的時候，他非常不習慣。可是現在，他早就接受了這一切，封建社會本來就是不平等的。

他本來也想當那個救世主，但這些年的生活叫他明白了，大齊是一個弱小的國家，弱肉強食，便是這個時代最好的寫照。他目前的能力，只能儘量輔佐皇兄，叫這個國家繁榮昌盛起來，只有這樣，那些百姓，甚至這些奴僕才能過上好日子。

方才老五和那顏家長子說的話，他是記住了。可他不相信顏家長子的話，身為隨從明明應該時刻警戒，那兩個隨從都醉醺醺的，肯定不正常。

再加上這個永寧侯爺是顏碧彤的父親，既然他決定娶這個女孩，那麼侯爺將是他的岳父了。那顏家老夫人當年可是害過他的小妻子的，說不準今天就要害他的岳父大人了呢。

齊真輝帶著隨從偷偷潛入顏府，二人分頭尋了一番，很快便找到了，那顏浩宇躺在內院的房間裡，看擺設還很不錯呢。

不過齊真輝一進去便聞到一股異香，他冷笑一聲，這董氏害人的步數怎的都一個樣？上次害那顏碧彤也是用香，這次害他岳父大人還是用香。

齊真輝眼骨碌一轉，輕聲對侍從說道：「去弄暈顏家二爺，將他丟到這裡來。」

自己便上前去拉顏浩宇，偏他喝得實在是太多，根本拉不動。齊真輝心中莫名升起一股氣，難怪你女兒那般機靈，原來是你這般不著調，輕易就中了人家的圈套，若她不機靈謹慎，只怕一家子都被人賣了，還要替人家數錢。

這樣想著，齊真輝乾脆扛起顏浩宇，稍稍尋了尋，將他扔到院子角落下人用的茅廁裡去了。

安置好了顏浩宇，齊真輝便回了正房，略略收拾了下，待隨從氣喘吁吁的扛著顏浩軒回來，二人將顏浩軒放到床上，又將香爐裡的香撥弄開，讓香味愈加濃烈，便悄悄的出了房間躲在一旁。

隨從緩了口氣才說道：「主子，這顏二爺都不用奴才弄暈，他喝的酒可不比那侯爺少呢！不過他實在是重，若非此刻天色晚了，他那院子裡沒什麼人，我還未必能將他弄來。」

齊真輝笑著拍拍隨從的頭。這個隨從的本事他是明白的，累得這樣氣喘，想來的確是受了些波折。便笑道：「回去爺多給你些賞錢。」

那隨從忙堆著笑說道：「能為主子辦事，是奴才的榮幸，怎能要賞錢呢？」

齊真輝正要笑他油嘴滑舌的時候，便瞧見一名女子，提著一盞燈籠，妖妖調調的走了過來。

齊真輝冷笑著搖搖頭，這女人一看就不是什麼好東西，若顏浩宇當真著了道，這女人可就飛上枝頭了，聽說那永寧侯爺身邊可是連個通房都沒有呢。

他這點倒是不錯，乾淨得很。齊真輝想一想，又悄悄去將顏浩宇移到茅廁外頭去了。等他再回來，便看到自己的隨從扒在窗戶縫上，努力的往裡頭瞧著，裡頭傳來男女糾纏的嗯啊聲。

齊真輝藉著月光也能瞧見自己隨從的臉有多紅，當下便敲了他的頭說道：「好看嗎？」隨從嚇了一跳也不敢大叫，只委屈的捂著腦袋說道：「黑燈瞎火的，奴才啥也看不到。」

齊真輝摸摸下巴，這個隨從也有十八歲了，跟著自己倒是吃素這些年。自己是不願意亂吃，但總不能壓著下人，也不准他開葷吧？便想著明天給他找個合適的丫鬟得了。

董氏早差人去了侯府，說是顏浩宇喝多了，將在顏府留宿一晚。

碧彤聽說了卻是擔憂萬分，一整晚輾轉反側不能入眠，天還未亮，便爬起來帶著元宵，要回顏府去瞧瞧情況。

齊靜怎敢讓她一人過去？當即起身喊了青彤起來看孩子，自己則帶著碧彤回了顏府。

到了顏府，天已經亮了，董氏才將將起來，便聽說齊靜帶著三姑娘過來了。董氏心中冷笑，竟然這般著急，一個晚上也叫她們擔心成這樣子？不過今日倒是要叫妳們大吃一驚，倒要看看齊靜安穩的好日子被撕開了口子，那高傲的性子受不受得了。

董氏親自迎了齊靜與碧彤進來，拉著齊靜的手說道：「靜兒怎的一大早便過來了？可是擔心阿宇？也是母親的不是，昨日與他多說了會兒話，他們兄弟二人多喝了幾杯水酒。」

齊靜撐著笑容說道：「不過是擔心他的身子，連日來他也是累得很。說起來倒是靜兒的錯，這樣巴巴的跑過來……」

碧彤哪裡還顧得上與董氏虛與委蛇，直截了當的問道：「祖母，我父親在哪裡？」

董氏沈了沈臉，心道這碧彤的性子怎麼比之前還要壞？竟這般不耐煩。便鬆了齊靜的手，說道：「妳父親還住在從前的浮曲院，既然妳們這是興師問罪來的，我們便一道過去吧。」

齊靜尷尬的笑了笑，趕緊打圓場說道：「母親，碧彤也是不懂事，您是長輩，莫要與她計較了。她是昨夜裡一直噩夢不斷，今個兒一早便醒了，擔心侯爺醉了酒、著了涼罷了。」

董氏扯了扯嘴角，勉強說道：「碧彤與她父親，還真是父女情深。」

碧彤卻壓根兒不理會，只左右看看又問道：「我父親的隨從呢？我們來了，怎也沒見到他二人？可是在父親身邊？」

董氏壓著心中的不忿，對身邊的楊嬤嬤使了個眼色，楊嬤嬤立刻說道：「喲，三姑娘這也真是的，過來了也沒見著問候一下老夫人，倒是對兩個下人問個不停……」

碧彤立刻瞪向楊嬤嬤，陰沈的目光看了看楊嬤嬤，又看了看董氏，冷冷的說道：「今日我父親若是無事便罷，若有事，我定要叫這顏府眾人不得好死！」

第四十三章

董氏與楊嬤嬤唬了一跳，皆往後退了一步，面前她們看著長大的女娃，彷彿不是個女子，而是一條毒蛇，正嘶嘶的吐著信子。

便是永嬤嬤都嚇了一跳，忙上前拉了拉碧彤，問道：「大姑娘，大姑娘，您無事吧？」

碧彤雙手握拳，捏得緊緊的，這會兒她算是明白了，董氏心中絕對有鬼，不然她說出這樣大逆不道的話，董氏早就指責她了。她後悔不迭，昨夜為何不過來？說什麼太晚了女子不能出門，便是出門了又如何？大不了就是嫁不出去，比起父親來說，她嫁不出去又有什麼要緊的？

到了浮曲院，院子裡一片寂靜。

齊靜此刻也反應了過來，冷笑道：「母親，既然侯爺回來了，您又說安排他住從前的院子，怎的這天都大亮了，竟連個服侍的人都沒有？」

董氏掩飾的咳嗽一聲，她想不到齊靜二人一大早會過來，浮曲院安排的下人，不過是等著待會兒做個見證的，又哪裡是來服侍顏浩宇的呢？此刻只說道：「長久沒人住，這下人都懶懶了，回頭母親一定好好懲罰懲罰。」

齊靜也懶得理她了，因著住了這些年，熟門熟路的，她逕自走進正房，正要推門，突然直覺不對，回頭看了眼董氏，只見董氏正似笑非笑的看著她。

齊靜心中咯噔一下，手放在門上，卻怎麼都不敢去推開。

碧彤看著董氏那張虛偽的笑臉，心一下子沈入谷底。上一世青彤在顏金枝的宮內，就是這樣，就是這樣被醉酒的皇上給侮辱了……

碧彤深吸一口氣，無論如何，她都要去面對，她不僅要面對，還要幫著母親度過這難關。於是她上前伸手，推開了那道門。

外頭的人都屏住呼吸，一眨也不眨的看著門內，門內是外廳，什麼都沒有，不過進到內室，內室的門卻沒有關上，只一道屏風擋在眾人面前。

雖然有屏風擋著，什麼都看不到，但眾人走過來，便聞到一股奇怪的味道。在場的只有碧彤是未出嫁的姑娘，但她也並非真正的姑娘家，這種味道，她是再熟悉不過的。

齊靜的臉白得嚇人，幾欲暈厥，永嬤嬤與碧彤連忙一邊一個扶住她。

碧彤附在齊靜耳邊低聲說道：「母親，此刻不是您暈厥的時候，我們必須打起精神來。父親顯然也不是自願的，有任何事，我們回府再說。」

齊靜聽了這話方回過神，不錯，雖說她的夫君做出這種事情，實在是打她的臉，但不用想，這一切都是面前這個假婆母的計謀，假婆母的心思是昭然若揭，萬不可著了她的道，此刻不能鬧將起來。

董氏已經驚呼起來。「啊，大郎這是怎麼了？這是誰？是誰深夜跑過來？我的大郎喲……」

本來只她們三個主子和三個貼身的下人瞧見，董氏這樣一呼喊，外頭的婆子、丫鬟們俱是聽個清清楚楚，都在一旁竊竊私語。

不過門外卻走進來一個人，大聲回應道：「母親，您說什麼呢？」

眾人一回頭，正走過來的，可不就是她們以為躺在內室的顏浩宇？

齊靜瞅見顏浩宇雖是衣衫不潔、髮絲凌亂，但整個人完好無損，還穿著昨日的衣裳，顯然什麼事情都未發生過，當下喜極而泣，嗚嗚的哭了起來。

顏浩宇尷尬的問道：「妳這是怎麼了？我不過是喝多了，在外頭躺了一夜。這天兒雖是入了秋，但昨夜尚熱，沒受涼，妳莫要擔心了。」

齊靜聽他這樣說，更是鬆了口氣，又有些不好意思，她的夫君在外頭地上躺了一夜，她卻還慶幸。

碧彤上前準備替父親理理衣服，還未曾靠近，顏浩宇便退後一步，輕輕咳嗽一聲說道：「碧彤莫要過來，父親……父親身上酒氣甚重……」

他不說還好，一說，身旁的下人們都忍不住吸氣聞了聞，卻沒聞到酒氣，反而聞到一股散不去的臭氣。

董氏此刻才反應過來，不可思議的指著他，支支吾吾的問道：「你……你……你不是在房內嗎？你、你怎麼會在……會在外頭？」

顏浩宇瞧著母親這猙獰的模樣，心中一突，突然有些不祥的感覺，便也顧不得身上的怪味，上前兩步走到內室前，這下子不用進去，他便知道發生了什麼事情，當下沈著臉看著董氏，冷笑一聲說道：「您還真是兒子的好母親啊……」

董氏忙端正臉色，連連擺手說道：「我、我是……我是說，昨日你喝多了，我明明安排下人帶你到這裡來歇息的……我也是剛過來，不曉得發生了何事。」

顏浩宇也不再不好意思，冷冷的說道：「哼！昨日我可不就是喝多了，也不大記得了，不過想來是半夜想要解手，也不知怎的，就走到南邊下人們用的地方，栽到那外頭醉了一宿。要不是你們鬧起來，我現在還在那熏死人的外頭躺著呢。」

眾人這算是明白，原來顏浩宇是在茅廁外面躺了一夜，難怪身上有一股臭味。

董氏眼神飄移，心中疑惑，既然顏浩宇在外面沒有回房，那房間裡面怎麼會有男女交媾的味道？

如今齊靜也不介意顏浩宇身上的味道，上前用帕子細心的擦著他臉上的髒污。顏浩宇得這少妻細心體貼，心中又是感動，又是欣慰。轉念一想，昨夜什麼都不記得，還好迷糊之間尿急想要去茅廁，又稀裡糊塗跑到下人的去處，不然可不就中了董氏的計。

顏浩宇這般想著，對著董氏，臉色就更難看了，轉頭又瞧著內室，想著自己既然沒有中計，那裡面的人又是誰？便伸手握住齊靜的帕子說道：「夫人，妳且旁邊歇息片刻，這等事情莫要叫碧彤瞧見了，本侯倒要看看，是何人膽敢一同陷害本侯。」

董氏身子一抖，顏浩宇這是認定了自己想要害他，忙辯解。「阿宇，母親當真是不知道啊！今日若非靜兒一大早便來了……靜兒可是天剛亮便到了這兒……」

顏浩宇冷笑一聲，董氏這是病急亂投醫了，竟想將禍水引至齊靜身上。

碧彤生怕父親聽信了董氏的話，忙說道：「爹爹，是女兒昨夜睡不安穩，天未亮便央著非要母親一同過來了。」

顏浩宇微笑著點頭說道：「好碧彤，爹爹知道妳最愛操心的。妳母親心疼妳，怎會叫妳一個人過來呢？」

當下也不再理會董氏，心中著實惱恨，昨夜竟然還相信董氏與二弟是真心悔悟。他心中有氣，捨不得對著齊靜和碧彤撒，又不能對著董氏撒，便也不給屋子裡的人臉面，一腳便將那屏風給踢倒了。

外頭的下人都瞪圓了眼瞧著裡頭，只見衣衫扔了一地，滿目旖旎，那帳子半邊垂下來，能瞧見裡頭若有若無、白花花的軀體交纏在一起。

楊嬤嬤見著這場景，不好意思的撇過頭，正看見一眾下人都勾頭探腦，使勁往裡頭瞧著，當下怒吼一聲。「看什麼看？都給我滾出去！」

下人們不願意走，又不敢不走，只勾著頭盯著瞧，一步一步慢慢挪了出去。

顏浩宇的那一腳，將屏風踢倒在地，也驚醒了床上的兩個人。

女人眉目含情、眼波流轉，尚不清楚情況，只看到顏浩宇站在面前，便嬌媚的喊了一聲。「表哥……」

碧彤遠遠的一看，這不就是當年董氏想要塞給顏浩宇做繼室的柳夢岑嗎？當下便低聲給齊靜介紹說道：「母親，這便是當年，祖母想要給父親做繼室的那位表姑母。父親當初死活不願意，去外祖家求了您回來。」

齊靜好奇的打量那女子，此刻衣衫不整、媚眼如絲的模樣，也只稱得上尚可，夫君見過姊姊那樣的美人，又怎會看得上這種蒲柳？轉念一想，相較姊姊來說，自己這英氣的長相，也只能算是蒲柳了。

顏浩宇自然也是認得柳夢岑的，當下不自覺往後退一步，問道：「妳怎麼在這裡，還不把衣服披好。」

柳夢岑臉帶紅暈的準備去拉衣服被單披上，一低頭，便瞧見床上那眼睛渾濁，也還沒弄清狀況的顏浩軒。
柳夢岑與顏浩軒對視一眼，一齊尖叫起來。「啊……」
二人略略冷靜了一些，又同聲問道：「你怎麼會在這裡？」
顏浩宇還有什麼不明白的，昨夜若不是他尿急，又喝醉了酒不記得淨房就在後頭，今日躺在這裡，與這個不知廉恥的女人糾纏的，可就是他了。
董氏見到顏浩軒，猶如晴天霹靂一般，上前指著他問道：「你不在梨裳院，跑到你哥哥院子裡做什麼？」
顏浩宇聽她只問二弟，不問柳夢岑，更加確定了，原來他的好母親，竟是還想將自己與這所謂的表妹送做堆?!
顏浩軒這才知道，原來不是柳夢岑跑到他床上來了，而是他不知道怎麼到了浮曲院，本應與大哥糾纏的女人，昨夜竟是與他媾和了一夜。
顏浩軒支支吾吾的說道：「娘……我不知道啊，昨夜我與大哥喝酒，喝多了……明明是回了、回了梨裳院……我怎麼會在這裡？」
董氏猛的一回頭，三步併作兩步，走到碧彤身邊，揚起手便要抽她。
齊靜急忙護住碧彤，擋住董氏的手，問道：「母親，您這是作甚？碧彤礙著您什麼事？您這一言不發，上來就要打她？」

董氏厲聲道：「一定是她！是妳對不對？我早就發覺妳有問題了，之前妳害得我與那辰王……今天又害了軒兒……是不是?!」

碧彤冷笑一聲說道：「妳倒是說說，孫女如何害得妳與辰王？又是如何害了二叔？原來在祖母眼中，孫女竟能未卜先知？」

董氏被她一懟，抖抖索索地伸出手，退後兩步，指著她說道：「妳次次逃脫了，妳肯定是妖怪……」

顏浩宇聽出不對來，上前拉著董氏，怒氣沖天的問道：「當初妳是想要害碧彤？」

董氏這才反應過來，趕緊否認說道：「不！不是的，我沒有……」

如今顏浩宇哪裡還會信她？只抓住她的手，又指著柳夢岑說道：「那她是怎麼回事？妳說啊?!」

董氏何曾見過顏浩宇這般凶惡的表情，有些害怕的掙扎了一下，掙脫不開，便又回過頭去對著柳夢岑使眼色。

柳夢岑更是害怕，只硬著頭皮拿出對好的說詞說道：「表哥，奴家傾慕你已久……好不容易得了這個機會，便想著你喝醉了，來照料一下……怎奈、怎奈……」

因她害怕極了，說話也不清不楚的，不過倒讓人聽懂了，昨日是她主動過來，想要服侍他的。

顏浩宇冷哼一聲，丟開董氏的手說道：「可惜沒有如你們的願。」

董氏忙道：「阿宇，我當真不知道啊。我不過是看著她可憐收留了她……哪知道她起了這種心思？」

董氏本來是與柳夢岑說好了，事成之後，董氏便要顏浩宇納她做貴妾。如今董氏竟是想要把她一腳踹開，當下趴在床上嗚嗚哭泣起來。

顏浩宇只覺得噁心，看了看床上還找不著方向的二弟，只想幾拳打過去才好。他眼睛一轉，不願輕易放過這群人，便說道：「事已至此，本侯沒傷沒痛的，不過是在茅廁外面聞了一夜的臭氣，便不追究了。反正二弟沒有正妻，他們郎才女貌倒也登對。」

董氏忙道：「這怎的可以，她這般……這般……」

本想說這般不知廉恥，又擔心若惹怒了柳夢岑，她將所有的事情和盤托出，阿宇又豈會輕易放過他們？便只說道：「她心中只有你啊，阿宇。」

顏浩宇冷哼一聲。「已經與二弟有了肌膚之親，不嫁給二弟，還能嫁做旁人不成？」

董氏見顏浩宇陰沈沈地盯著她，知道自己若是不應，他便不肯善罷甘休，只好想一想說道：「奔者為妾，她主動爬床，自然是不能做正妻的，但軒兒如今你也得對夢岑負責，便納她做妾吧。」

顏浩軒還在兀自琢磨著，他實在不明白怎麼自己會跑到浮曲院來了。

曼彤得了消息，高高興興的走進浮曲院，見到一眾下人遠遠的圍在正房外頭，有幾個膽大的靠得近些，而正房內便是大伯母和碧彤，想來她們都尚未能接受事實，竟不曉得叫下人們散開。這麼多下人看著，大伯父和表姑母做的醜事，很快便能傳揚出去了。

曼彤走了進去，正預備好生嘲笑碧彤一番，便聽見祖母說要父親娶表姑母做妾。她嚇了一跳，一把推開碧彤衝進去說道：「祖母，妳不是說表姑母是個攪家精，要弄到大房去的嗎？怎能讓父親納她進門？」

這話一說，便是將各自的猜測擺到明面上去了，董氏恨不得當場撕了曼彤的嘴。

顏浩宇譏諷的看著她們，冷哼一聲。「從前父親將妳禁足，分家後不要靜兒帶著孩子們回來。本以為是父親嫌妳不潔，原來父親竟是早已看透了妳。」

說完不等她們反應，便回頭對齊靜和碧彤說道：「靜兒、碧彤，這種地方，我們往後便都不消來了。」

顏浩宇回府便病倒了。他以為母親雖然偏心，但想來也情有可原，畢竟他是繼子，二弟是親生子。如今發現母親竟曾經對碧彤動過手，碧彤當時才幾歲啊？接著又自己琢磨許多過往的事情，覺得竟幾乎都有母親的參與，一時間心氣鬱結，便一病不起了。

瀚彤在九月初二的大婚，永寧侯府大房沒有一個人參加，只送了禮，讓三房的顏浩琪參加。廉廣王齊紹輝不僅參加了，便是顏太妃也派宮人送了厚禮。

洛城上下便有了計較了，永寧侯爺一家子，是與老夫人和二房徹底不來往了。本來這種事情會有言官參奏一本，說永寧侯不孝的，但此刻他還躺在床上，且老侯爺臨走前早就說清楚了，分家後除了逢年過節，不要侯爺回顏府的。

而中秋前夜的事情，本來董氏以為萬無一失，尋的便都是些嘴巴大的下人，這會兒是搬起石頭砸了自己的腳，顏府的聲譽算是徹底的毀了。故而也沒哪個言官這麼沒有眼色，不藉機參一本母不慈便算好的了。

十月初六是齊智大婚，顏浩宇此刻的身子已經好轉了些，撐著身子也要去給舅兄家的侄子捧場，於是那一日，侯府大房六口人浩浩蕩蕩的便去了齊國公府。

齊智大婚，國公府卻不甚熱鬧，齊烈是回來了，但齊睿卻沒法回來。

林氏見著齊靜就淚眼汪汪。「只是治理懷州的事情，也不是什麼頂要緊的事兒，怎的他弟弟大婚，他就不能回來呢？若是實在不行，叫他回來了再去也成啊，說起來是他們這一輩頭一個成親的呢。」

原該齊睿先成親，但他被派出去了，本是盼著他一回來便訂親的，偏偏久久回不來。而齊智也已經十八歲了，人家姑娘都十六歲了，說好的滿十五歲便接過來成親，斷沒有再等下去的道理，便只好先叫齊智成了親。

齊靜只好拍著嫂子的手安慰道：「想是他那邊還有什麼重要的事情吧？不然皇上與張國公也不會這般壓著不叫人回來的。今日是智兒的好日子，妳這是娶媳婦，不是嫁女兒，可不能掉眼淚啊。」

林氏抹了抹眼淚，瞧著碧彤、青彤，頗有些不好意思，說道：「自從妳們敏兒姊姊遠嫁，舅母這身邊連個知心人兒都沒有。本來盼著妳們出了孝，可以……可以走動了，偏偏妳們表哥又出門辦事……」

青彤紅了紅臉，碧彤挽住林氏的胳膊說道：「舅母，您若是想我們，我們日後便經常來陪您可好？」

林氏忙笑道：「那好，我啊就是喜歡妳們，巴不得妳們天天陪著我便好。」

碧彤調皮的看了青彤一眼，笑道：「日後自是有機會的，青彤可不就要日日陪著您了？」

青彤一跺腳，生氣的說道：「姊姊……母親，您也不管管，這小蹄子淨胡說。」

齊靜與林氏便都哈哈笑起來，碧彤做了個鬼臉說道：「姊姊我怎的就胡說了呢？妳問問母親，母親定也是這般想的呢。」

青彤又跺一跺腳，說道：「妳還說？我……我不理妳了！」

說罷轉身作勢要跑，誰知一轉頭就撞到一個人懷中。

青彤抬起頭一瞧，這可不就是當年救了她的那個男子，男子正皺著眉頭看著她。

林氏與齊靜已經下拜。「皇上長樂無極，殿下長樂未央。」

原來那人是皇上，旁邊站著笑得開心的正是豫景王。

碧彤忙也行禮問安，而青彤依舊一臉吃驚的看著，半天才反應過來。「是你……你是皇上？」

碧彤急忙上前拉了青彤一把，說道：「青彤，這是皇上和豫景王，還不行禮？」

青彤才反應過來，下拜行禮。

齊明輝卻只皺著眉頭瞧著她們，似乎很不高興的模樣。

林氏心中一著急，難道是剛剛抱怨皇上不叫睿兒回來的話，被他聽到了？這可如何是好啊。

齊真輝將拳頭放到嘴角，掩飾的咳嗽兩聲，伸手推了推齊明輝，說道：「皇兄，想什麼呢？叫她們起來啊。」

齊明輝回過神，點頭說道：「起來吧。」

齊烈急匆匆迎了出來行禮。「皇上，臣接駕來遲，請皇上恕罪。」

齊明輝不在意的揮揮手說道：「原是想著國姓爺的二子成婚，朕卻將妳之長子派到外面，不得趕回來，故而過來給妳們賠個不是。」

林氏面色發白，皇上這樣說，可不就是將剛剛的談話聽了去，哪裡有皇上給臣子賠不是的？

齊烈趕緊彎腰說道：「皇上這是折殺臣了，臣那長子得了皇上的眼，委以重任，實乃他的造化，怎有讓皇上賠不是的道理。」

第四十四章

說話間，齊烈已經將齊明輝與齊真輝迎了進去。

林氏後怕的拍拍胸脯，對齊靜說道：「今日也是我忘了形，在外頭就對妳瞎說，這下子被人聽到了……」

齊靜安慰。「下人都在不遠處，想來皇上來沒一會兒，應當是沒聽到。」

林氏還有旁的客人要招待，便喚來大丫鬟，將齊靜幾人帶進去。

齊靜低聲問道：「青彤，妳認識皇上？」

青彤發了半天呆，此刻才說道：「母親，當年我出事，被豫景王府的人救了……那人就是皇上……」

齊靜與碧彤恍然大悟，當日皇上救了青彤，估摸著是直接將人交給豫景王了，而豫景王自然不會輕易洩漏了皇上的行跡，便只說是王府的人。

離開席還有些時候，因齊敏出嫁了，林氏請了碧彤、青彤領著大一點的女孩子玩耍，又請了夏家兩個十歲的丫頭，領著小一點的孩子們玩耍，園子裡便熱熱鬧鬧的。荷花池那頭，遙遙見到對面的男賓們，也都在水榭上吟詩作對。

中途青彤皺起眉頭，低聲對碧彤說了句肚子不舒坦，便匆匆去了淨房。可是等了許久，她都沒有回來。碧彤心中不安穩，偏又脫不開身，又等了許久，終是忍不住，託了書院的好友蔡家長女幫著招呼大家，自己則帶著元宵往淨房方向去了。

一路都沒有見到青彤與湯圓，碧彤心跳加速，生怕青彤出了事，左看右看，看到一旁的竹林。她心想，附近也就竹林最為隱蔽了，便帶著元宵小心的往竹林裡尋去。

齊國公府的這片竹林並不大，而且稀疏得很，只是盡頭正好是內外院中間的牆。碧彤沒走兩步，便看到湯圓暈倒在地上，而旁邊站著一名男子，正是四王爺齊真輝。

她正要大叫，齊真輝上前一把捂住她的嘴，輕噓了一聲。

元宵拔出短刀，怒目瞪著齊真輝，卻也不敢上前。她從前見過齊真輝的功夫，遠在她之上，更重要的是姑娘還在他手中，萬一她一動作，他很有可能會傷了姑娘。

碧彤眨巴著大眼睛看著齊真輝，齊真輝的心不自覺就漏了一拍。他暗罵，該死的，果真美色誤人，他自詡為正人君子，見過美女無數，這會兒瞧見碧彤那驚惶委屈，又帶著絲絲憂傷的目光，竟也把持不住，恨不得將她捧在手心中呵護著。

他不自覺就放軟了語氣，低聲說道：「我這便放開妳，妳莫要大喊，鬧出來對妳妹妹名聲也有礙。」

碧彤忙用力點點頭，等齊真輝鬆開手，她急忙問道：「四王爺，我妹妹在哪裡？」

齊真輝笑起來說道：「放心，皇上與她在一起呢。」

他本以為說了這話，碧彤會鬆一口氣，沒想到碧彤卻一下子白了臉，整個身子都在劇烈顫抖，彷彿發生了什麼大事。

上一世顏金枝召青彤入宮，她當時多麼高興，儘管那時候與青彤感情並不如現在這般要好，但是在宮中孤寂了兩年，與誰的關係都差得很，好不容易一同長大的妹妹入了宮，她自是滿心歡喜。

然而青彤不過是衣裳打濕了，去她的宮殿換衣裳，竟與皇上滾到一起去了。事情發生之後，前朝後宮都指責她是妖女，自己勾引皇上不說，為了固寵，竟將狐狸精妹妹也送給皇上。

可她只知道當時青彤那哭腫了的雙眼，手中捧著睿表哥送的玉簪，一聲一聲的哭泣，一聲一聲責怪她自己不小心，竟失身於皇上……

那時不小心的不是妹妹，而是她。是她著了顏金枝的道，害了自己，更害了青彤。這一世她以為，青彤能安然無恙嫁給睿表哥，絕不會再與皇上糾纏，然而此刻青彤竟又與皇上在一處。

碧彤伸出手就掐住齊真輝的手腕，厲聲問道：「青彤怎麼會與皇上在一處？難道皇上為了美色，便什麼都不顧了嗎？」

「姊姊！」
未等齊真輝反應過來，青彤就從竹林深處走出來，三步併作兩步跑到碧彤身邊。
碧彤急忙伸手握住青彤的手，上下打量，見她衣衫整齊，髮絲未亂，只面色微有蒼白，遂放下一顆心來。只是她這一鬆懈心神，身子便搖搖欲墜，幾欲暈厥。
齊真輝忙伸手扶住她，問道：「妳沒事吧？」
碧彤警戒的推開他，又惡狠狠的瞪著皇上。
皇上頗有些好笑的挑一挑眉，說道：「興德郡主，朕不過與令妹單獨說了幾句話，妳何須這般模樣？」
「臣女不敢。」碧彤斂下眼眸，行禮後拉起青彤轉身要走，想一想，又回過頭說道：「皇上是九五至尊，對我妹妹又有救命之恩，不過男女授受不親，還望皇上自重。」
說罷便不再理會他們，拉著青彤急匆匆走了。
元宵趕緊行一行禮，扛起地上的湯圓，也跟著走了。
她們一走，齊真輝忙說道：「皇兄，郡主她是擔心妹妹，也不是故意衝撞您的。」
齊明輝絲毫沒有生氣，只盯著齊真輝看了兩眼，若有所思的點點頭。「真真如今都知道替她說話了啊？」
齊真輝暗暗心驚，仔細一想，果然今日似乎反常了些。又琢磨了一番，定是自己心中下了決定，將來的妻子便是那顏家碧彤，所以對她才格外不同些。便說道：「臣弟想了想，反正也沒有喜歡的女孩子，郡主模樣身分也都相配，倒也合適。既然做了這個決定，難免照拂她一些。」

齊明輝瞧著他的臉色變化，狐疑道：「真的嗎？不是因為你喜歡她？」

齊真輝瞪圓了眼。喜歡她？怎麼可能，她才十四歲，還是個小孩子呢！雖然古代人發育早一點，可也還是太小了些。

但他不自覺地將拳頭放在嘴邊，輕咳了一聲說道：「自然如此。不過臣弟既然決定娶她，日後也會慢慢與她培養感情的。」

齊真輝見齊明輝還要說話，趕緊岔開話題問道：「皇兄，您與那二姑娘談得如何了？她可知您的心意？」

齊明輝的臉立馬沈下來。「本以為是隻有爪子的小貓，沒想到是隻小刺蝟。朕才表明心跡，她就豎起滿身的刺，說她與齊睿兩情相悅……」

齊真輝瞪大了眼，接著又笑起來，伸手拍拍他的手臂說道：「她唬你的，上回我們不是跟齊睿談過嗎？那小子絕對對他表妹沒意思，他單純著呢。」

齊明輝翻了個白眼說道：「什麼那小子，算起來他比你還大一歲呢。朕想著，莫非青彤姑娘是自己芳心暗許？故意說是與她表哥兩情相悅？」

齊真輝搖搖頭說道：「放心啦，臣弟看顏家那對姊妹花，都不是什麼實誠人，最喜好騙人了。她定是推拒你的意思……」

齊明輝黑了臉。「她做什麼要推拒朕？朕說想封她做貴妃，她似乎很抗拒……你說得對，她應當是故意唬我的，之前朕說心悅之，她只是發愣，待朕說出要封她，她才生氣的。」

齊真輝嘲弄的說道：「皇兄這便不懂了吧？臣弟瞧著那永寧侯本分得很，只有兩任正妻，連個通房都沒，齊睿那小子也單純，身邊也是沒女人的。估計人家啊，嫌棄你有兩個老婆，除了兩個老婆，還有好多個女朋友呢！」

齊明輝聽他胡言亂語慣了，也不介意，只不大高興的說道：「朕乃天子，若非不想後宮被母后把持住了，那幾個小宮女，朕也會給她們升上來的……青彤姑娘不能仗著朕喜歡她，便不許朕納旁人吧？」

齊真輝又翻了個白眼道：「打住。人家可沒答應要入宮為妃，她不願嫁給您，又談何不許你納旁人的說法？」他瞧著皇上這個模樣，心中有些好笑，又道：「皇兄，您是天子，想要納個妃嬪，哪裡還需要徵求她的意見？直接下旨便是了。」

齊明輝卻搖頭說道：「旁人朕不在乎，青彤姑娘可不一樣。朕總覺得冥冥之中，是她保護著我、支撐著我活在這個世上，做這個傀儡皇帝的，朕怎能強迫於她？」

齊真輝悠悠嘆了口氣說道：「您這話說得，您貴為天子，朝政也在慢慢收回到您自己手中，怎還是喜歡說這種喪氣話？」

齊明輝不願再說，只道：「之後再說吧，日後我多去見那青彤姑娘，定要扭轉她的心意才好。」

碧彤拉著青彤走了老遠，才回過頭細細的打量她。「青彤，剛剛究竟發生了何事？」

青彤示意元宵走遠一些，方低聲說道：「姊姊，皇上……皇上說想讓我做貴妃……嚇死我了……」

碧彤更是大吃一驚，上一世她入宮做貴妃，妹妹入宮做了昭儀，後來得寵升了妃位。她還記得皇上當時說，本想封青彤更高的位分，奈何貴妃已有人了。當時她心中特別不舒服，覺得皇上的意思，是她擋了妹妹的路。

再後來皇后病死，皇上想冊立青彤為后，青彤說自己是妹妹，絕不能在她的位分之前，所以皇上才立她為后。可惜當年她只覺得青彤是故意嘲弄她，就更加討厭青彤了。

只是萬萬沒想到，這一世皇上竟然還是看上了青彤。

青彤見姊姊發愣，以為她是擔心自己，忙道：「妳放心好了，我覺得皇上倒是一個正人君子，竟然還特意來徵求我的意見，而不是直接下旨冊封。」

碧彤趕緊抓住她的胳膊問道：「青彤，妳想入宮？」

青彤忙搖頭說道：「怎麼可能啊，我如今有了婚約，雖然還沒定下來，但是兩家人都心知肚明，我又怎能背信棄義？」

碧彤聽了這話一愣。「妳是因為不肯失信於表哥？那若是沒有這門親事，妳會同意？」

青彤猶豫了一下，又搖頭說道：「不會的，我不想入宮。姊姊，我不喜歡宮裡，我這個人受不了約束的。」

碧彤鬆了一口氣，青彤沒有入宮的心思便好，那是個吃人的地方，她不想妹妹進去。

此刻碧彤倒是反應過來，剛剛她掐住手腕的，可不就是心中所喜歡的豫景王齊真輝嗎？

碧彤苦笑一聲，她這樣對他，只怕他心中以為她平日裡便這般凶悍，更不可能喜歡她了……

不過也好，此生她只想活得快活些，哪怕嫁個鄉野農夫，也比嫁入王府、進入那無盡的宮廷煩擾當中去要好得多。

十月底，永寧侯府迎來了兩名貴得不能再貴的貴客，就是皇上與皇太弟。

顏浩宇急忙帶著全府上下迎到院中。

齊明輝笑得和善。「愛卿平身，朕與四王此次是私下過來，無須多禮。」

什麼私下？後頭那一眾護衛，能算是私下？顏浩宇腹誹，不過這話自然是不敢說出口的，只恭敬地點頭。「皇上與王爺駕臨寒舍，不知有何要事？」

齊明輝側頭看了齊真輝一眼，輕咳一聲說道：「早就聽聞老侯爺當年有一幅丹青，畫的是故鄉懷州的風景，今日特意前來，便是想觀摩觀摩。」

顏浩宇愣了愣，父親寫得一手好字，於繪畫上研究卻不多，他見過的畫像，只有幾幅生母的。而皇上所說的那幅畫，並非父親所做，而是生母在懷州守孝時所畫，不過生母的畫只能說是勉強能看，哪裡值得皇上與王爺親自前來觀摩？

顏浩宇壓著心中的疑惑答道：「回稟皇上，臣的父親並未作過風景畫，想來皇上所說的畫，當是生母所繪。不過那幅畫，臣已遵父親之囑咐，讓它陪著父親入土了。」

齊明輝「哦」了一聲，逕自往裡面走去。

顏浩宇斟酌一番說道：「皇上若是喜歡，臣那裡還有幾幅名家真跡，或可值得一觀。」

一面說，一面將皇上讓進正廳的主座上。

齊明輝在主座面前轉了一圈，又回頭瞧瞧跟著的一群人，目光在雙胎姊妹身上瞅了瞅，笑起來說道：「真跡你留著慢慢欣賞吧，朕聽聞，永寧侯爺的二小姐，會一種奇特的畫法，稱之水彩卡通畫？聽聞當年曾畫過齊安郡主，今日倒是想叫二小姐替朕作一幅畫。」

青彤不可思議的抬頭瞧著皇上，說道：「皇上，這畫不過是投機取巧罷了，並不值當皇上親自來看……更何況臣女替皇上作畫，實在有失體統。」

齊明輝一臉開懷大笑，說道：「無妨，朕不過是求一幅畫而已，難道還有人要說三道四？」

青彤傻眼了，一時間竟不知道怎麼回答。

碧彤見狀忙道：「皇上，雖則皇上所求，臣女的妹妹不應當推拒。但是實乃男女七歲不同席，皇上自是無人能置喙，臣女的妹妹卻易受流言所擾，還請皇上體諒一二。」

齊明輝摩挲著手指，瞇著眼睛看看碧彤，又側頭看一邊的齊真輝，見他只假裝沒看到，便冷哼一聲。「那興德郡主，難道朕只能乘興而來，敗興而歸了？」

碧彤思慮一番說道：「皇上，這水彩卡通畫是林先生所教授，林先生的技巧遠在臣女妹妹之上。若不然請皇上移駕林府，定能得到皇上滿意的畫。」

齊明輝又看了眼齊真輝，意思很明顯，你若不解決，朕便斥責你心儀之人。

齊真輝忙掩飾的咳嗽兩聲，打起精神說道：「興德郡主說得不錯，不過郡主可能未曾想過，林先生如今年歲大了，如何還能一坐一個時辰，替皇上作一幅畫呢？」

碧彤瞪圓了眼，林先生雖然年紀大了，但因為向來有保養的習慣，身子骨健朗得很，前些日子她們去探望的時候，林先生還興致勃勃在她們面前跳了一支踢腿舞呢。

最後是顏浩宇出來打圓場說道：「不然青彤在院子裡作一幅，咱們都在一旁陪著，也礙不著什麼事。」

顏浩琪生怕兩個侄女得罪了皇上，忙跟著點頭說道：「大家都知道，這什麼卡通畫，是林先生獨傳給青彤的，若皇上想要畫，也只得從林先生或青彤處得了，也不會有什麼不好流言的。」

青彤只得點頭答允，拉著碧彤回去準備顏料。

回到房內，青彤不滿的嘟囔。「誰知道這個皇上安的什麼心，我都已經說過了……」

碧彤嘆了口氣，悠悠的說道：「上位者，只以自己的喜好為主，壓根兒不考慮旁人的感受。他自以為君子，想要討得妳歡心，表面是想讓妳自己答允入宮，實則還不是在施壓……」

青彤滿臉的不高興，說道：「若是表哥早日回來，早日定下親事，皇上便也不會這般不顧顏面……」

院子裡，齊明輝坐得端正，青彤畫得也端正。

旁邊齊真輝坐著，百無聊賴的看著作畫的那對男女，心中很是不高興，皇上一句話，他就得屁顛屁顛的跑到這裡陪他泡馬子，然而建章宮那一大疊摺子，還得要他陪著一起批，朝中又有一屁股事情要處理，張國公深怕大權旁落，恨不得用幾十雙眼睛盯著呢。

正不高興，旁邊一個清秀的女聲響起。「王爺，晌午的日頭也不小，不如喝點茶解解渴，去去乏？」

齊真輝抬頭一看，一個頗有些姿色的女子站在一旁，將桌上一盞茶端在手中。他不免多瞧了兩眼，心道這顏家女兒生得美，連丫鬟的模樣都不錯呢，便向她點點頭，伸手接了那茶。

碧彤瞧著這一幕，臉黑了幾分，原來還以為這四王爺品行端正，因著救命之恩，一顆芳心便許了出去。如今看來，還好自己定力足，這見著容貌尚可的女人便要多瞅兩眼，日後花花腸子多著呢。又回頭看皇上，這皇上想必也是愛慕青彤的美色，才這般糾纏不休。

這樣想著，碧彤的臉更黑了，心中唾棄這對好色的皇家兄弟，不要臉得很。

齊真輝恰好一側頭，瞧見碧彤黑著臉瞟他一眼，又迅速的低下頭。齊真輝心中一驚，這顏家小姐，果真是傾慕自己，不過是看了眼她家的丫鬟，便吃醋了。

齊真輝那嘴角止不住高高翹起，想著既然自己決定將來娶她做妻子，自然是要待她好一些，若不解釋一番，只怕她晚上輾轉難眠。便揚聲對著陪在一旁的顏浩宇說道：「侯爺好福氣，家中小姐各個才貌雙絕，便是這奉茶的小丫鬟都姿色不俗呢，可見侯府的水土養人得很。」

誰料此話一說，在場眾人齊齊色變。再一看，旁邊那奉茶的丫鬟眼中含淚，羞憤的瞧著自己。

齊真輝正摸不著頭腦，就聽顏碧彤身邊一名差不多大的女兒家噗哧笑道：「王爺可莫要認錯了，這是我家妹妹呢。」

齊真輝尷尬的看看身邊的奉茶丫鬟，見她雖然衣著不亮眼，卻並非丫鬟打扮，當下也有些不愉快。他不愉快，這話就不好聽了，只冷笑道：「侯爺好家教，好好的女兒家，做些丫鬟做的事情。」

本來他身分貴重，顏浩宇命女兒出來奉茶也是正常的，但他這話卻生生說成了，侯爺是想攀附，才令女兒出來勾引他的。

碧彤本就生氣，又聽他這般誣衊父親，當下站出來說道：「王爺說錯了，侯府無論小姐、丫鬟，皆非攀龍附鳳之人。不過丫鬟們命不由己，不願淪為玩物，只好小姐來做這些，若想恣意輕薄，可得好生掂量！」

顏浩宇與齊靜聽得碧彤這般顛倒黑白且放肆的話語，都是大吃一驚。

齊靜忙道：「王爺恕罪，小女年幼不知天高地厚，胡言亂語，臣婦定當好生管教……」

齊真輝本想還擊，又瞧著碧彤如同刺蝟，心中只覺得她是吃醋吃得厲害了，當下也不忍心，便自我安慰起來。這小姑娘以後會嫁過來的，既然是未婚妻，自要維護一番，又是自己先惹事的，怎好落了她的面子？當下也不言語。

偏齊明輝看著弟弟這副吃癟的樣子，高興得撫掌大笑。「無妨，朕最喜歡不畏強權、仗義執言了。」

這個弟弟能言善辯，平日總說不過他，加上他總嘲笑自己不能抱得美人歸。此刻見他難得吃癟，可不是高興極了？

第四十五章

見皇上都發話了，一旁的尚氏忙站出來說道：「皇上，王爺，此事怪不得侯爺，是臣婦家教不當，臣婦是三房主母，她乃三房庶女，已經訂親了。本來今日未曾讓她出來，也不知她怎麼就自己跑出來了。」

齊真輝更不高興了，此刻想來，剛剛這定了親的庶女，可不就是要勾引他嗎？還未成親便想著出牆，害得未婚妻誤會他……

被未婚妻刺一刺他自然能忍，卻不願忍旁人，當下冷哼說道：「三夫人，定了親的女兒還這般作態，想是對你們給她做的親不滿意呢！不如將這親事退了，或是換給別的未嫁女……」

說罷，齊真輝手往碧彤一指，碧彤心中咯噔一下。這四王爺，不會亂點鴛鴦譜吧？

卻見齊真輝指著碧彤方向說道：「郡主旁邊那位小姐，本王覺得便不錯。」

夢彤白了臉，整個人搖搖欲墜，她並非對萬少爺不滿意，不過是想來碰碰運氣，若是王爺或者皇上瞧中了她，哪怕是當個側妃或者庶妃也好啊。卻沒想到偷雞不成蝕把米，那萬少爺雖然秋闈結果尚未出來，但連大伯父都誇讚他的學識呢。

尚氏聽得心花怒放，本來這親事就是夢彤從綺彤身上搶的，如今有王爺做主，別人也奈何不了她們。忙對著綺彤使眼色，叫她謝恩。

綺彤微微一笑，說道：「臣女謝王爺恩典，不過一來臣女最不屑做的，便是搶姊妹的姻緣，而且臣女被淨覺大師批命，乃飄萍命格，顛沛流離之身，著實不願意毀了那萬家少爺的將來。」

夢彤聽得嫡姊這般說，雖是諷刺她故意搶姻緣，但也算是替她解圍，倒是鬆了口氣。

齊真輝本來只是為了下那庶小姐的面子，又不是真的要替人做親，倒也只揮揮手說道：「妳不願便算了，不過本王從不信命，妳這等忠義女子，上天定不負妳。」

綺彤行禮說道：「謝王爺吉言。」

碧彤聽得齊真輝這般說，臉色稍霽，心底又有些異樣，猜測難道他是故意在自己面前，作出這副樣子？這樣一想，她又嘲笑自己，她心中有王爺，王爺心中未必有她，又何須故意討好她來？

那邊青彤畫得心中煩悶，皇上擺出一副深情款款的模樣，只叫她手中的畫筆都拿不穩，若是叫父親母親知道皇上看中了她，只怕會立馬去舅父家中退了親事，省得拖累了表哥。

於是青彤三兩下便畫好了，將畫遞給旁邊的內侍。

齊明輝喜孜孜的打開那畫像一看，有些摸不著頭腦，問道：「這畫的是朕？」

青彤點頭答道：「正是。」

齊明輝上上下下看了一番，問道：「怎麼感覺妳畫的朕……不甚高興的樣子？」

青彤一臉愧疚的答道：「實乃臣女學藝不精，畫不出皇上的飄逸神采。」

齊明輝見她愧疚的樣子，立馬大手一揮。「已經很好了，朕很喜歡。來人，賞……」

一大堆明顯是早就準備好的賞賜，便魚貫而入，少部分是賞給顏浩宇和齊靜的，絕大部分都是賞給青彤的，順帶著碧彤也有些許賞賜。

待皇上一行浩浩蕩蕩的走了，顏浩宇狐疑的問青彤。「皇上這是何意？」

青彤眼睛一轉，先發制人。「爹爹，這水彩卡通畫，只有林先生與女兒會作，估計皇上想了許久。您瞧他這些賞賜，明顯是一早就準備好的。」

顏浩宇點點頭又道：「我瞧著妳那幅畫畫得不好，沒有平時的水準。」

青彤委屈的說道：「爹爹，女兒這可是第一次對著皇上作畫呢……」

顏浩宇恍然大悟，這龍顏在面前，莫說女兒不過十四歲，便是他年近四十，也不由得忐忑不安，更別說還要替皇上作畫了。

只是等眾人都散去，顏浩宇跟齊靜一起回了清荷院，越想越不對勁，不由得問道：「靜兒，妳說今日皇上那個樣子……不會是瞧中了青彤吧？這可怎麼是好？要不要先同舅兄家說一聲，省得日後連累了他們。」

齊靜凝神想一想，搖搖頭說道：「夫君，咱們不要自亂陣腳，若皇上當真有意思，直接納入後宮便可，何須這般婉轉？青彤那水彩卡通畫當真是稀奇得很，皇上一時來興致也是有的。」

顏浩宇點點頭，終是琢磨了許久說道：「咱們再觀察觀察，我是不願意送青彤去那種地方的，只希望是我多心了。」

齊靜也點頭說道：「左右還有兩個多月便是春節，睿兒總是要回來的，倒時候他們定了親，也便好了。」

冬月底，林氏帶信給齊靜，說是邀她們臘月初一去靈國寺，給齊烈與齊睿祈福。齊睿一去數月不曾回來，雖是偶爾有信回來報平安，但林氏心中仍舊不安穩。

臘月初一，齊靜帶著碧彤、青彤姊妹準備出發去靈國寺。

青彤一早便來到碧彤的院子說道：「姊姊，妳怎麼這麼慢？還沒收拾好？」

碧彤打趣道：「知道是給表哥求平安，妳可勤快多了，一大早就爬起來。」

青彤紅著臉啐了她一口說道：「姊姊，難道妳就不關心表哥？」

碧彤笑道：「我自然是關心的，不過我的關心可與妳的關心不一樣哦。」

本以為青彤又會來打她，可青彤只坐下來撐著腦袋想一想，問道：「姊姊，妳說，我對表哥的關心，又有什麼不一樣呢？其實假若不是睿表哥，而是智表哥或聰表哥，我都是會擔心的啊。」

碧彤心中咯噔一下，上下打量著青彤，正準備說話，卻見元宵急匆匆走了進來。

元宵看了眼銀鈴、銀釧，兩人立刻走了出去，她便急忙走過來，斟酌說道：「姑娘、二姑娘，睿少爺好像出了點事情。」

碧彤不可思議的問道：「什麼？他是欽差大臣，怎會出事？」

元宵沈吟片刻說道：「具體的奴婢也不知道，所以奴婢來問問，是不是需要去打探一下消息？」

碧彤趕緊點頭說道：「妳快去，快去！」

元宵猶豫片刻說道：「可是姑娘您今日要出去。」

碧彤搖頭說道：「無礙，有湯圓呢，何況如今我們出門，父親都會給我們安排大量的侍衛，還有國公府的侍衛一起。妳別擔心了，快去吧！」

元宵又著意叮囑了湯圓幾句，才匆匆忙忙的走了。

碧彤、青彤與齊靜同乘一輛馬車，為了避免齊靜擔心，兩個丫頭是努力打起精神插科打諢，不叫齊靜瞧出異常來。

等到了靈國寺，便瞧見林氏帶著她的新兒媳婦夏氏已經下了馬車，巴巴的瞧著她們。

林氏同齊靜打過招呼，便一把拉過碧彤、青彤，上下打量著說道：「才半個月不見，妳們越發漂亮了。」

青彤沒心情應付舅母，碧彤則笑說道：「舅母真是的，恨不得把我和青彤誇出一朵花來。」

林氏邊往裡面走，邊笑道：「舅母什麼時候把妳們誇出花來？妳們本身就是兩朵洛城最美麗的花。」

夏氏知道青彤將要成為她的大嫂，便著意與她拉近關係，也努力誇了碧彤、青彤一通。

林氏拉著齊靜走在前面，低聲問道：「翻了年，她們就十五了，碧彤的親事可有著落了？」

齊靜嘆了口氣說道：「還沒有，侯爺也是發愁，尋來尋去，小公主都是不滿意的。莫說小公主，便是我也覺得讓碧彤低配實在是委屈。」

林氏說道：「縱使委屈，也得趕緊的啊。」

齊靜點點頭說道：「小公主是瞧中了神威王的嫡長子……侯爺嫌太遠了，但是思來想去，也沒有更合適的。」

林氏凝神想了想，倒是笑起來說道：「將來做了藩王妃，倒是比洛城王妃還要快活。」

齊靜也笑道：「小公主也是這個意思，不過這是翻了年再說的事情。」

進了大殿，便有小沙彌引著她們進去。

元宵匆忙趕了回來，喊了一聲。「姑娘！」

夏氏瞧了一眼，笑起來說道：「碧彤、青彤，我隨母親、姑姑先進去了，妳們快些。」

碧彤、青彤帶著元宵到一旁，碧彤低聲問道：「怎麼樣了？」

元宵說道：「奴婢打聽到了，說是表少爺身受重傷，國姓爺調了手上親兵過去，護送表少爺回城。」

碧彤緊皺眉頭問道：「身受重傷？怎麼會？知道是什麼原因嗎？」

元宵搖搖頭說道：「奴婢不知，說是在樵州出事的……可能是宮裡的人動的手。」

青彤不可思議的問道：「樵州？表哥好端端去樵州做什麼？」

碧彤握緊拳頭問道：「宮裡的人？」

元宵說道：「奴婢只能打聽到這麼多消息了，不過二位姑娘莫要擔心了，表少爺定是無事了，聽說他們已經去皇宮報信了。」

碧彤還要開口，便聽到夏氏遙遙喊道：「碧彤、青彤可說完話了？」

碧彤明白這是齊靜催她們過去，忙應道：「這便過來了。」

等到林氏與齊靜帶著夏氏進了禪室，碧彤、青彤藉口坐不住，便去了專供貴婦們休息的園子。

這一日人倒是不少，園子裡亭子、石凳上已經被不少貴婦、貴女們占住了。碧彤青彤尋了僻靜的長廊一角，因是冬天，這長廊四周都掛著圍布擋風，倒是讓人舒坦得很。

碧彤叫銀鈴、銀釧守在外頭，不叫人靠近，元宵和湯圓近身伺候。

青彤按捺不住說道：「姊姊，元宵的意思，是不是指表哥，是被宮裡的人害了的？有人想要殺表哥？」

元宵忙解釋道：「二姑娘，奴婢不是這個意思，奴婢也不知道究竟是怎麼回事，只是將知道的事情實話實說。」

碧彤點點頭，抓著青彤的手說道：「妳莫要聽風就是雨的，這些話傳來傳去，都不知道傳成什麼樣子了。」

碧彤這話，卻不是安慰青彤，而是安慰她自己。樵州、宮中，這讓碧彤聯想起上一世的情況，上一世樵州的御南王叛變，就是他舉旗反叛，當時齊睿帶著齊智和齊聰，兄弟三人在洛城外死守，最終一敗塗地。

當時她不大懂，以為只要有齊國公府的男兒在，便是無所不能，舅父可是連北漠都不怕呢。現在總算想通了，為何睿表哥會失敗，齊智、齊聰也都死了，只怕根本不只是御南王，而是裡應外合。最後可不就是廉廣王和二叔勸退了御南王，得了不曉得多少好處嗎？

湯圓突然出口喝道：「是誰？」

話音未落，只見兩名暗衛各自控制住元宵和湯圓，皇上與豫景王出現在她們面前。

皇上拉著青彤說道：「跟我來。」

未等她們反應過來，皇上已經拉著青彤出了長廊。

碧彤有些惱怒的對齊真輝說道：「這樣私下見面，若是被旁人發現了，豈不是毀了我妹妹的名聲？」

齊真輝無辜的說道：「我也無可奈何，皇兄逼著我過來……不過妳放心好了，我們安排妥當了，不會有人發現的。」

碧彤懶得理他，又知道皇上並沒有壞心，便只坐在一旁悶悶不樂的想著齊睿的事情。

齊真輝琢磨著自己是個男的，總要主動些才是，不過瞧著碧彤那個樣子，似乎不大願意說話。

正猶豫著，碧彤開口問：「四王爺，臣女想問一問，我表哥齊睿，去椹州所為何事？」

齊真輝愣了愣，想不到碧彤已經知道了，面上只說道：「齊睿？他被派去了懷州，妳怎的說他在椹州？」

碧彤見他不肯說實話，也不欲再多說，只坐著不說話。

齊真輝想了想，覺得碧彤是擔心自己的表哥，便安慰說道：「莫要擔心，年前他應當是可以趕回來的。」

得不到碧彤的回應，齊真輝也沒再開口了，他心中好奇，齊睿知道這件事情的重要性，按道理莫說是碧彤、青彤這對姊妹，便是他的母親、弟弟們，都是不會告訴的，為何如今碧彤會知道他在榿州呢？

二人就這樣對坐著，各自發呆想著心事。

沒過多久，齊明輝與青彤回來了，兩人神色有些古怪，齊明輝將手放在嘴邊掩飾的咳嗽兩聲說道：「我們走吧。」卻是看也沒看青彤一眼，帶著齊真輝與親衛們走了。

碧彤驚訝的問青彤道：「青彤，妳這是怎麼了？我看妳臉色不大好。」

青彤想一想，才說道：「姊姊，皇上他應當是不會再纏著我了。」

碧彤問道：「妳說清楚了？」

青彤眼中閃過一絲失落，旋即又笑道：「對，不然皇上隔三差五來這麼一遭，我也是煩躁得很。」

碧彤有心多問一問，見她情緒似乎很差，便只點點頭，說道：「算了，我們不說皇上了，走吧，回去看看母親她們好了沒有。」

齊明輝在馬車上一直沒有說話，沈著臉不知道在想什麼。

齊真輝細細打量，赫然發現，齊明輝左臉上似乎有淡淡的巴掌印，暗自心驚。那青彤姑娘真是大膽啊，竟敢對皇兄動手？又琢磨著，難道皇兄是想霸王硬上弓，惹怒了那姑娘？

到了建章宮，齊明輝三步併作兩步走進去，翻找著今日的摺子。

齊真輝問道：「皇兄，你找什麼？」

齊明輝翻了翻，似乎沒找到自己想要的，便喚來暗衛問道：「今日可有什麼要緊的事情？」

那暗衛首領點頭說道：「南邊來了消息，等了您一上午。」

齊明輝臉色大變，說道：「還不快讓他過來。」

不多時，便走進來一個負傷且很是疲倦的暗衛說道：「皇上、王爺，屬下們中了埋伏。」

齊真輝大驚，問道：「怎麼回事？世子爺可無事？」

那暗衛低下頭說道：「御南王那邊早就埋伏好了，而且屬下又發現有群洛城的暗衛，從懷州跟著世子爺到了椹州境內，便開始試圖刺殺，屬下們人少，只能護著世子爺逃出來……後來多虧齊國公的人過來救了世子爺。屬下是先回洛城稟報的。」

齊明輝摩挲著手指說道：「除了你，還有誰回了洛城？」

暗衛說道：「世子爺的親衛，在屬下之前便趕回來了……因為世子爺昏迷不醒，他的親衛要回來，屬下們無權阻攔。」

齊真輝算是明白為何碧彤那樣問了，只不曉得那齊睿的親衛究竟告訴了多少人，又說了多少。當下有些惱怒，這個齊睿，怎麼這般不曉得約束下人？這種事情也是可以隨意亂說的嗎？

齊明輝沈默良久說道：「為防路上出事，你安排一下，再帶一隊人，務必把世子爺安全的帶回來。」

暗衛首領忙領命去了。

齊真輝愣了半晌，才開口說道：「難怪碧彤今日問我，她表哥去樵州做什麼。」

齊明輝問道：「她打你了？」

齊真輝莫名其妙的搖頭說道：「沒有啊，她打我做什麼？」話一出口，就無語了。難道皇兄自己挨打了，便以為所有的女孩子都跟青彤似的，不高興就打人嗎？

齊明輝掩飾的咳嗽了一聲，嘆了口氣說道：「青彤以為，是朕對齊睿動的手。」

齊真輝總算明白皇兄臉上的巴掌印是怎麼來的了，當下也皺起眉頭來，說道：「臣弟也沒有想到五弟這麼快便覺察了，可見他早有準備，我們不過是試探，他卻是一擊即中。」

齊明輝沈吟許久說道：「真真，朕決定親自去接齊睿回來。」

齊真輝瞪大眼睛，忙搖頭說道：「皇兄，您可別昏了頭了，這可是九死一生的事情，世子乃武將。雖然我們亦是自幼習武，跟他卻沒得比，我們要認清事實，尺有所長寸有所短，您在這方面比不過他有什麼要緊的……」

齊明輝一臉黑線的看著他說道：「朕只是不希望他出事而已。」

齊真輝勸道：「別，他們去接便可以了，您若是去了，他們首先便要保護您，哪裡顧得上世子？這些事情，等世子回來再做考慮吧。皇兄也莫要擔心了，大不了等世子回來，讓他親口解釋，相信青彤姑娘會明白的。」

齊明輝嘆了口氣，沈默許久方道：「真真，或許我真的不應該強人所難。今日我才明白，齊睿在青彤心中的分量，既然我希望她安好，又何必非要將她納入後宮呢？」

齊真輝尷尬的笑了兩聲，說道：「皇兄，這方面，臣弟的確是不在行……說起來，今日郡主問了我那一句，就不搭理我了，全程黑著臉，好似我欠她似的。」

齊明輝聽到弟弟的遭遇也好不到哪裡去，心裡倒是放鬆了些，反過來安慰道：「郡主至少沒有相愛的人，你們再培養培養感情，總是能抱得美人歸的。」

齊真輝心中不由得得意起來，那位美貌絕倫的郡主，兩年多以前，就對自己有意思呢。他興奮的搓搓手，想著等齊睿回來之後，找個時間去跟那碧彤姑娘表個白，應當是水到渠成的吧？

張太后此刻正坐在大殿內，下首是她的父親，輔政的張國公。張國公如今已經太老了。許是年紀大了，他的心性也不如從前。

他此刻正大聲斥責：「妳當真要如此？」

張太后疲憊的閉著眼睛，良久才道：「父親，我選的兩個家世都低，入了宮也不可能得封高位……將來生下孩兒，我便把孩子抱給蓉蘭……」

張國公打斷她的話。「生母尚在，生了皇子豈不是母憑子貴？還怕娘家家世低微嗎？」

張太后坐在上首，動都不動，依舊淡淡的說道：「那便將從前皇上身邊的那個宮女，封做娘子，待日後誕下皇子，送給蓉蘭，去母留子。」

張國公冷然說道：「哼，不是我張家的孩子，將來做了皇帝，怎會替我張家著想？」

張太后睜開眼睛，冷笑片刻說道：「父親只顧著張家，便不顧你的女兒，不顧你的外孫嗎？你外孫都要絕後了，翻了年他就二十四歲了。先皇二十四歲的時候，已經有三個皇子了！」

張國公嘴角下撇，上前一步逼近太后，說道：「琴瑩，妳是我的乖女兒，向來最聽我的話，妳替妳哥哥想一想好不好？妳兩個哥哥都這般不成器，妳侄子更是、更是……琴瑩，咱們家就靠妳了啊。」

第四十六章

太后淚流滿面。「這麼多年，姑姑一直聽祖父的話，我也一直聽您的話……我們沒有自由、沒有愛恨，只有張家……明兒十五歲大婚，整整八年，後宮空懸，子嗣全無……父親，二哥、二嫂膝下只有芸蘭，兩年未再有孕，你們便逼著二哥納妾。可是我的明兒，他是皇上啊！」

張國公沈默半晌，站起來說道：「芸蘭馬上六歲了，再等幾年，等幾年……」

太后冷笑一聲，仰起頭看著父親，說道：「那是我身上掉下來的肉，我只有這麼一個兒子，我總不能……不替他考慮吧？父親可知道，姓顏的不老實，她那兒子也不老實。」

張國公皺著眉頭說道：「放心吧，顏浩宇的一舉一動都在父親的掌握之中，只要他在，永寧侯府再強勢也不會成為五王的助力。」

太后說道：「父親，您……是明兒的助力嗎？」

張國公浮躁的背過身去，用力的咳嗽幾聲，又喘了幾下，終於不耐煩的問道：「妳這是不肯答應了？」

太后張張嘴想說話，又閉上嘴，慢慢坐直了身子，恢復之前的淡然，笑道：「兩家貴女，身分不高，端莊賢淑，哀家萬分喜歡。開了春，暖和了，哀家便讓她們入宮伴駕……當然只要哀家在，蓉蘭就不會受委屈。」

張國公自是不會管孫女受不受委屈，太后這話不過是告訴父親，將來得了皇子，會是中宮撫養。

張國公回頭看了眼太后，說道：「琴瑩啊，外戚一旦換了旁人，張家便會陷入深淵……父親既然還活著，又怎會叫這種事情發生呢？」

太后瞧著張國公佝僂的背影，突然笑起來，笑著笑著，眼淚就止不住的流下來了。被她禁在宮中的侄女，整天跟發狂似的拚命賄賂身邊的人，來求她放她出去。

而她呢？坐在這偌大的宮中，當這後宮最尊貴的女人，還生有這大齊最高貴的男人，又有什麼用？明兒見了她就不說話，她想知道明兒的情況，還得去問唐姝姝，明兒對他那個唐庶母，都比對自己要親近許多。

做張家的女兒，真是這世上最可悲的事情啊！

太后擦了擦眼淚，琢磨著父親臨走時候的話。從小父親便與她分析政局，給她講解後宮，將她培養得心思細膩，處事小心翼翼。可是這份心思，如今要對付的，竟然是自己的父親。

父親既然不願意外戚換人，那必定會有所行動了，會是老四？還是老五？若是老四，唐家避世這麼久，唐姝姝與自己如同親姊妹，老四與明兒的關係更是不用說……

太后想了片刻，抬手招來內侍說道：「去跟皇上說，張國公有動作了……」

那內侍跟著太后幾十年，此刻也不由得瞪大了眼睛，看著太后問道：「什麼？」

太后揮揮手說道：「去吧。」

內侍戰戰兢兢的被齊明輝宣進了正殿，齊明輝正在上首陰沈沈的看著他。那內侍心裡打了個突，運氣真背，遇到皇上心情不好的時候了。

齊明輝被喜歡的女人打了，心情怎麼好得起來？這種事情又不能說出來，憋著一口氣，只能對著這看著便讓人討厭的內侍發發火了。便沒好氣的問道：「太后又有什麼事要吩咐的？」

太后何嘗是對皇上不好呢？奈何張國公與皇上都不能體諒她。內侍心中暗暗替太后叫屈，又猶猶豫豫的看著齊真輝。

齊真輝剛想告退，齊明輝便怒喝一聲。「有屁就放，那是皇太弟，朕沒什麼事是他不能知道的。」

這下齊真輝進也不是退也不是，一臉苦逼的看著皇兄，心想我謝謝你的信任，我可真不想知道太后有什麼事情。只是這話現下也不敢說，皇兄這話明顯是說給那內侍聽的，他怎能去下他的臉？

內侍猶豫片刻，便立刻說道：「今日張國公來見太后了……」

他抬眼一瞧，見皇上目光不善的看著他，忙低下頭，抖抖索索的說道：「娘娘讓奴才前來告訴皇上，說……說張國公有動作了。」

齊明輝愣了愣，看了看下面那個狀似呆頭呆腦的內侍，問道：「然後呢？」

內侍搖搖頭，老實的說道：「皇上，娘娘就讓奴才傳這句話。」

齊明輝愣怔許久，才揮揮手說道：「下去吧。」

那內侍摸著腦門上的汗，出了殿門便一溜煙地跑了。

齊明輝側頭問道：「真真，你說母后這是何意？拿著張國公來給朕示好？」

齊真輝敲著桌子想了想，細細琢磨一番說道：「不管母后是什麼意思，她總是您的生母，這件事情肯定是不會騙您的。想來茲事體大，母后擔心您吃了虧，這才立刻差人過來。」

齊明輝冷哼一聲。「她還會關心朕吃不吃虧？朕在他們父女二人跟前吃了多少虧了？」

齊真輝自是不敢說皇兄的母親與外祖父壞話，只當作沒聽到。

齊明輝細細琢磨一番，倒是分析出一點，說道：「齊國公一心為國，不理朝政。朝政主要都在張國公手中……五弟想要那個位置，就算集合了三位元藩王的勢力，都只能造反，不能名正言順，畢竟前頭有朕還有你擋著……所以張國公這是打算……」

齊真輝張口結舌。「不能吧？那可是……您的外祖……當年父皇將您託付給他……」

齊明輝翻了個白眼。「從那時起，他便不單單是朕的外祖了。這個老狐狸，定是在母后面前露出了狐狸尾巴……不應該啊，老狐狸這些年雖霸道強勢，卻也不敢露出一絲破綻的……」

齊真輝搖搖頭說道：「張國公自是謹慎慣的，只是他或許沒想到，母后會將這些事情剖析開了，更沒想到，母后會立馬告訴您……最重要的是，也許張國公認為，就算我們知道了，也不能奈他何。」

齊明輝搓搓手指，抬頭微笑。「既然如此，咱們若不如他的願，豈不是白費他一番心思？」

齊真輝哈哈笑起來，明白皇兄這是有主意了。

臘月初九，齊明輝一大早起來，差人宣齊真輝入宮。

沒過多久，宮人回報。「皇上，豫景王感染風寒，恐不能入宮了……王爺讓奴才回稟，請皇上注意身體……」

齊明輝目光一閃，低頭沈吟片刻說道：「來人，朕去豫景王府瞧瞧他。」

旁邊的內侍忙上前說道：「皇上，豫景王這是染了風寒，您怎能親自前往？不然奴才跑一趟可好？這萬一……」

齊明輝將擦手的帕子往他臉上一扔，瞪他一眼說道：「那是朕的親弟弟，得了他，朕才能這般輕鬆，多少事情都是他幫朕處理的，難道朕不該去看看他？」

內侍捧著帕子，輕輕交給一旁伺候的宮女，彎腰笑道：「皇上，奴才不是那個意思，王爺自然是兢兢業業一心為您，不過您的龍體自是更重要的，萬一被傳染了可就……可就……」

齊明輝已經起身往外走，邊走邊說道：「走吧，反正過了臘八，朕連早朝都不用，閒著沒事，當是去逛逛吧。」

這一逛便出了事，據說豫景王聽聞太后將為皇上納妃，按捺不住，竟假借感染風寒，趁皇上去豫景王府探病的時候給皇上下毒，太醫們泰半進了豫景王府，卻被親衛們拘著出不來，而皇上，生死不明。

張國公派了左、右威衛的人將豫景王府整個圍起來，而豫景王府似乎早有準備，幾乎調集了所有的親衛抵禦，兩方僵持不下。

宮內，唐太妃早就坐在宮中佛堂裡，不理外面的任何事情。

太后則一邊懷疑豫景王是否當真動手，一邊疑心那是她自己的父親故意構陷。

唯一勾起嘴角的，便是顏太妃了，她在宮內時不時留意著外面的動靜。事成了，她的兒子便是新皇，失敗了，張國公便一敗塗地，立馬要還政於皇上，若沒有張國公的幫助，就靠著皇上和豫景王能成什麼事呢？這對於她和紹輝，卻是沒有半分影響的。

而此刻的齊明輝與齊真輝正坐在一起下棋，齊真輝皺著眉頭說道：「這樣一步險棋，只用來對付您的外祖父，當真是不甘心……可惜若是不下這麼一步，將來五弟的本事，只怕是越發大了。」

齊明輝下了一個子，說道：「一本萬利的事情，朕最是喜歡。你以為對付的僅僅只是朕的外祖？可不知道還有你的外祖！」

齊真輝裝出凝神細想的樣子，聳肩說道：「說實話，我都要忘記外祖長啥樣子了。」

齊明輝笑起來，說道：「你外祖當年可是比老永寧侯還要聰明狡猾許多呢，朕手中可用之人實在是太少了，永寧侯雖然忠心，朕時時擔心萬一他的性子，並不如表面那般該怎麼辦……」

齊真輝將手中棋子一扔說道：「下不過您，不玩了。說起來那雖然是臣弟的外祖，卻與皇兄您更親近些。」

齊明輝又笑起來，說道：「朕幼時張國公一味督促朕成才，倒是定遠侯，次次見了朕，都要好生親熱一番，便是你的外祖母，總記得朕喜歡的零嘴，唐庶母抱怨她，她還一本正經說『太子與真真都是小孩子，偶爾吃一吃不要緊的』……」

說起來卻有些傷感，齊真輝的外祖母，十年前便因病過世了。那個嗓門不小、愛使小性子的老太婆，當真比旁的老太太要可親可敬許多。

齊真輝尷尬的笑著，原身或許記得那些溫情的事情，他卻是沒什麼印象了。他想一想才問道：「皇兄為什麼說要對付定遠侯呢？」

齊明輝狐疑的看了他一眼，問道：「怎麼朕發現你與你外祖不甚親密？朕記得你小時候，你外祖特別疼你的。」

齊真輝掩飾的笑起來。「皇兄也說了小時候，小時候的事情我怎麼記得？」

齊明輝不疑有他，反而勸道：「說起來你這身子骨，被當年的穆貴妃害了，多年都不好，多虧了你外祖東奔西走，給你尋了那麼多偏方……便是這些年往宮裡和你這府邸送的藥材，也不是少數了……」

齊真輝聽皇上說起來就沒完沒了，也不去管他，心中只琢磨著，恐怕原身本來還熬得住，就是被這好心的外祖弄的這些偏方給害死了。

齊明輝好生回憶了一通定遠侯，方回過神說道：「定遠侯雖然常年避世，但並不代表他不管朝中任何事情，此刻朕被你害得生死未卜的消息，只怕已經傳到他耳朵裡了，或許他已經在回洛城的路上了。」

齊真輝細細想了一番，笑道：「不錯，你說張國公是個老狐狸，定遠侯不也是老狐狸嗎？從前右威衛是他所掌管的，縱使當年一併交給張國公，只怕中間也做了不少手腳……只不曉得八年過去了，他回來還有沒有本事恢復從前的榮光。」

齊明輝哈哈笑起來說道：「圓滑卻不世故，這世上，朕最佩服的便是你外祖了。急流勇退，可惜朕生為天子，退無可退啊。待日後生下皇子，朕要早日退位讓賢，如同你外祖一般隱世才好。」

齊真輝翻了個白眼說道：「得了，皇兄還是琢磨眼前困境吧，待張國公一切安排好了，咱們手中其他城池的兵衛們也過來了，他想不還政都不行。」

正在這時，有暗衛急匆匆過來，低聲說道：「皇上、王爺，屬下們發現，有幾個人試圖避開左、右威衛，想要進王府。」

齊明輝和齊真輝對看一眼，齊明輝問道：「幾個人？可知道是哪裡的人？」

那暗衛神情複雜的低下頭說道：「屬下查過了，是永寧侯府的兩位小姐和她們的侍女。」

齊明輝瞪圓了眼問道：「誰？永寧侯府的小姐？興德郡主？」

那暗衛點點頭說道：「是的，是郡主和她妹妹。」

齊真輝眉飛色舞的說道：「難道是郡土她憂心我？特意前來慰問的？」

齊明輝白了他一眼說道：「慰問你啥？慰問你為啥要宰了朕？」

齊真輝摸摸鼻子說道：「那……難道是青彤姑娘，來看您的？」

他這一說，齊明輝不自覺的笑彎了嘴角，說道：「朕就知道她心中有朕，你快去安排，想辦法把她們弄進來。」

碧彤、青彤得了消息，很是不安穩。

碧彤一直在琢磨，上一世的豫景王是個病弱的王爺，連正妃都沒有娶，說是他那身子骨不行，沒得耽誤了人家好女兒。後來齊紹輝明面上是民心所向，得了皇位，將這個病弱的哥哥供得好好的。

可是這一世一切都變了，為什麼豫景王要奪位？還用這麼低劣的手法？難道是齊紹輝陷害的？

碧彤閉上眼睛，想著那個快三年前救她的男人，深邃的眼睛、厚實的胸脯，將她摟住，輕聲說著：別怕，我來救妳。

他當真會與齊紹輝一般，為那個位置不擇手段？

正琢磨著，青彤便進來了，卻紅著眼眶，顯然是哭了許久的。

碧彤忙揮手讓銀鈴下去，拉著青彤問道：「妳這是怎麼呢？」

青彤噥著聲音說道：「姊姊，豫景王當真殺害了皇上？」

碧彤愣了愣說道：「我也不知道。青彤，事情尚未明朗，我們不要瞎猜，這也不是我們能管的……」

青彤眼淚又撲簌而下，哽咽道：「姊姊，外頭都傳皇上生死不明，我好擔心他啊。」

碧彤徹底愣住了，青彤那悲痛欲絕的模樣不似作偽，之前掩蓋得太好，她竟沒有發現原來青彤對皇上也起了心思。

碧彤有些結巴，忍不住問道：「青彤，妳不是、不是說妳……妳對皇上……妳不喜歡他的嗎？」

青彤聽了這話，擦了擦眼淚，點點頭說道：「我不喜歡他，我恨他。姊姊，一定是他，是他要害睿表哥……可是他對我發誓，說不是他，他一定會保護表哥的……姊姊，我明知道他的話不可信，可還是忍不住去相信……」

碧彤聽了她這前言不搭後語的話，終於弄明白了，青彤是真愛上了皇上。上一世的青彤被迫與皇上在一起，這一世兩人沒什麼交集，竟然還能湊到一起去。

青彤直接用袖子抹了把眼淚說道：「姊姊，我不想嫁給表哥了，我心中有別人，還嫁給表哥的話，豈不是……豈不是太欺負表哥了嗎？」

碧彤無語的看著這個腦袋瓜不知道想些什麼的妹妹，都什麼時候，竟然還在想著這些。

她想了許久，還是問道：「那麼妳，是想入宮？」

這回輪到青彤像看白癡一樣看自己姊姊，說道：「如今這個樣子了，還入什麼宮？皇上都不知道怎麼樣了……姊姊，我想去看看皇上。」

碧彤自然不是白癡，她只是在糾結，上一世的青彤明明喜歡的是齊睿啊，難道得不到的，她才喜歡？可是皇上與齊睿，她如今都是唾手可得啊。

青彤不理會姊姊的發呆，只抓著她的手說道：「姊姊，今晚我就讓湯圓帶我去豫景王府……若不能知道他的安危，我是一刻鐘都沒辦法活下去。」

說罷，她轉身就要去收拾東西，碧彤伸手一把拉住她道：「我跟妳一起去。」

青彤笑看著碧彤，搖搖頭說道：「姊姊，我知道妳想保護我，可是我不能拖累妳。若豫景王當真要殺了皇上奪位，我這次去肯定是凶多吉少。」

碧彤心中狂跳，是的，既然擔心，不如直接去看看，看看豫景王究竟想要做什麼，或者……他根本就是被冤枉的。

碧彤沒有回答青彤的話，只喊了元宵進來，問道：「若是妳和湯圓，帶我和青彤去豫景王府，有幾分把握不被左、右威衛發現？」

元宵吃驚的抬頭看了她一眼，旋即低下頭，主子的事情，她從不多話。她沈吟片刻說道：「只有左、右威衛，奴婢們是沒問題的。卻怕其中有張國公的親兵或豫景王的暗衛，奴婢們沒辦法躲開他們的。」

碧彤細想了一番，說道：「那，能不能想辦法避開張國公的親兵，讓豫景王的暗衛發現我們？」

元宵低頭想了想，點點頭說道：「這個行的。」

碧彤說道：「妳現在去跟湯圓說一聲，戌時過了我們便去。」

青彤待元宵出去了，忙問道：「姊姊，妳做什麼？若是豫景王的暗衛發現了我們，怎會還叫我們進去？」

碧彤說道：「會的，青彤，豫景王不是那樣的人，他不會弒兄。他的暗衛肯定會監視著張國公的一舉一動，我們只要去，他便能發現……不過我不能肯定他是會將我們趕回來，還是放我們進去。只是這是唯一的方法了。」

青彤好奇的問道：「妳怎知是趕出來或者放進去？萬一他狗急跳牆，拿我們做人質怎麼辦？畢竟他若當真做出這種大逆不道的事情，紹輝表哥便會即位。」

碧彤沒有解釋，只是心裡在說：他不會，他絕不會拿我們做人質的。

豫景王府內，齊明輝正躺在床上，面色蒼白，彷彿即刻便要活不下去了，一邊絮絮叨叨地問：「怎麼樣，怎麼樣？朕這樣子，夠虛弱吧？」

齊真輝在一旁倚著床欄翻了個白眼說道：「模樣是夠了，聲音太宏亮了。」

齊明輝用力咳嗽幾聲，壓低聲音說道：「好，朕知道了。嘿嘿……等會兒青彤一看，肯定嚇一跳。」

齊真輝又翻了個白眼說道：「別說她，就是臣弟也嚇了一跳。」

齊明輝也不介意弟弟的調侃，一心一意裝起了病人。

碧彤、青彤進來的時候，便瞧見皇上躺在床上，奄奄一息。

青彤一聲驚呼，急忙走上前去仔細看了他一眼，又回頭問齊真輝。「四王爺，皇上這是……皇上他……您……」

齊真輝一本正經的說道：「我們中了別人的圈套。」

青彤又是一聲輕呼。「姊姊果真沒說錯，她說她相信您，您是絕對不會做出這種事情的。」

此話一出，齊真輝不自覺的看了眼碧彤，兩人都紅了臉。

第四十七章

齊明輝見他們把話題繞開了，忙虛弱的咳嗽兩聲，提醒他們，床上還躺著個病人呢。

青彤的目光立刻又回到齊明輝身上，語氣是史無前例的溫柔，輕聲問道：「皇上，您覺得怎麼樣？」

齊明輝心中一暖，想說話，卻又咳嗽起來。青彤忙撫著他的胸口，替他順氣，順完氣回過頭來問道：「皇上身子要緊嗎？怎麼太醫們都被擋著不讓出去？皇上既然醒了，怎麼都不喊太醫們來看看？」

齊真輝瞟了床上的皇兄一眼，無可奈何的說道：「放心吧，已經讓太醫瞧過，沒大礙了……」又擔心繼續說下去，皇兄裝受傷的事情穿幫了，忙拉著碧彤說道：「皇上想跟青彤單獨說會兒話，我們先出去。」

碧彤看了眼一心撲在皇上身上的青彤，什麼也沒說，就跟著齊真輝出去了。

到了耳房，齊真輝自己動手沏茶。

碧彤見他不準備說話，便開口問道：「是不是齊紹輝幹的？」

齊真輝不明所以的抬頭問道：「妳說什麼？」

碧彤坐下來說道：「是他對不對？這件事情的贏家，就是他了。可按道理，皇上與您不可能這麼輕而易舉的就被他陷害了，他也不是這麼魯莽就行動的人啊……」

齊真輝不由得失笑，說道：「我從妳的語氣裡，聽出妳很關心我？」

碧彤瞪了他一眼，耳根子又紅了，說道：「誰說我關心你了……我、我是不放心青彤才過來的。」

齊真輝翹起嘴角，心情很好的說道：「謝謝妳肯相信我。」又繼續解釋。「妳猜對了一半，我們不過是將計就計。不過對方不是老五，而是張國公。」

碧彤皺著眉頭分析片刻，有些不可置信，問道：「張國公投靠了齊紹輝？」

齊真輝想不到碧彤這樣聰明，立馬就能猜出來。「是，皇上總不肯聽他的話，他恐怕早就與老五勾搭上了，這次的行動，估計只是老五的試探。皇上可以乘機收回政權，這一次對付張國公，可是勢在必行。」

碧彤瞧著齊真輝篤定的樣子，一顆懸著的心終於放下了，又好笑的問道：「勢在必行，所以皇上要先假裝中毒？」

齊真輝吃驚的摸摸鼻子問道：「不是……皇上他是……妳怎麼知道的？」

碧彤譏諷的看了他一眼說道：「你這既不著急又不擔心的模樣，若他是真的中毒虛弱，恐怕你此刻也沒這個閒情逸致跟我在這裡喝茶吧？」

齊真輝嘖了一聲說道：「人人說興德郡主人美心善、禮數周全。此刻瞧妳這模樣，哪有一點禮數周全的模樣。」

說出來的話不好聽，但齊真輝那語氣，卻是慶幸的模樣，他著實不希望自己將來的小妻子沈悶無趣呢。

碧彤也聽得出他並沒有譏諷的意思，只自己倒了一杯茶，說道：「你們沒事便好。」

齊真輝抬頭看著碧彤，她此刻看著門外，似乎想從那裡看到什麼東西，又彷彿是在回憶苦不堪言的過往。他心中有些詫異，怎麼這個小丫頭心中有那麼多的苦悶？明明她雖然活得不算輕鬆，但是有許多愛她的親人，她父親、繼母、弟弟、妹妹，還有齊國公府的人，怎的她的目光裡，總透著一股孤獨的悲涼？

他忍不住輕聲說道：「妳放心，我們都會好好的。」

碧彤抿著唇，堅定的點了點頭。

齊真輝又說道：「碧彤，皇上假裝中毒的事情，還請莫要告訴青彤姑娘吧。」

碧彤愣住了，倒不是因為他要她瞞著青彤，而是他直接喊她的名字，卻稱呼青彤為姑娘。她不自覺的心情雀躍，懵懵的點了點頭。

青彤關切的看著齊明輝問道：「是中了什麼毒？可解毒了？能好嗎？」

齊明輝虛弱的點頭說道：「妳別擔心……我沒事了，只需要好生休養……」

青彤還是不放心的細細打量他，見他眼神清明，才點頭說道：「我瞧著是有些精神，想來是要大好了。不過皇上還是要多加注意……您是真龍天子，受了這樣的罪，當真是……」

齊明輝心花怒放，面上硬撐著說道：「青彤……青彤，朕以為……再也見不到妳了。」

青彤此刻卻是無比溫柔說道：「說什麼胡話呢。」但她本是抓著被子的，此刻便鬆了手準備坐到一邊，與皇上分開些距離。

齊明輝見狀，忙伸手抓住她的手說道：「青彤……咳咳，青彤，朕……我當日回宮才知道，原來齊睿他……他……」

青彤面色一白，想要掙脫他的手，又顧念著他的身體，不敢用力。掙了一會兒，見掙脫不開，便只背過身去不理他。

齊明輝接著說道：「真的不是我，齊睿是不可多得的良將，將來自會承齊國公衣缽，大齊內憂外患，我再傻也不會棄國家於不顧的。」

青彤當日是驟然得了齊睿受傷的消息，自己又被皇上擄了去，心裡不高興，一時著急才胡思亂想，脫口而出。回去之後細細思量，自然發覺不是這樣的，便說道：「我明白……多謝皇上……肯諒解臣女的無禮。」

齊明輝笑起來說道：「青彤，不管怎麼樣，我都不會怪妳的。更何況這件事情，是我不對，我不應該讓他去那麼危險的地方……」

青彤紅了臉，有些害羞，滿肚子又都是疑問，只想問個清楚明白。不過此刻，她不好意思問太多政事，便趁他不注意抽出手站起來說道：「皇上……既然皇上無事，天色已晚，臣女便先告退了。」

齊明輝伸手一撈沒有撈到她的手，忙說道：「青彤、青彤，妳多陪陪我……青彤……」

青彤退後一步，搖搖頭說道：「皇上，臣女告退。」

齊明輝真想站起來攔住她，又怕被她看出端倪，只好忍著心中的焦急，說道：「青彤，朕……朕過些日子……便接妳……」

青彤一下子跪倒在地上。「請皇上恕罪，臣女已經訂親了。」

齊明輝不可置信的問道：「那麼妳今日來是為何？妳、妳分明是……」

青彤顧及著他的身體，只笑道：「臣女……臣女今日是陪姊姊過來的……臣女的姊姊是……是替小公主關心皇上的身體……」

青彤撒了謊，轉身便跑出去了。

青彤出了房間，便有齊真輝的隨從將她帶到齊真輝與碧彤坐著的房內。

碧彤見青彤臉色異常，問道：「青彤，妳怎麼了？」

青彤搖搖頭，笑了笑說道：「姊姊，既然我們是受小公主之託，過來看一看皇上的身體的，如今皇上無事了，我們回去吧。」

碧彤微微訝異，很快便反應過來，回頭對齊真輝說道：「多謝王爺，還煩請王爺送我們回府。」

齊真輝愣怔片刻，心想青彤姑娘這個謊言，撒得還真差。小公主就算真來打探消息，會派兩個弱不禁風的閨閣少女？不過他什麼也沒有說，招來暗衛叮囑了一番。

誰知暗衛首領為難了，猶豫地說道：「王爺，二位小姐恐怕出不去了。」

碧彤和青彤吃了一驚，忙問道：「怎麼回事？」

暗衛說道：「屬下發現，張國公除了左、右威衛，又調了一隊士兵……」

碧彤聽他說一半留一半，知道這涉及朝政上的事情，便開口岔開話題說道：「四王爺，那我們怎麼回去呢？現在太晚了，恐怕再晚，家人會知道的。」

齊真輝沈思片刻，對暗衛說道：「沒辦法帶她們出去，獨自出去呢？安排個人，去一趟小公主府。」

暗衛忙點頭應道：「這個沒問題。」

齊真輝說：「安排人通知，說郡主和郡主妹妹在我這裡，明日我會親自拜謝姑母。」

碧彤瞧著領命離去的暗衛，感激的說道：「多謝王爺。」

青彤卻兀自發著呆，不知道在想些什麼。

齊真輝問道：「青彤姑娘，這是權宜之計，妳二人在我這裡，我定會護妳們周全。」

青彤迷迷糊糊的抬頭看了他一眼，側頭看到碧彤，帶著哭腔說：「姊姊，我要回去。」

碧彤忙伸手摟住她說道：「別擔心，暫時我們回不去了，但是姊姊在這裡，姊姊會保護妳的。」

齊真輝摸摸鼻子，這話說得，好似他會對她們怎麼樣似的。又覺得碧彤、青彤是雙胞胎，兩人的心性卻相差甚遠，那青彤才是十幾歲小姑娘的模樣，碧彤卻是老成太多了。但……若碧彤也這般孩子樣，他恐怕也不會喜歡。

青彤趴在碧彤肩膀上哭了一場，才抽抽搭搭的跟著她去了客房，也不肯單獨睡，非要擠在碧彤身邊，說是她認床，不跟姊姊一起就睡不好。碧彤知道她心情不好，也由著她。

齊真輝將兩個姑娘安頓好，才回到齊明輝身邊。

齊明輝正沈著臉坐在窗前，不知道在想些什麼。

齊真輝問道：「怎麼回事？我看著青彤姑娘的臉色也不對勁。」

齊明輝悠悠的嘆口氣說道：「她為何……不肯放開心懷？」

齊真輝想了半天，憋了幾個字。「或許……女人都這樣吧？皇兄，此刻不是兒女情長的時候，您知道嗎？張國公豢養私兵！」

齊明輝有氣無力的說道：「有什麼稀奇的？你不也在豢養私兵。」

齊真輝的白眼翻到天上去了，不耐煩的伸手拉了拉齊明輝的手說道：「您清醒點行不行？豢養私兵啊！我為何操練私兵？那都是為了您，您親政了，那些私兵就不是私兵了。」

齊明輝回過頭看著他，點頭說道：「對，朕背著他養私兵，他也背著朕這麼做，說明他早就想謀反了。」

齊真輝啞口無言，半晌問道：「您這是早就知道了？」

齊明輝笑起來說道：「朕若是知道，怎會不告訴你啊？不過沒什麼差別不是嗎？朕從前以為他好歹是朕的外祖，不過是太愛權力了些，如今才曉得……」

齊真輝看著笑得無比滄桑的皇兄，不免有些壓抑，忙安慰說道：「皇兄，別擔心，這也算是意外之喜，明日事情結束，那些私兵就可以收為己用……」

齊明輝依舊愁眉不展。「真真，你說做皇帝有什麼好的？我總算明白父皇當時為何誰都不相信了。我尚且有你，若是沒有你，我想這輩子醉生夢死就算了。你看看我的母后、我的外祖，甚至我弟弟都想要我的命，活著有什麼意思？」

齊真輝愣一愣，跪坐在齊明輝腿前，扶著他的膝蓋說道：「皇兄，皇帝能做很多很多的事情，等您親政了，就可以大刀闊斧的改革。現如今的大齊是個什麼模樣？朱門酒肉臭，路有凍死骨，這樣的現狀我們要一點一點的改變。那些文臣一股酸腐氣，科舉明明是為了百姓著想，可是那些考科舉的人，應試完了，只想著高官厚祿，有幾個肯為百姓做事的？

「再說外患嚴重，年年徵兵，可憐戰士在外數年不得歸家，甚至連媳婦都娶不上，更別說生孩子了。可是顯貴們在幹麼？一個妾一個妾的納，一個夫人一個夫人的娶。還有商人，明明是靠著他們，物資才能豐富，財政才能有支撐，可他們的地位卻那麼低……」

齊明輝看著面前絮絮叨叨的齊真輝。這樣的話，從很早之前，真真就喜歡對他說，也是這些話支撐著他努力向前，一步一步收回手中的權力，只為了實現真真口中的那一幅美麗的藍圖。

可是今夜，他不再心動，他突然希望，若自己是個普通人，像齊睿，只要顧著保家衛國，不管朝政紛擾。又或者他是個閒散王爺，整日玩鬧不思進取，也沒有人怪他恨他。甚至哪怕是個鄉野百姓，老老實實的度過一生，那該有多好啊？

他看著齊真輝閃閃發光的眼睛，壓下心頭的話，只默默的聽著。

第二日一早，太后、顏太妃、廉廣王以及張國公都來到了豫景王府門口，這裡已經重兵把守了一天一夜了。

有侍衛上前轟轟轟的敲門，另一個侍衛站在梯子上，拿著喇叭大聲喊著。「即刻開門！不然我們要撞門了。」

門內的侍衛們亦是罵罵咧咧，怪外頭的人擾了清晨的靜謐。

不多時，侍衛們搭了兩個高高的大架子。一眾丫鬟、太監，一邊扶著廉廣王與張國公，另一邊是太后與顏太妃，一起登上了高臺。

張國公取過隨從遞上來的大喇叭，冬日的寒風呼呼的颳著他的臉，他側頭看了看另一邊的女兒，她正滿目悲痛的看著豫景王府大門上方的八卦鏡。又低頭看看下面，自己的兩個兒子並一個嫡孫，正站在下方焦灼地望著自己。

張國公努力直起彎著的背，拿著大喇叭說道：「豫景王，皇上已被你囚禁一天一夜了，請立即將皇上完好無損地送出來。我們答允，只要皇上無事，我們絕不動你一根毫毛。」

碧彤聽了冷笑起來，張國公這話，不就是說給所有人聽的嗎？說是豫景王挾持了皇上，還挾持了一天一夜。聽他口氣，是篤定皇上已經出事了。

豫景王府沒有動靜，張國公側頭看著太后，太后依舊盯著那八卦鏡不動。

顏太妃推了推她說道：「姊姊，現在不是傷心的時候，無論皇上怎麼樣，先得等他出來，或者咱們進去才能看得到啊。」

太后悲涼的看了眼顏太妃，苦笑了一聲，也不去接丫鬟遞上的喇叭，只大聲問道：「真兒，可能聽到母后的話？母后……母后只想問問，皇上他如今可好？」

豫景王府依舊沒有動靜，張國公又喊道：「豫景王，難道真的要我們破門而入，一絲餘地也不給你留嗎？」

見還是動靜全無，張國公對著太后說道：「太后娘娘，您是否該有決斷了？」

太后面無表情，直愣愣看著面前的屋頂，張張嘴，卻什麼都說不出來。

張國公咳嗽一聲說道：「太后娘娘以為過了這麼久，皇上還能活著嗎？」

太后閉上眼睛，低聲對著一旁的顏太妃說道：「卑鄙。」

顏太妃笑靨如花，說道：「姊姊，妹妹什麼都沒有做哦，不過是答允了，紹輝暫時不成親，日後娶您那個快六歲的侄女。」

太后又沈默片刻，沙啞著聲音說道：「齊真輝，亂臣賊子，竟敢弒兄奪位。今日，請諸位為皇上報仇！」

張國公大聲喊道：「臣等願意為皇上報仇！」

下面的侍衛們都跟著大喊道：「為皇上報仇。」

張國公指揮著侍衛們，正準備破門而入，便聽到一聲馬兒長嘶。眾人回頭一瞧，卻見一隊騎兵停在他們後面，為首的正是花甲之年的定遠侯唐瑜。

定遠侯大笑三聲，翻身下馬，絲毫不見老態，他緩步上前，恭敬的給太后等人行禮。

太后彷彿找到了支柱，忙道：「定遠侯，多年未見，你身體可好？」

定遠侯笑道：「託太后娘娘的洪福，老臣身體康健，聽聞洛城出事，特連夜回城，以助太后娘娘一臂之力。」

太后熱淚盈眶，點點頭說道：「好，好……」

顏太妃急了，說道：「姊姊，就是這個老頭的外孫害死了皇上，您怎能相信他的話？難道您要讓害死皇上的凶手登上高位嗎？」

定遠侯冷淡的拱手說道：「太妃娘娘此話言之過早，皇上如何妳我皆還不清楚。」

顏太妃哼了一聲，壓著心中的怒氣，多年的隱忍，倒是讓她習慣多想一想，便耐下性子不作聲。

定遠侯登上高臺，站在張國公身邊。他比張國公高了半個頭，此刻一站，張國公氣勢弱了一大半。

定遠侯也不管他，也不要喇叭，聲如洪鐘的揚聲說道：「皇上、四王爺，臣來了！」

張國公臉色大變，琢磨著昨夜暗衛們的報信，說好似有人進了豫景王府，難道是定遠侯的人？

還未等張國公想明白，豫景王府大門打開，齊真輝從裡頭走了出來。他一見定遠侯邊上的人拿著自己以前搗鼓出的喇叭，莫名有些想笑，幸好忍住了。

太后急忙下了高臺，走上前去問道：「真兒，明兒人呢？」

齊真輝行禮說道：「母后莫要憂心，皇上無事。」

太后含著淚花點點頭說道：「好，那就好、那就好。」

張國公指著他大喊道：「不可能！怎麼會這樣？明明皇上他已經……太醫呢？太醫呢？」

太醫正率先走出來，恭敬的說道：「太后娘娘，皇上無恙。」

張國公怒道：「你們騙我，你們合起夥來作戲！我不服，來人，將豫景王拿下，他殺死皇上，意欲謀反。他現在出來，便是想夥同定遠侯一起造反……」

話音未落，定遠侯已經拿住他了。左威衛猶猶豫豫的左看右看，右威衛則紋絲不動。

張國公哪裡還不明白發生了什麼事情，忙對著身邊的廉廣王說道：「王爺，王爺……」

廉廣王想下去，偏偏被張國公與定遠侯擋住了去路，只好對著下面拱手說道：「四哥，臣弟糊塗，當真以為您……好在皇兄與四哥都平安無恙，臣弟也能放下心來。」

又對著張國公說道：「國公爺，本來您說四哥弒兄，本王身為先皇的兒子，自是不能不管。現如今發現原來另有隱情，本王並無篡位之心，當然也不能起兵胡來了。」

這話說得冠冕堂皇，張國公卻是連辯駁都不成了。

齊明輝從裡面走了出來，身後跟著侍衛押著幾名犯人。

太后一下子撲上去喊道：「明兒……」

齊明輝卻只禮貌的頷首，退到一邊。齊真輝趕緊上前說道：「母后，正事要緊。」

太后心中一沈，今日她答應跟著父親一起過來，兒子這是不肯再原諒她了。可是她能怎麼辦？她雖然猜到兒子有自己的計劃，卻不敢違抗父親，說來說去，是她這個太后、是她這個娘，做得太失敗了。

齊明輝對定遠侯說道：「朕就知道定遠侯是不會不管朕的。」

定遠侯哈哈大笑說道：「皇上長大了，狡猾了。」

齊明輝不以為忤，亦笑道：「這都是幼年同定遠侯學的。」

此話一說，眾人還有什麼不明白的？

張國公的兩個兒子立刻一起上前說道：「皇上，臣等什麼也不知道啊，昨日聽說您中了毒，太醫只進不出……」

第四十八章

齊真輝立馬上前扶住齊明輝說道：「皇兄，您受驚了，在一旁休息，臣弟我處理這種事情最是在行了。」

說罷一揮手，便有侍衛押著兩個隨從過來了。

齊真輝冷笑道：「這兩個，一個是本王府內侍奉茶水的隨從，一位是皇上身邊會帶出宮的親衛，昨日卻在宮內，至於宮內的人，恐怕還得再清理一番。」

話說到這裡，齊真輝也沒有繼續再說，只是眾人都明白了幾分。大庭廣眾之下，這種皇家醜聞，也沒辦法說得太細緻了。

張國公陰沈著臉，正在盤算著如何行動，他的幼子張欣竹就上前對太后喊道：「姊姊，姊姊，我不知道，我真的不知道啊！這肯定是假的，肯定是齊真輝陷害咱們家的！皇上，您想想，咱們家已經位極人臣了，怎麼會做這種事情呢？」

定遠侯冷笑道：「是麼？那豢養私兵、走私武器的罪名也不敢承認嗎？」

張國公閉上眼睛，復又睜開，重重的咳嗽了兩聲。「從前我就說過，齊國公、穆國公，都不如你定遠侯，這次是我大意了，萬萬沒想到你多年不在，我這右威衛竟還能聽你的指揮。」

定遠侯哈哈大笑說道：「張衛東，當年咱們一同保家衛國，我不過是老國姓爺麾下一名小將，自是不能同你們相比，不過老夫尚有一顆拳拳愛國心，唯願大齊國泰民安。」

齊明輝笑道：「好，定遠侯說得太好了，大齊有您這樣的良臣忠將，何愁沒有國泰民安的一天？」

張國公心如死灰，只是重重的嘆了口氣，什麼話都沒有說。

正在這時，一名內侍急匆匆跑來，見到眾人，左看右看，猶豫著上前，跪下帶著哭腔說道：「皇上、太后……皇后娘娘她……薨了……」

齊明輝神色微動，沒有出聲，倒是太后吃驚的問道：「怎麼回事？」

那內侍低著頭說道：「娘娘今日不知道怎的……聽說了……皇上中毒……的消息，便懸樑自盡了。」

齊明輝握緊了拳頭，這個跟他沒有絲毫感情，而且不忠於他的皇后，最後竟然因他而死。不……不是為他而死，而是同他一樣，看不到盡頭，只能絕望而死吧？

太后卻是仰天哈哈大笑起來，而後指著張國公說道：「你滿意了？滿意了？」

又指著張國公世子張欣陽說道：「大哥，你心痛嗎？心痛嗎？那是你的親生女兒，如同哀家一般，自幼乖巧聽話，她知道自己的命運，以為她的將來，跟哀家是一模一樣的，只可惜，只可惜……呵呵，不，她確實跟哀家一模一樣，都是你們的棋子！棋子！」

齊明輝開口說道：「來人，先扶太后回宮。豫景王，這裡便交給你了。」

齊真輝立刻帶著侍衛們，將所有的威衛士兵們全都調走了，只留下親衛守在這裡。

太后掙脫丫鬟的手，又指著齊明輝說道：「皇上，你如今很恨哀家對不對？你討厭蓉蘭，更討厭哀家，可是你擺脫不了。如今你可以擺脫了，對不對？哈哈哈，蓉蘭死了，你很高興對不對？你早就不耐煩她了，她好不容易懷了孩子，結果就沒有了，那個孩子沒了，你一點都不傷心、都不難過，你根本不希望孩子活著生下來，對不對？」

張國公說道：「娘娘，如今說這些有什麼用？是老臣的錯，老臣倒沒想到，皇上會連自己的孩子也不放過。」

太后頹然坐在地上，又惡狠狠的抬頭對著張國公說道：「你有什麼資格說他？若不是你處處強逼，明兒怎會這般對待蓉蘭？」

張國公不耐煩的說道：「張家三代都是外戚，可是皇上看不上蓉蘭，連蓉蘭的宮殿都不肯入。」

齊明輝開口問道：「所以外祖便讓蓉蘭借種？為了張家的地位，混淆皇室血脈也在所不惜？」

此話一出，在場的人都目瞪口呆。

張國公不可思議的問道：「你說什麼，蓉蘭她做了什麼？借種？」

齊明輝冷笑一聲。「怎麼？現如今，朕的皇后死了，你們一個、兩個都推說不知道？這麼大的事情，都是她一人所為，對嗎？」

張國公此刻已經站不穩了，他掙開定遠侯，顫抖著下了高臺，跪倒在太后跟前說道：「臣……當真不知道。」

太后聽了這消息更是傷心，只顧著埋首痛哭，理都不理他。

張國公回頭看看張欣陽，只見他神色慌張，往後退了一步。張國公爬起來，走過去給了他一個耳光。「是你，對不對?!」

張欣陽捂著自己的臉，說道：「父親，我也不願意啊！皇上他……他不喜歡蓉蘭，一個月去不了一回……本來他們久久沒能有孕，我就很著急……這總不去，蓉蘭怎麼可能會有孩子？」

張國公又揚起手，卻久久沒有落下去，最終還是放下了手，走到皇上跟前跪下說道：「老臣……對不起皇上，對不起先皇，自請了斷……還請……皇上留我張家一條血脈。」

又回頭看了眼定遠侯，說道：「老臣豢養私兵五千，皆在大行山……皇上，老臣昨日是一時糊塗，但絕無混淆皇室血脈之心，那私兵……是希望將來，護我張家所用……」

他沒有明說，齊明輝卻聽懂了，他是擔心將來，張家與自己，或是將來的皇上，矛盾更深，無法化解，便提前練兵好為自己求一條退路。

齊明輝微嘆一口氣說道：「外戚權勢過大，是朕之過錯。今日起，張家削爵削官，貶為平民，世代不得入洛城。」

張欣陽腿一軟，跌倒在地上。張欣竹急忙上前大喊道：「皇上、皇上，我是你舅舅啊！我是你舅舅啊！我什麼都不知道，這些事我都不知道啊，明輝……」

齊真輝說道：「張大人，世家便是如此，一榮俱榮一損俱損。正因為您是皇上的母舅，才網開一面，不誅九族。」

張欣竹瞪大了眼睛，又委屈的看著太后說道：「長姊，長姊……」

太后爬起來，理了理鬢髮，將手擱在宮女的手上說道：「皇上，哀家已經年老，以後後宮之事，恐不能替皇上分憂……暫且讓你唐庶母代理吧……日後哀家只得日日祈福，希望祖先佑我大齊，風調雨順，世代興盛。」

張欣竹知道大勢已去，頹然倒在地上嗚嗚哭泣起來。

然而並沒有人管他，齊真輝與定遠侯目送太后、皇上、顏太妃與廉廣王回宮，便井然有序的安排後面的事情。

張國公一直跪到看不見皇上的鑾駕，才慢慢爬起來，走到齊真輝跟前，一臉灰敗說道：「成王敗寇，臣……請求王爺賜杯好酒。」

齊真輝凝視他良久，問道：「國公爺何必如此？」

張國公只苦笑一聲說道：「臣不過是……作繭自縛罷了。」

臘月二十，齊睿終於回到洛城。碧彤、青彤縱使擔心萬分，也只能忍耐著等齊靜先下帖子。然而林氏接了帖子，卻只回信說齊睿剛回，身子不大妥當，過兩天再派人來接。

這種推託之詞，一般是關係普通的人家，不方便的時候用一用。依著齊國公與永寧侯府現在的關係，便是齊靜不下帖子，直接帶著她們去敲門也沒多大關係的，怎的這會兒竟然說不大妥當？

第二天林氏卻親自過來了，只一頭鑽進齊靜的房間，兩人說了一個時辰的話，等出來的時候，眾人一瞧，林氏眼睛紅腫，而齊靜臉色也很是難看。

碧彤、青彤正領著兩歲多的翠彤在清荷院裡玩，見著她二人出來，忙上前見禮。然而林氏既不看碧彤、青彤，也不去抱她平日見面總要哄逗一番的翠彤，只勉強地說過幾日再接她們去玩，便急匆匆走了。

齊靜則讓人抱了翠彤下去，又伸手招碧彤、青彤過去。二人跟著齊靜去了內室，齊靜欲言又止的看著她們，很是為難的模樣。

青彤問道：「母親，可是睿表哥出了什麼問題？」

林氏與齊靜這個模樣，倒讓二人格外擔心，難道睿表哥是大不好了嗎？之前探到的消息卻是無事的啊。

齊靜想著總是要說出口的，便也不再猶豫，說道：「青彤，母親知道妳向來是個有心思的，這件事情，本來妳們舅母是讓妳們父親和我拿主意的，可是我總想著，要妳自己決定才好。」

青彤懵懵的問道：「母親，是什麼事情？」

齊靜端起茶杯喝了一口水，發現那茶水涼透了，便煩躁的放下去，也顧不得其他的，直說道：「妳們表哥帶了一名女子回來……」

碧彤、青彤皆很是吃驚。

齊靜又說道：「不知道懷州那裡出了什麼事情，妳們表哥被人刺殺身受重傷，幸得妳們舅父提前派了一支隊伍援救……不過，妳們舅母說，妳們表哥並不喜歡那名女子，只是因為那女子對他有救命之恩，不得不留她在身邊。」

齊靜看了看青彤，她低著頭，看不清臉上的表情。

齊靜想一想才接著說道：「青彤，妳舅母的意思是，妳表哥既然不喜歡那女子，也不妨事，那女子挾恩圖報，便收在府中……青彤，母親與妳舅母的意思一樣，睿兒絕不會虧待妳，便是妳舅母也是站在妳這邊的。」

青彤依舊低著頭不說話，碧彤震驚之餘倒是萬分奇怪，上一世表哥是娶過妻，但絕對不曾納過妾，那這個女子又是哪裡冒出來的？

碧彤問道：「這名女子，是什麼身分呢？」

齊靜略有些為難，但又想著該讓青彤知曉得明白些，也不至於將來吃了虧，便說道：「是妳們舅父麾下一名將領的女兒，今年已經十六歲了。去年睿兒送敏兒出嫁，去了悅城遇到這位姑娘，當時她就纏著妳們表哥，要跟他一起回來……」

青彤聽到這裡，抬起頭來說道：「母親，若是表哥當真心有所屬，我怎願意拆散一對鴛鴦？」

齊靜沈著臉說道：「胡說什麼？妳們舅母已經說過了，睿兒不喜歡那姑娘，從他醒過來，一路上就一直要那姑娘回悅城，還要安排人手送她，是妳們舅父的人不放心睿兒，便決定先送他回來……只不過那姑娘跟著睿兒這麼久了，名聲已經……」

碧彤心中卻是勃然大怒，這樣說起來，這姑娘當真是挾恩圖報，逼著睿表哥娶她嘍？如今，竟是叫表哥騎虎難下了……

齊靜又嘆了口氣說道：「過沒幾天妳們便十五了，好在妳們都是年底出生的，不然這般大了還沒訂親，著實說不過去啊！碧彤已經讓我們著急擔心了，青彤，妳這門親事若是沒了，又上哪裡去找更合適的呢？」

青彤說道：「母親，難道女子只有嫁人這一條路嗎？我便是不嫁人，照樣能活得好好的。」

齊靜愣怔片刻，本想出口訓斥，又想到自己年輕的時候，不也是這樣？當時她被那張欣竹騙親又毀親，也是這樣一句不嫁人。如今做了母親，倒是體會當年父母、大嫂擔憂的心情了。

碧彤雖然知道青彤心中如今有了皇上，但總還是有些不甘心，上一世這對有情人未能雙宿雙飛，那是她心中最難過的地方。這一世，她總得想辦法試一試，盡力讓他們在一處才好。

她便說道：「母親，不管是什麼樣子，我想帶著青彤去看一看表哥，也看一看那名女子，若……若她當真是一廂情願，我們再做打算也好。」

齊靜細細一想，覺得這也不錯，雖然她相信娘家嫂子，也相信自己侄子，但如今既做了青彤的母親，自然萬事要替青彤多想想。反正也是要去探望的，當下便招來永嬤嬤，讓她去遞了信。

林氏得知青彤已經知道了，也不含糊，第二天便安排馬車，將齊靜、碧彤、青彤、熠彤、翠彤全都接了過來。

碧彤、青彤見了禮，沒說兩句話，便被丫鬟帶著往齊睿的院子走去，才到院門口，便見到齊睿與一名女子站在樹下說話。

那女子身材高眺、皮膚稍黑、濃眉大眼，此刻眼裡全是濃濃的關懷，說道：「齊睿，你快進去休息，莫要在這邊吹風。」

碧彤只見她一眼便想起來了，這名女子，正是齊睿上一世的妻子，名叫蔣青姿。她模樣與洛城貴女的嬌柔完全不一樣，故而見她一次，便再也忘不掉。

碧彤只記得，上一世她是舅父親自為齊睿選的夫人，不通文采，武功倒是不錯，據說戰場上，甚至比齊聰還要有用些。當時碧彤甚至一直疑心，表哥願意娶她，是否因為她的名字中間，也嵌了一個青字。

難道因緣際會，全看上蒼？齊睿與蔣青姿、青彤與皇上，都是逃不脫的宿命，那自己呢？

碧彤握緊了拳頭，心中亦是驚濤駭浪，上一世，齊睿與這個蔣青姿，是五年後才成婚的。那時的蔣青姿已經二十一歲了，怎會拖到那樣晚？難道她上一世便一直等著表哥？這些事情她以前從未細細關注，也從未思考過當中的緣由，如今想來，才覺得或許很多事情，並不是她表面看到的那麼簡單。

齊睿背對著碧彤她們，因而看不清他此刻臉上的表情，只聽他說道：「如今我身子已經大好了，妳快些回悅城去吧。」
蔣青姿一笑，大眼裡全是戲謔，問道：「這不到兩天便過年了，你也不留我過個年？」
齊睿語氣一如既往，冷淡中透著疏離。「這不是妳的家，怎可以在這裡過年？」
蔣青姿被他這般擠兌，也不生氣，反而哈哈大笑說道：「但路上也不是我的家呀！我一個弱女子，孤苦無依，一個人在路上……」
齊睿不耐煩繼續聽，轉身準備進去。
蔣青姿跟在後頭，卻是直白說道：「齊睿，你真的要娶你那個表妹嗎？」
齊睿腳步一頓，停下來沒有說話。
碧彤、青彤臉色全都變了，丫鬟見狀，忙輕輕咳嗽一聲。齊睿與蔣青姿聽到聲音，這才看到她們，都有些不好意思。
齊睿皺著眉頭，看了蔣青姿一眼，對她們說道：「表妹們過來了？怎麼沒有人通報？」
帶碧彤、青彤過來的丫鬟忙低頭請罪。「大少爺，是奴婢疏忽。」
青彤譏諷的笑了笑說道：「別說她疏忽了，你們說話那麼大聲，便是我們也聽得呆住了，不曉得該不該打斷你們。」
齊睿嘆了口氣，知道二人對話俱是被她二人聽到了，便揮揮手，讓丫鬟下去了。
蔣青姿上下打量了一通碧彤、青彤，眼神暗了暗，上前見禮道：「二位姑娘，我是悅城蔣家三姑娘青姿。」

碧彤見青彤不吱聲，邊回禮介紹道：「蔣三姑娘，我是永寧侯府顏家長女碧彤，這是我妹妹青彤。」

蔣青姿頗豔羨的說道：「顏家女兒傾國傾城，青姿果真是孤陋寡聞，見了妳們方知，原來世間真有九天仙女。」

她這話說得誠懇，碧彤本預備謙虛一二，再誇讚一下她。

青彤卻登時火了，她最討厭旁人誇讚她容貌美麗，如今聽得這蔣青姿如此說來，只認為蔣青姿是諷刺她以色勾人，當下說道：「縱然我們有幾分姿色，卻也不會死皮賴臉跟著男人跑的！」

這話說得極其傷人，齊睿開口呵斥。「青彤，妳怎能這般出口傷人？」

便是碧彤也忙將青彤往後拉，對著蔣青姿作揖說道：「三姑娘，是我妹妹的不是，著實無禮，回頭我定會稟告家中長輩，好好懲罰她。」

若是一般的女兒家，聽了青彤的話，自是哭著跑出去了。然而蔣青姿卻細細打量青彤一番，抱拳說道：「是我的過錯，原本不應該說出那樣的話，請二姑娘原諒則個……不過我喜歡他一年有餘，著實不甘心，見了姑娘才知道，原來當真是我一廂情願。妳放心，我不是死纏不放的人，只是大雪封路，回悅城的山路頗多，只能等開春再走。往後我一定注意言行，必不會再給你們帶來困擾。」

說罷，她又衝齊睿和碧彤各自點一點頭，轉身要走。

齊睿忍不住開口喊道：「蔣三姑娘。」

蔣青姿回頭一笑說道：「齊睿，你母親的意思我也明白，我並非挾恩圖報之人。只是本來以為你的親事不過是父母之命，認為自己可以追求自己的幸福，如今看來卻是我不自量力了。蔣家沒有做妾的先例，即使有，我蔣青姿也不願委屈了自己。」

齊睿搖頭說道：「我不是這個意思，是……剛剛我表妹出言不遜，我替她給妳賠不是。」說罷，深深的鞠了一躬。

蔣青姿本來便神色不快，見他如此維護自己的表妹，更是失魂落魄，抿著唇轉身走了。

齊睿瞧著蔣青姿的背影，卻是許久不曾動作。

青彤冷哼一聲說道：「原以為睿表哥是君子坦蕩蕩，沒想到竟這般扭捏。你若是喜歡她，遵從自己的內心即可，若說是為了我，那大可不必，我顏青彤可不願阻撓了你的將來。」

齊睿尷尬的看了她一眼說道：「青彤妹妹，我與她什麼都沒有，我一早便知道自己的將來是什麼樣子的，又豈會這般沒有責任心？」

青彤低著頭盯著腳尖，不知道在想什麼，許久才說道：「表哥，你說，一眼便能看到老的日子，那會是什麼好日子嗎？」

齊睿莫名其妙的看她一眼說道：「不然什麼樣的日子，才叫好日子呢？」

青彤抬頭看他，又問道：「表哥，那你待我與姊姊，又有什麼不同呢？」

碧彤趕緊拉了她一把說道：「青彤，妳胡說什麼呢？」

青彤苦笑一聲說道：「表哥，我不願意嫁你，我不喜歡你。」

齊睿著急的說道：「表妹，這件事情是我的錯，開春後我便送她走，我答應妳，此生絕不見她。表妹，我們的事情，是兩年前便定好的，此時再說不訂親，對妳卻是大大的不利啊！」

青彤反問道：「表哥你喜歡我嗎？」

齊睿愣怔半晌，他自己也不明白，可他很早就知道，不是碧彤就是青彤，他將來的夫人，只能是這兩個中間的一個，所以他從沒想過自己是不是喜歡。

第四十九章

青彤又說道：「表哥，我想了很久，我對你的喜歡，與對智表哥和聰表哥都是一樣的，與姊姊對你們的喜歡也都是一樣的。我不愛你，我跟你不一樣，我不想過那種一眼就能看到頭的生活。」

齊睿急了，問道：「可是青彤，妳馬上就要十五歲了，洛城合適的人家，恐怕都知道我們的親事。過了年，我們便要徹底定下來了，妳這個時候悔婚，將來妳要怎麼辦？」

青彤搖搖頭說道：「我也沒想過，不過我明白我喜歡的人不是你，所以我不能嫁給你。對不起，表哥。」

青彤說完，便拉著碧彤轉身走了。

碧彤小聲問道：「青彤，妳這樣……這樣真的好嗎？」

青彤斜眼看了她一眼說道：「姊姊，妳又不是不知道我的心事，我本來還很內疚，要耽誤表哥了，現在發現原來他心有所屬，我倒是輕鬆了許多。那個蔣三姑娘倒是挺對我胃口的，不似一般姑娘那樣矯情。」

碧彤看著青彤，不自覺的笑起來，她總是前怕狼後怕虎，一件事情要想個千千萬萬遍，倒不如青彤這樣行事灑脫。將來如何有什麼要緊的？若是旁人覺得青彤年歲大了，或是曾經說過親事，這樣的男子與家人，不嫁進去反而最好呢。

青彤又嘆了口氣說道：「本來是想要過了年便與父親、母親說一說的，如今倒是不敢說了，萬一父母以為是表哥對不住我，可怎麼好？」

第二日，門房來報，悅城蔣家三姑娘來拜訪二姑娘。

齊靜著實嚇了一跳，生怕青彤這個情敵，是上門要求青彤讓位的。

青彤倒是沒什麼特別的感覺，興匆匆拉了碧彤，去接那位青姿姑娘到暖閣玩。

進了屋子，青彤將丫鬟們揮退方道：「蔣三姑娘，常言道無事不登三寶殿，說起來咱們也算不得是朋友，敢問妳今日前來所為何事？」

這一席話說得碧彤都覺得拗口，平日裡青彤甚少這般一本正經呢。

蔣青姿笑起來說道：「咱們名字裡，都有個青字，也是有緣。從前齊睿曾跟我說過，他的未婚妻名字裡有一個青字……」

青彤側頭看她，她的模樣也算是生得不錯了，不過是因為骨架子比較大，皮膚又比較黑，看著便有些粗糙感。

青彤問道：「妳很喜歡他？」

蔣青姿不好意思地笑了笑。「二姑娘，妳放心好了，我不會再見他的……事實上這次是因為他受傷了，我不放心才會一路照顧他過來。昨天……昨天他找到我，跟我說得很清楚了，我們以後是不會再見面的。」

青彤問道：「蔣三姑娘，那將來呢？妳喜歡的是我表哥，難道將來，妳要帶著這個喜歡嫁給旁人？」

蔣青姿偏過頭去想一想，說道：「誰知道呢？或許過幾年，我就徹底死心放下了……」

青彤沈默許久，忽然笑起來說道：「妳若是生在洛城，或許我們會是很好的朋友呢。」

蔣青姿噗哧笑起來說道：「那我寧願不跟妳成為朋友……從前我很自信，覺得齊睿他肯定是喜歡我的，說句不害臊的話，因為整個悅城，我是最好看的。但是見到妳我才知道……」

她沒有說下去，碧彤豎起耳朵，生怕青彤生氣。

沒想到青彤只淡淡的說道：「容貌有什麼要緊的嗎？我自小便知道這副皮囊不錯，可是又覺得很可悲，妳說旁人因為妳的皮囊好看而喜歡妳，那將來妳年老色衰的時候呢？」

蔣青姿認真想了想，點點頭說道：「妳說得不錯，色衰而愛弛，這是女人最不希望看到的。二姑娘，還是妳看得更透澈。」

青彤說道：「並非我看得透澈，只是我總希望，將來喜歡我的那個男人，不是因為我的容貌……」

蔣青姿訝異的張開嘴巴，半晌說道：「齊睿不是那種人。」

青彤眉頭都不皺一下，說道：「我自然不是說他，他又不曾喜歡我。」

蔣青姿愣住了，站起來一臉正色說道：「青彤姑娘，昨日實在是我的不是，不應該那般行事，我只是不甘心，希望能在他眼中看到……哪怕是一點點對我的感情。今日我來，也是為了這個，我實在是不希望，因為我的一句玩笑話，讓你們產生誤會。」

青彤聽她對自己的稱呼都變了，忙笑著解釋說道：「我知道，其實昨日聽妳那樣說，我反而很高興。他喜歡妳，我便沒那麼內疚了……年後訂親之前，我會跟家人說清楚。我不喜歡他，更不想和一個同樣不喜歡我的人綁在一起，一綁就是一輩子。」

未等蔣青姿反應過來，她又道：「蔣三姑娘，妳既然喜歡他，便勇敢的追求自己的真愛吧！」

然而蔣青姿只沈思半晌，搖頭說道：「不可能了，二姑娘，我與他……再沒可能。就算我相信妳的話，他也不會相信……」

蔣青姿眼裡露出絕望，碧彤、青彤都看呆了，更不能理解，為何聽聞青彤不會與齊睿一起，她反而更加絕望了呢？

正月十五元宵節，用過晚膳，青彤躡手躡腳就來到清荷院，一直到了內室門口，才見著雲兮從裡頭端個托盤出來。

青彤輕輕噓了一聲。

雲兮說道：「二姑娘，老爺、夫人在裡頭說話，奴婢去通傳。」

青彤忙拉住她說道：「別……父親、母親沒睡吧？沒睡的話，我自己進去。」

雲兮遲疑片刻，伸手將她剛掩上的門推開來，向青彤點點頭，抱著托盤出去了。

齊靜正在幫顏浩宇脫外衣，他不喜歡丫鬟伺候，這些事從來都是他親手或者齊靜做的。

齊靜說道：「估計過幾天，我娘家嫂子就會來提親。青彤的事情定下來也好，只是碧彤……」

顏浩宇嘆了口氣說道：「小公主瞧中的那個，我著實不滿意。太遠了些，萬一以後有個什麼不好，想跟娘家人訴訴苦都不行……」

齊靜點頭說道：「但是洛城也沒有合適的……若我多幾個哥哥，再多些侄子，便什麼都好解決了……唉！人家還以為咱們侯府女兒顏色好，咱們奇貨可居呢。說起來我總覺得碧彤有她自己的心思，明兒個我好生問問她吧。」

顏浩宇點點頭，又皺眉想了想，說道：「綺彤都這般大了，倒是無人問津了。我年底託了從前外放的幾位友人幫忙相看，也還沒什麼結果……妳說，寫信給四弟怎麼樣？四弟認識的人多……」

齊靜忙搖頭說道：「侯爺，三弟妹怎麼肯叫綺彤嫁給商家呢？」

顏浩宇脫了衣裳邊回頭邊說道：「不定是商家，小門小戶也行，就是不知道三弟妹怎麼想。說起來萬世驍那小子我看不錯的，這次發揮不錯，三甲都有可能……青彤，妳怎麼來了？」

齊靜也忙回頭一看，果然見到青彤期期艾艾的依在門邊看著他們。

顏浩宇問道：「這麼晚了，有什麼事情嗎？」

青彤不大好意思，咬咬牙才點點頭，也不敢進門，只閉著眼睛說道：「父親、母親，我不想嫁給表哥。」

齊靜吃驚的張張嘴，上前拉了她進來問道：「可是因為那位蔣姑娘？妳表哥說過了，他們沒有任何關係，連妾都不會讓她做的，估摸著這幾天就會讓她回去了。」

青彤搖搖頭說道：「不是的，父親、母親，我不喜歡表哥，不想嫁給他。」

顏浩宇氣得鼓鼓嘴巴說道：「妳表哥哪裡不好？長得一表人才，家世顯赫，學識修養皆為上乘……」

齊靜究竟是女人，心思細膩，一下子聽出異常來，忙打斷顏浩宇的話問道：「妳不喜歡他，那妳……是有喜歡的人了？」

青彤忙搖頭說道：「沒有，可是我不喜歡表哥，我不想嫁給他，絕不！」

青彤說完，怕顏浩宇生氣，轉身便一溜煙跑了。

顏浩宇氣得鬍子一翹，抓起外衣要穿上出門。齊靜連忙拉住他說道：「給孩子些時間，她可能沒想明白……」

顏浩宇瞪了她一眼。「都是妳，慣著她倆。」

但總算還是停下腳步，默默的把衣服放回去。

正月十六，林氏派人護送蔣青姿回悅城之後，便興匆匆的琢磨著尋一個合適的人，替齊睿作媒，去永寧侯府給青彤提親。

然而一回府，便見著齊靜滿臉焦灼的等著她。

林氏奇道：「怎的沒打個招呼就過來了？我這一早出去，都沒人陪一陪妳。」

齊靜伸手挽著她低聲說道：「嫂子，妹妹有急事跟妳說。」

林氏見狀忙揮退左右，帶著齊靜進了內室。

齊靜眼眶一紅，說道：「嫂子，我那不聽話的女兒……昨日鬧著不肯嫁了……」

林氏大驚，忙問道：「是因為蔣姑娘嗎？我今日已經將她送走了，睿兒再不會同她有來往的！」

齊靜心中想著，不能告訴嫂子她疑心青彤有喜歡的人，萬一日後青彤回心轉意了，還是願意嫁給齊睿，豈不是在這對婆媳間留下一根刺。於是只說道：「那孩子長大了，有什麼也不肯全告訴我，哭著喊著說不嫁了，她父親氣得要揍她，我又心疼……」

林氏聽了這話，想著自己兒子與那蔣姑娘這些日子，縱使不見面，也總是有些什麼的樣子，便深覺內疚，只拍著齊靜的手說道：「孩子大了都是那樣的，那孩子不是妳生的，妳自己也要注意，萬不可由著她們父親動手……」

齊靜心覺青彤是愛上了旁人，也是心虛得很，只紅著眼眶說道：「還是嫂子疼我，我這也是當真沒有辦法啊！猶豫來猶豫去，只好來同妳訴訴苦，這親事……」

林氏嘆了口氣說道：「先放著吧，我瞅著睿兒也沒這個心思，放幾個月，若他倆有意再說……」

這話是說若兩人有意便繼續這門親事，若無意，齊睿已經二十歲了，自是也不能再拖了。齊靜明白這個道理，當下點點頭，嘆道：「碧彤的親事也是很頭疼，她聰明，婚事我又想著要不要跟她討論一下……」

林氏拍著她的手勸道：「兒女都是債主，妳之前說的那門親事我看著不錯，碧彤性子沈穩，遠一點不要緊……妳瞧敏兒，妳哥哥把她嫁那麼遠，為著她好，我也是沒二話的。」

齊靜悠悠的嘆氣。「嫂子說得不錯，我趕明個再去小公主府談談……最難的還不是這個，三房的侄女都十六歲了，真是難辦啊……」

林氏大小姑子許多，長嫂如母，倒是一心一意替她打算，勸慰道：「妳也莫要發愁了，妳那三房侄女不大好做親，妳盡了力便行，她自己有父母，好壞都賴不到妳頭上。」

青彤的婚事出了狀況，顏浩宇面色整日都是難看的，齊靜想著不如晚些再去小公主府，定下碧彤的親事。免得早定下，顏浩宇知道碧彤要遠嫁，更是不樂意。

正月二十，懷州雪災嚴重，定遠侯世子準備前往懷州賑災。臨走之前，左、右威衛不知怎麼鬧起來了，兩方打得不可開交。

原本左、右威衛都在張國公手上，如今張國公身故，定遠侯不願步張國公後塵，便依舊只掌管右威衛，左威衛則暫時由燁王掌管。但燁王只是個閒散王爺，左威衛實則是從前張國公的門生王家在管。

如今出了這事，定遠侯年邁，世子需要好生清理左、右威衛的內部，自是不能成行，只好奏請讓永寧侯顏浩宇去懷州賑災。

懷州乃顏家老家，為了民生，顏浩宇自是一力承擔，即刻便動身出發，去了懷州。

只是侯府上下都沒想到，不過一個半月，懷州傳來的消息，卻是地方官員聯名上奏，說是顏浩宇借災發財，百姓民不聊生，發生暴亂，將顏浩宇捉去洩憤了。

侯府上下都急得不行了，偏又沒什麼辦法。

碧彤左思右想，想到了豫景王。她不認識旁的外男，舅父遠在戰場上，除了豫景王，她也不知道該找誰。至於二叔，她甚至懷疑，這件事二叔就參與其中。若說這世界上最巴不得父親出事的，恐怕就是二叔了。

碧彤寫了信給元宵，讓她送給豫景王，心中很是忐忑不安，不知道豫景王得了信，會不會替她關心一下父親的事情呢？還是就此定論？應該不會的，皇上不是上一世那昏庸無能的傀儡，豫景王心繫百姓，必不會使父親含冤而亡。

然而到了第二天晚上，都沒收到豫景王的回信，碧彤心中焦急，齊國公與定遠侯都派人去尋父親了，卻聽說是凶多吉少。本來聽到暴亂的消息，齊靜的眼睛就已經哭腫了，身體實在是扛不住，託了三房的尚氏打理中饋。這些消息，碧彤都不敢讓齊靜聽到，只怕她無法接受。

到了夜間，碧彤久久的睡不著覺，坐在床邊發著呆。銀鈴在一旁勸解安慰著，又說著今日洛城發生的新鮮事兒，想叫她不至於總想著侯爺的事情。

元宵推門進來看了看她們，說道：「姑娘怎麼還沒有睡？」

銀鈴嘆了口氣。「姑娘說是睡不著……元宵妳去休息吧，這裡有我陪著姑娘呢。」

元宵沈默的看看窗外說道：「很晚了，銀鈴妳去睡吧。」

銀鈴說道：「今晚我值夜，妳去睡，明早早些過來陪姑娘便是了。」

元宵又側頭看了看窗戶，又道：「我跟妳換換，今夜我值夜吧，我陪陪姑娘。」

碧彤見元宵頻頻看著窗外，又堅持要陪著自己，心知她是有事，於是說道：「銀鈴，妳去休息吧，我跟元宵說說話。」

銀鈴也沒做他想，元宵的本事很大，這方面自然比她能說得上話，便收拾收拾，轉身出去了。

碧彤見銀鈴走了，才問道：「是豫景王回了消息嗎？不用瞞著銀鈴的，妳們都是我能信任的。」

元宵上前一步，低聲說道：「姑娘，豫景王過來了，奴婢不知道是不是讓他進來……」

碧彤吃了一驚，若是叫人知道她夜會外男，只怕這輩子名聲都沒了。她並不介意自己的名聲，但是青彤、翠彤的名聲，她不能不顧。可還沒等她想清楚，齊真輝已經從窗戶上鑽進來了。

他略有些不滿的說道：「妳這窗戶太小了，我進來可真不容易。」

見碧彤臉色發白，忙說道：「放心，我路上避開人了，是故意讓妳這個丫鬟發現的。」

元宵低聲問碧彤。「姑娘，奴婢出去守著，我擔心銀鈴半夜過來。」

碧彤點點頭，元宵轉身就出去了。

齊真輝上前兩步，看見碧彤坐在床邊，又覺得不合適，忙退回來坐在桌邊，解釋道：「昨夜我在宮裡，今早才知道妳給我寫的信……是我不好，早該想到妳父親出了事，妳定是著急的……」

碧彤聽他說父親，忙走過來，坐到他身邊問道：「四王爺，我父親他……他當真被害了？」

齊真輝皺著眉頭，想了想才說道：「這些話，我告訴妳，妳千萬不可以告訴任何人。」

碧彤鄭重的點點頭說道：「關係到我父親，我怎麼會亂說？」

齊真輝琢磨一番說道：「皇上也很關心這件事情，只怕妳父親此回出事，與顏太妃有著不小的關係……」

碧彤握緊了拳頭說道：「是我大意了，我以為如今既然撕破臉，他們暫時不敢有什麼動作的……沒想到……顏金枝此人心狠手辣，我早該想到她得了機會就會上的……」

齊真輝打量她一眼，心道這姑娘不喜歡顏浩軒一家子很正常，但緣何對那個姑母有這般大的氣？

碧彤又問道：「四王爺，只怕我那個祖母與二叔也參與其中的吧？」

齊真輝點點頭，說道：「恐怕是的，現在皇上與我都在調查這件事情，我們當然相信侯爺不會是這種人……不過碧彤……」

碧彤看著他猶豫的神情，直覺是不好了，她強撐著身體，深吸一口氣，定定看著他。

他猶豫片刻，忍不住伸手握住碧彤放在桌上的左手，說道：「妳父親……只怕是凶多吉少了……」

碧彤縱使心有準備，此刻也忍不住眼淚撲簌而下，又不敢大哭，只一直壓抑著嗚咽著。

齊真輝一陣心疼，站起來彎著身子抱住她。碧彤不習慣與人這麼親密，下意識就去推他，卻沒推開。也不知道是太傷心還是怎麼樣，她就那樣在他胸前默默流著淚。

她只恨自己能力不足，不能拿起一把大刀，把那些傷害他們的人統統殺光。又恨自己太大意了，父親去那麼遠的地方，卻以為安排幾個武功高強的侍衛便可以了。

齊真輝感覺到她的身體一直在顫抖，伸手撫著她長長的頭髮，之前總以為，自己認為這個女孩子合適，想娶來做妻子，可是昨日知道顏浩宇出事的時候，他想的不是朝政、不是老五的動作，而是顏碧彤，只擔憂她知道了會怎麼樣？

本來，他是打算昨夜偷偷潛入侯府見一見她，沒想到皇兄要他入宮，一待就是一整晚。今日下午回府收到她的信箋，看著信裡頭那焦灼的語句，他只恨不能立時來到她身旁陪著她。

之前總是嘲笑皇兄，為了感情患得患失，失了一國之君的霸氣。現在才知道，原來這感情啊，跟身分、地位什麼的，真的毫無關係。此刻他便只想好生安慰她、陪著她，叫她快快度過這難關。

碧彤醒過來的時候，天已經大亮了，她只著裡衣躺在床上，被子倒是蓋得好好的。

她一個激靈坐起來，揚聲喚道：「誰在外面？」

元宵立刻走進來，倒也不用碧彤問，便輕聲說道：「昨日丑時末，王爺才離去的。奴婢進來的時候，看到您和衣躺在床上，便替您脫了衣裳，蓋了被子。」

碧彤方略略放了下心，又怪昨日自己太過大膽，竟然在這男人的胸膛上哭泣，還哭到睡著了，但總算是發洩了抑鬱，她覺得自己有了些許力氣應對接下來的硬仗。

元宵又說道：「姑娘，二姑娘聽聞您這麼久還未起床，已經過來問了幾次了。」

碧彤點點頭說道：「我這便起來。」

第五十章

正在這時，銀鈴走進來，欲言又止。

元宵見狀忙說道：「銀鈴，姑娘向來是要我們有話直說的。」

銀鈴抿了抿嘴巴，頗有些生氣的說道：「姑娘，三夫人真當夫人好不了似的，處處擺著夫人的譜……老爺如今不知所蹤，三夫人她……」

還未說完，元宵已經呵斥道：「銀鈴！」

銀鈴脹紅了臉不作聲，倔強的表情，卻是不後悔的模樣。

碧彤知道銀鈴向來小心謹慎，若非向氏做得過分，她絕不會這般模樣的。向氏向來左右逢源……左右逢源？既然如此，如何這一次竟會這般魯莽，是打定了母親一病不起？或者她根本就是知道父親回不來了？

碧彤一下子站起來，說道：「給我穿衣服，我要去母親那裡。」

銀鈴不明所以，問道：「姑娘，雖說三夫人實在是過分，但夫人的身子不好，如今也只有依靠著三夫人了……」

碧彤也不理她，只迅速的收拾妥當，抬腳便出了門。

還沒到院門，便瞧見綺彤走了進來，此刻她卻不像是來安慰的模樣，只笑著寒暄道：「碧彤，姊姊有些話想要跟妳說一說。」

碧彤此刻心中著急，本來她還希望著父親沒事，昨天豫景王的話讓她明白，父親基本上是回不來了，那麼這個家，要靠母親撐起來。她得去給母親提提醒，不叫她一味頹喪下去。然而綺彤的手卻是毋庸置疑的挽住她，幾乎拖著她往房裡走去。

碧彤想要掙扎，一側頭，便見她皺著眉頭，一臉著急的看著自己。碧彤立即冷靜下來，依綺彤的性子，不至於這個時候來打擾她，那麼定是有要事了。

進了房內，綺彤讓下人們都下去，倒是開門見山，附在她耳邊說道：「三妹妹，我打聽到了，大伯父估計是回不來的。」

她估計是害怕碧彤撐不住，用兩隻手擁著碧彤，又說道：「我本不想告訴妳這些的，但是昨日我知道了，我父親……我父親他一直與二伯那邊有聯繫……」

她仔細看碧彤，見她面色雖然很不好，卻並沒有多吃驚的模樣，問道：「三妹妹，妳知道了？」

碧彤遲疑片刻，搖搖頭說道：「我不知道，但是我猜到了。二姊姊，謝謝妳肯告訴我這些……」

綺彤卻躊躇著，一咬牙又說道：「三妹妹，今日來是因為我實在不忍心，我們都是一家人，當初祖父分家的時候說得清清楚楚的，是祖母與二伯一家虧欠你們的……我不明白為什麼我父親還要跟那邊來往，但是……三妹妹，你們一定要小心，我所知道的是，二伯父只怕過幾日就要行動了，這爵位本應當是三弟的，只怕……只怕……」

碧彤沈了沈臉，聽懂了綺彤的話，她雖說得委婉，只怕已經確定了，顏浩軒那個小人說動了顏金枝害父親，要的就是這個爵位。只沒想到動作這麼快，這幾日便要行動。

綺彤微嘆一口氣，又說道：「我……我與妳說這些，不是要打擊妳，只是……只是擔心你們一蹶不振，又沒個準備……這事情是我父親做得不厚道，對不起。」

碧彤知道她的擔心，笑起來說道：「二姊姊謝謝妳，三叔的事情，我無權去置喙，可是妳身為他的女兒，肯替我們說一句公道話，已經是很難得了。」

綺彤又躊躇著站起來說道：「我一直都很內疚，很多事情我很早就發現了，卻沒有說出來……便是如今，我也只能幫妳到這裡，還請妳諒解……」

綺彤沒有等碧彤的回答，轉身便出去了。

元宵和銀鈴走進來，元宵問道：「姑娘，還要去夫人那裡嗎？」

碧彤面色沈重，點頭說道：「去喊青彤，一起去。」

又對元宵說道：「妳去安排一下，讓熠彤身邊的人一定要寸步不離……這些時候都不要讓熠彤離開清荷院，尤其是三叔那裡絕不要接近。」

元宵點點頭轉身出去了。

到了清荷院，一股藥味難聞得很。

齊靜懨懨的躺在床上，雲兮與彩娟一個拿藥，一個要餵她喝。

雲兮見著她們進來，忙笑道：「二位姑娘過來了？快來勸勸夫人，夫人跟個小孩子似的，不肯喝藥。」

碧彤看了眼病得厲害的齊靜，問道：「永嬤嬤呢？」

彩娟答道：「三姑娘哭了一個時辰了，永嬤嬤照料去了。」

青彤急道：「妹妹病了嗎？怎麼沒人來告訴我們？」

雲兮忙道：「夫人說妳們精神頭也不好，不叫打擾了。」

碧彤攔著要說話的青彤，說道：「妳們去喊永嬤嬤過來，再去瞅瞅少爺和三姑娘，莫要讓他們出了清荷院……妳們兩個都去。」

雲兮、彩娟對看了一眼，放下手中的碗轉身出去了。

碧彤又讓銀鈴、銀釧下去，自己坐在床邊，跟青彤一起餵齊靜吃藥。

齊靜咳嗽著搖搖頭，問道：「可有妳們父親消息了？沒有他安好的消息，我怎麼吃得下去？」

青彤鼓著臉說道：「等父親完好無損的回來，見到您就是這般模樣嗎？」

齊靜苦笑一聲說道：「這些話，我跟自個兒不知道說了多少遍，可是身體不受控制……碧彤、青彤……我吃不下，真的吃不下，妳們父親他、他什麼時候回來啊？」

青彤說道：「吉人自有天相，父親有您，有我們四個，他不會有事的，他很快便會回來的。」

這話說得齊靜的眼淚更是流個不停。

碧彤將碗放在几上，站起來冷聲說道：「母親，您不肯喝藥，不肯吃任何東西，已經一天一夜了，是還打算繼續不吃嗎？」

青彤見姊姊的聲音這般冷淡，伸手拉了拉她。

碧彤也不理會，繼續說道：「等過幾日，您也熬不住了，我看您要怎麼去見父親，去見您姊姊。」

齊靜吃驚的問道：「妳……妳說什麼？」

碧彤說道：「我說，母親，您不好好活著照顧我們，照顧熠彤、翠彤，您就是去了地底下，也沒有顏面見父親和我娘！」

青彤這下也聽懂了，站起來喊道：「姊姊妳胡說什麼呢？爹爹他不過是出了一點事情，舅母傳了信，表哥已經安排人去救他了，過不了多久，爹爹就會回來的。」然而說到最後，她的眼淚也嘩啦啦流下來了。

齊靜倒是恢復了冷靜，沙啞著聲音問道：「碧彤……妳是怎麼知道？怎麼知道？」

碧彤說道：「這消息，只怕過不了半月便會傳回來……可是我們恐怕沒有精力思考這個問題，按道理這襲爵的，自當是熠彤……」

青彤嚷道：「姊姊在想什麼？難道爹爹出了事，我們連悲傷都不能？姊姊妳竟然只想著爹爹的爵位？妳怎麼這般冷情？」

碧彤知道青彤心中難過，說話難免不好聽，也不反駁，只說道：「冷情嗎？若是我不冷情，等我們這個家、這個侯府都被董宛茹給吞了，然後抱著妳們一起哭嗎？」

齊靜愣怔的坐在床上，半晌才問道：「碧彤，這些妳是從哪裡聽來的？」

碧彤沈默片刻說道：「是綺彤，得了消息趕緊告訴我的。」她不是故意要略過豫景王，只是他是外男，若這個時候告訴母親已經有確切消息，只怕母親一下子接受不了。

齊靜也沈靜下來，左思右想了許久，問道：「那……碧彤妳還知道什麼？」

碧彤說道：「沒有別的了，我只知道董氏他們打的主意，就是這爵位，但實際他們會怎麼做，我還不清楚。」

青彤一聲輕呼。「我要去看看熠彤，他們一定會對付熠彤的！」

碧彤攔住她說道：「放心，我已經叫元宵去了。」

青彤眉頭緊皺，終是不甘心的問道：「姊姊，父親……當真？」

碧彤搖搖頭說道：「我並不能十分確定，但是母親、青彤，我們此刻，只能做最壞的打算啊！敵人在暗我們在明，除了見機行事，別無他法。」

青彤眼神灰暗地說道：「那一家子，什麼祖母、二叔？比陌生人還要不如……」

齊靜眼淚一直止不住，她閉著眼睛任由眼淚流下來，許久才開口說道：「碧彤，把藥給我。」

沒等碧彤動作，青彤趕緊端著藥過去，餵給她喝。

齊靜喝了藥又說道：「是我想左了，無論怎樣，為了你們四個，我也不能倒下！去幫我請大夫過來瞧瞧吧。」

碧彤見她想通了，才算是鬆了口氣，不過尚氏理了兩日中饋，在齊靜身子好之前還要繼續，不曉得中間會動多少手腳。為今之計，只能想辦法讓她的手沒法伸到清荷院來，然後走一步看一步了。

齊靜身子尚未大好，卻往外頭傳了話，說是熠彤生病了，拘在清荷院不叫他出去。顏浩琪倒是問過好幾次，說熠彤六歲了，若是好了，便該跟著出門見見世面。

齊靜聽了這話，恨得牙癢癢，從前侯爺在的時候，可沒見他這般關心侄子，如今侯爺出了事，他倒是臉大起來，也來擺叔父的譜，背地裡打什麼主意還不知道呢。

過了三、四天，許是熠彤還沒有好，尚氏藉口探望，帶著大量的補品去了清荷院，抱著熠彤直呼。「可憐見的，怎的生病了呢？你三叔在外頭尋了好些玩意兒，還想著帶你去看看呢……」

熠彤還不甚懂事，高興得眼睛一閃一閃的看著她。

尚氏心中得意，拉著他又說道：「熠彤快快好起來，叫你三叔帶你出去玩可好？」

熠彤剛要答應，守在一旁的青彤便陰陽怪氣的說道：「父親生死不明，熠彤傷心還來不及呢，這病可不就是想父親想病的……」

熠彤一聽這話，癟著嘴巴哇的一聲哭起來，直往奶娘身上撲喊著。「乳母，熠彤想爹爹……」

尚氏尷尬不已，將熠彤放下說道：「他是男孩子，頂天立地的，別養得太嬌氣……」

青彤又懟道：「三嬸這話說對了，將來熠彤要繼承整個侯府，的確是要頂天立地。」說罷上前摟住熠彤說道：「熠彤，聽見了嗎？若是父親有個什麼三長兩短，整個侯府便只你一個男兒，要快快長大，保護母親還有妹妹，知道嗎？」

熠彤抹著淚，昂起小臉點點頭說道：「還有姊姊們，熠彤都要好好保護！」

這姊弟倆對話，卻把三房隔到外頭。尚氏眼皮子一跳，心中不大高興，訕笑著告辭了出去。

她一走，青彤立刻站起來說道：「仔細檢查三夫人帶過來的補品，有問題立刻報給姊姊，沒問題也一樣不許給少爺用。」

後面尚氏又來了幾次，每次青彤都嚴防死守，寸步不離的看著熠彤。尚氏被青彤堵了好幾次，也懶得再跑來了。

尚氏回去與綺彤抱怨，綺彤只說道：「四妹妹就那個性子，她高興還好，如今大伯父不知所蹤，大房一團亂，她心情自是不好的，說話難免難聽了些。」

尚氏看了她幾眼，心中想著她還不曉得情況，又不好跟她細說，便只說道：「如今大房那個樣子，妳少去些，日後還不曉得怎麼樣呢。」

綺彤看不上母親這拜高踩低的模樣，又知道自己勸解也勸解不來，便一甩袖子冷聲說道：「放心，我日後還不曉得怎麼樣呢，這便縮回院子裡哪裡都不去。」

尚氏瞧女兒不高興的模樣，嘆了口氣，等日後給她尋個比那萬世驍還厲害的夫君，她就知道現如今這一切都是為了誰。

又過了幾天，傳來消息說是顏浩宇已死，身首異處，只尋到身子，頭顱、胳膊是全都不見了。這消息傳回洛城，最先暈倒的卻是董氏。

董氏醒過來便遞牌子入宮，在唐太妃與顏金枝面前痛哭流涕，說那顏浩宇雖不是親生子，但是是自己一手撫養長大，縱使這些年有了些齟齬，那也是她的兒子，如今竟要她承受白髮人送黑髮人之痛。又說她的阿宇絕非狼心狗肺之人，一定要皇上還阿宇的清白，不然便要一頭碰死在殿內，以示委屈。

顏金枝聽了這番話，亦是淚流滿面，抱著董氏邊哭邊回憶，回憶幼年顏浩宇對她這個妹妹的疼愛照拂。回憶著回憶著倒也生出幾分真情來，更是哭得上氣不接下氣。

顏浩宇的喪事辦得倒是很大，齊靜帶著幾個孩子滿身縞素跪在靈堂前，俱是面色灰白、毫無生氣。三歲的翠彤不知事，只是看著母親、兄姊的表情可怕，便時不時大哭一場，顯得場面格外淒涼。

顏浩琪與尚氏站在外頭迎來送往，藉機好好表現了一番兄弟情深。

此時顏太妃並廉廣王，還有董氏以及顏浩軒、瀚彤、煒彤都來了。董氏一來，便坐在靈前地上痛哭，一口一個心肝阿宇，沒良心要叫她白髮人送黑髮人。

而顏浩軒與瀚彤則自動站在門口，一起迎來送往，承擔弟弟與侄子的責任。

齊靜忙站起來道：「二弟，你過來便是客人，哪裡能讓你做這種事？交給三弟便好，你快快扶起母親坐……」

顏浩軒壓著心頭怒火道：「大嫂這是什麼話？如今我哥哥他已經身故，身為弟弟的我，自是應當承擔自己的責任。」

青彤忙站到齊靜身邊說道：「二叔，當年祖父分家的時候，說過了兩家不再來往的，後來祖母與您還想著害我父親呢……想來父親如今走了，也是不希望你們打擾他的。」

齊靜見青彤這般大咧咧說出來，生怕旁人見了以為青彤沒教養，日後更難尋婆家，忙拉一拉她不要她再說。

顏浩軒沈了臉，環視了一番，心中又得意起來，這一家子婦孺，唯一的男丁熠彤不過才六歲，不足為懼。

顏金枝說道：「青彤，怎能這般無禮？今日是妳父親的祭奠之日，他是妳二叔。」

顏浩琪眼珠子一轉，趕緊打岔道：「娘娘、王爺、母親，你們快先坐，過來一趟也是辛苦。」

齊靜一把將青彤拉至身後。「娘娘莫怪，侯爺出了事，這孩子最近精神頭差得很。」

顏金枝微微一笑說道：「哀家怎會怪她？她可是哀家的侄女，今日哀家前來，也是想好生給你們孤兒寡母撐腰的。」

齊靜心中咯噔一下，勉強笑道：「臣婦得虧娘娘照拂。」

顏金枝點點頭笑道：「哀家這兄長走得匆忙，說起來這侯府從前也沒有請封世子，侯府也沒有個當家的。」

齊靜忙接話說道：「娘娘所言甚是，臣婦是打算等侯爺身後事處理完了，再給熠彤請封。」

「噢？」顏金枝挑一挑眉。「熠彤實在是年幼啊，恐怕當不得這侯爵之位。」

青彤面色一白，趕緊說道：「熠彤是爹爹的獨生子，自是當得，娘娘如何說他當不得？」

顏金枝含笑道：「妳這皮猴子，自小就瘋鬧得很。若是妳父親晚些走，熠彤長大些，能撐得起整個侯府，自是不錯。可他如今堪堪六歲，難當大任。」

青彤想要反駁，卻一時間不知道如何反駁，只好回頭向姊姊求助。一回頭，竟沒瞧見姊姊，當下心頭生出一股怒氣，這個姊姊，怎的關鍵時刻人竟然不見了。

顏浩琪尋了機會，忙上前問道：「娘娘所言甚是，只是……娘娘覺得何人更合適呢？」

顏金枝見三弟這般懂得看眼色，當下笑著衝他點點頭，說道：「你二哥也是嫡子，這侯爵之位，自是他最合適的。」

青彤還想說話，齊靜將她拉到後面，說道：「娘娘這話有些不妥當，當年父親分家的意思很明顯了，長房與二房除了春節，都不來往。如今若是將侯爵之位傳給二弟，豈不是違背了父親的意思？」

董氏開口說道：「靜兒這話錯了，當初妳父親只是惦念阿宇的生母，才做這打算的。若是當真要兩房不來往，又何必春節還要聚在一起呢？」

齊靜看著眼前這面上慈眉善目的老婦人，心想當初公爹真是不夠果斷，如今竟是讓他們騎虎難下。

顏金枝嘆了口氣說道：「父親的意思，哀家作為女兒自是也能明白……哀家想著你們是兄長的遺孤，總得有人照顧才好。等二哥繼承爵位，也可以照拂你們。這樣吧，待熠彤十歲，便讓二哥替他請封世子。」

這話說出來冠冕堂皇，旁人還以為董氏和顏金枝是多麼替他們長房著想。可齊靜心中明鏡似的，四年後請封，還不曉得中途會發生什麼事情，便是熠彤安穩長到十歲，也不知將來會發生什麼樣的變故。

這道理，青彤也是明明白白，當下問道：「姑母的意思，是先讓二叔襲爵，日後再將爵位還給熠彤嗎？」

顏金枝笑道：「妳二叔襲爵，也能更好照顧你們不是？」又對著齊靜說：「妳一個寡母，帶著四個孩兒，若無人當家作主，也著實困難。哀家怎忍心長兄的親眷如此不堪呢？」

青彤冷笑一聲說道：「祖母當年，就是這樣騙取了祖父的信任，然後一步一步對付我們的對嗎？」

董氏白著臉說道：「青彤妳胡說什麼！」

青彤不管不顧，揚聲說道：「二叔與我爹爹乃不同母的親兄弟，你們就敢為了這爵位傷害父親。若是二叔襲爵，大哥哥與熠彤還是隔房的兄弟呢！將來可不知道二叔與大哥哥要怎麼對付熠彤！」

瀚彤吃了一驚，忙道：「四妹妹怎的這般說話？長輩面前，也太無禮了些！」

青彤冷哼道：「若是端著淑女姿態，咱們長房還不被你們生吞活剝了？」

顏金枝皺起眉頭對齊靜說道：「妳便是這般教養女兒的嗎？不論從前有什麼齟齬，母親她總歸對長兄有養育之恩，常言道養恩大過生恩，妳們便是這般對待親人的嗎？」

齊靜想要據理力爭，顏金枝揮一揮手說道：「哀家這次來，不是為了聽這些紛爭的，妳們向來喜歡挑撥他們母子關係，如今兄長都過世了，竟還這般作態……念在一家人的分上，哀家也不多說了。明日哀家便向皇上請旨，不過既然妳們這般不放心，便一道把熠彤的世子之位給請封下來吧。」

齊靜和青彤都著急了，想不到顏金枝這般強勢，竟顛倒黑白，還一副替她們著想的模樣。

第五十一章

青彤忍不住，她本也沒想要裝成個乖乖女，不過是擔心名聲不好，連累姊妹，如今連家人都要保不住了，還要名聲作甚？

但還未等青彤上前撒潑，便聽到碧彤的聲音響起。

「此事豈能這般輕率定論？」

青彤一眼見到姊姊，只見她雙手捧著個匣子，面色沈穩，絲毫不慌張的模樣，心知姊姊這是胸有成竹，當下大喜，三步併作兩步走到姊姊身後，想要給她壯一壯氣勢。

顏金枝打量她一眼，問道：「碧彤對哀家的做法，也是很有意見？」

齊紹輝一直未曾開口，此刻見著這個表妹氣定神閒，彷彿什麼事情都無法影響她似的，他不由得激動起來，這才是配得上他的女子，這才是將來皇后的不二人選！

碧彤行了禮，方說道：「碧彤不敢對娘娘有意見，只是不論怎樣，我們也該聽聽祖父的想法。」

顏浩軒按捺不住，冷哼道：「父親早就過世了，如何聽他的想法？難道請個道士來做法？」

碧彤撇嘴冷笑道：「自是不需要的，說起來，侄女已請了定遠侯前來替我們主持公道，以免雙方有意見，覺得太妃娘娘偏心可就不好了。」

董氏心中焦急，急忙看著顏金枝，顏金枝給她一個眼神，示意她稍安勿躁，心中卻是琢磨著，那定遠侯從前與父親的關係不錯，但這乃家事，他也不能胡亂插手。

說話間，定遠侯便走了進來，對顏金枝行禮說道：「娘娘長樂未央。聽聞侯府家中有事，想著老侯爺曾是老夫舊友，故而過來幫著參謀一二。」

顏金枝知道這定遠侯的勢力，自是得罪不得，當下笑道：「侯爺一向熱心腸，不過是孩子們不懂事罷了，倒是擾了侯爺清靜。」

定遠侯擺擺手說道：「無妨。」

這是管定了的意思，顏金枝便睜一隻眼閉一隻眼，也隨他去了。

碧彤見他們都坐定了，才開口說道：「當年祖父過世之前，高瞻遠矚，已經看到了今天的景象，特意交給我這樣東西，說是若二房與我長房要爭這侯爵，便拿出來給大家看一看。此刻請了定遠侯爺過來，就是想讓侯爺做個見證，免得說我造假。」

董氏心中忐忑，忙問道：「是什麼東西？」

碧彤已經將匣子交給定遠侯，只見裡面是一封信，定遠侯展開看了看，皺著眉頭說道：「唉！顏兄這麼多年，為國為民鞠躬盡瘁……」

顏金枝等人都壓著心中的好奇，不敢作聲。倒是一旁的林氏開口問道：「侯爺，這顏家老侯爺，寫的是什麼？」

定遠侯將信遞給顏金枝說道：「本侯已經驗證過了，這的確是顯中的親筆……」

顏金枝取過信一看，大吃一驚說道：「胡說！父親怎會寫這樣的信？」

定遠侯冷笑一聲說道：「娘娘這是懷疑本侯嗎？」

顏金枝眼神暗了暗，很快便恢復正常說道：「怎會？哀家只是覺得不論大哥、二哥，皆是父親的兒子罷了。」

董氏在一旁探著頭問道：「娘娘，信上寫了什麼？」

顏金枝正要將信遞給她，碧彤卻上前奪了下來，說道：「娘娘，這信是唯一的憑證，若是給了祖母，她毀了這信，娘娘與侯爺，要怎樣替我們孤兒寡母做主呢？」

董氏騰的站起來，指著碧彤說道：「妳就是個妖女，處處都有妳！」

青彤上前說道：「多虧我姊姊是個妖女呢，不然我們可不就都被妳害死了。」

董氏指著青彤半天說不出話來。

齊靜怕兩個女兒被扣上不孝的帽子，忙岔開話題說道：「娘娘、侯爺，這信中到底說的是什麼？」

定遠侯說道：「信中不過是講了當初，顯中是如何從一方知州坐上這永寧侯之位的。宣帝當年感念的，是顯中原配馬氏之恩德，這才降旨恩封顯中……顯中這信中的意思，是早有準備，說明了這侯爵之位，只能由馬氏之後人繼承……」

顏浩軒聽了這話，幾欲暈厥，若當真如此，他這些年的作為豈非笑話？

定遠侯繼續說道：「還明言，若是馬氏後繼無人，這侯爵之位，顏家無顏繼承，便歸還於皇家……」

顏浩軒這下真的跌倒在地，心中無比憤恨，原來父親偏心至此，竟是一點後路都不給他。

董氏冷哼一聲問道：「若真是如此，怎的當時他不說？怎的阿宇生前不說？」

碧彤流下兩行淚水，哽咽道：「祖父當年對爹爹說，若是祖母與二叔有任何異動，便將此物拿出來，絕了他們的心思。當時祖父擔心爹爹心軟，特意告知於我……後來去年祖母與二叔意圖設計爹爹，險些成功，我曾勸過爹爹，偏爹爹說，祖母於他有養育之恩，此信一出，等同於棄祖母與二叔於不顧……」

這一番話，卻將顏顯中的擔憂、顏浩宇的良善純孝展現個徹底，還將董氏與顏浩軒的狼子野心都說了出來。

林氏在後頭擦擦淚，對著外面看好事的人說道：「唉！我這妹婿果真良善，碧彤也是承了他的品性，當年顏家老夫人做下那等事情，惹怒了小公主，可不就是碧彤代祖母受過？」

這話表面只是替顏浩宇說說話，可那些貴婦們心中便有了琢磨。這碧彤從前願意代祖母受過，孝心可鑒，如今卻與董氏撕破臉，可見定是董氏心腸歹毒。

顏金枝心下著急，剛想說話，卻聽齊紹輝重重的咳嗽了一聲。她閉上嘴，腦袋裡轉了幾圈，母親與二哥的名聲已毀，若自己執意替他們出頭，只會帶累了兒子，不如就此打住，至少面上，她還是碧彤她們的姑母。

當下便道：「原來有這般關節在裡面，說起來倒是可憐哀家的侄女碧彤了。既然如此，恐怕要等熠彤成年，才好替他請封。」

顏浩軒高喊一聲。「娘娘！」

顏金枝看了他一眼，說道：「二哥，既然有父親的遺言，哀家自當遵守。你們雖然分家了，但一筆寫不出兩個顏字，熠彤還小，將來還是需要你們做叔叔的多提攜。」

碧彤看著董氏陰鷙的目光，卻是明白，董氏如今恨毒了大房，未來也絕不會放過他們的。不過她不害怕，她如今後悔的就是無法早些成熟，無法早些對付他們。

顏金枝咳嗽兩聲，說道：「侯爺，哀家身子有些不適，原本是不便前來的，但今日乃長兄大殮之日，著實想見他最後一面……此刻身子實在疲憊，恐不能留下了，多謝侯爺對顏府的關照。」

說罷，攙了齊紹輝準備離去。

卻說那顏浩宇只有身子，頭顱、胳膊俱是沒找到，又是從懷州運送回來，已經過了太久，只好早些下葬，弄個衣冠塚。顏金枝本意也不是真的來看長兄，自然不肯多做停留。

而他們尚未出門，便碰見豫景王齊真輝帶著刑部尚書走進來。

他見了顏金枝也不吃驚，微笑著行禮說道：「顏庶母長樂未央。」

顏金枝好奇的問道：「真兒怎的過來了？這不是嚴大人嗎？今日是哀家長兄大殮，嚴大人也是來送哀家長兄的嗎？」

顏金枝之所以好奇，是因為他們身後，跟著一眾侍衛，顯然不是前來祭奠，而是過來拿人的。

嚴大人一本正經的行禮說道：「臣奉命捉拿欽犯顏浩軒。」

顏浩軒大吃一驚，後退一步。董氏更是吃驚問道：「胡說什麼，我兒犯了什麼罪？」

嚴大人冷聲說道：「勾結地方官員，謀害親兄。」

董氏心中一滯，慌忙喊道：「胡說！冤枉！我兒久在洛城，如何會勾結地方官員？如何會謀害親兄？」

嚴大人一揮手，便有侍衛上前將顏浩軒拿住，董氏一把抱住顏浩軒，嚎啕大哭道：「你們抓人要證據，拿出證據來，我兒冤枉！」

嚴大人眉頭都不皺一下，說道：「人證物證皆有，臣乃奉命捉拿歸案，老夫人若要阻攔，臣便治妳阻撓公務之罪。」

齊紹輝看不過去，輕聲問道：「嚴大人，口說無憑，您這樣一句話，怎能讓本王外祖母放心？」

嚴大人又行禮說道：「這事是永寧侯爺親自告發，多名官員聯名作證，且還有諸多流民百姓替侯爺請命，不容這顏家二老爺狡辯。」

青彤反應最快，當下上前問道：「大人，您的意思……您是說，我爹爹他……我父親他還活著？這、這具屍首，並非我父親的？」

嚴大人板著臉，語氣卻溫柔得很，說道：「顏姑娘莫要擔心，侯爺安然無恙。」

青彤捂著嘴巴不敢置信，熠彤卻是忍不住哇的一聲哭起來，他一哭，齊靜、碧彤、青彤三人，亦是抱頭痛哭。

董氏恍恍惚惚，自言自語說道：「活著？他竟然活著？他怎可能還活著？他不是死了嗎？他不是早就死了嗎？」

顏瀚彤急忙去拉祖母，叫她不要亂說。

嚴大人也懶得聽她多言，只揮一揮手，一眾侍衛便押著顏浩軒走了。

顏浩軒大聲呼喊著。「娘救我……妹妹救我啊！妹妹，紹輝、紹輝，我是你親舅舅啊……」

顏金枝與齊紹輝也是傻眼了，齊紹輝恨不得立刻堵了他的嘴，他這一叫嚷，可不讓旁人以為自己也參與其中了？

齊真輝適時解圍道：「顏庶母與五弟這些年甚少與他們聯絡，自然是不曉得這人心變成了何等模樣。」

顏金枝忙順著話說道：「不錯，真沒想到，哀家那二哥竟做出這種殘害手足之事，當真是……紹兒，哀家頭疼得厲害……」

齊紹輝忙道：「母親，兒子先送您回宮。」

顏金枝支撐著又道：「瀚彤，好生送你祖母回府，這等事情，自然是要上頭審查清楚才會判的。」

董氏見女兒壓根兒不打算管，頓時一口老血噴了出來。

知道父親無事，碧彤定下心，指揮小廝隨從，幫瀚彤、煒彤扶著董氏走出去了。又安排人將靈堂白幔都撤掉，三叔、尚氏都不知蹤影，只綺彤留在這裡幫忙指揮著。

等一切都差不多了，碧彤才看見齊真輝竟一直站在她身後，難怪那些貴人們走得那般順暢，沒有一個人上來打探消息。

碧彤也顧不得虛禮，只問道：「王爺，我父親當真無事？」

齊真輝這次過來，本就是想要第一時間將消息告訴她，當下點點頭說道：「不錯，我們收到情報，說是侯爺已經在路上了，不超過十天便能回城。」

齊靜聽了齊真輝的話，又是淚水長流說道：「那就好！那就好！多謝王爺……侯爺真是的，竟也不曉得託人帶話，我們……我們可傷心壞了。」

齊真輝忙道：「不怪侯爺，他被……被我的人救了，身中劇毒，途中才醒，便第一時間讓人給洛城送信。」

齊靜忙點頭又跪下磕頭謝道：「王爺大恩，臣婦無以為報……」

不如將妳女兒嫁給我吧？齊真輝心中浮出這句話，但這話自然是不敢說出口，只立刻彎腰虛扶一把說道：「夫人快快請起，侯爺為國為民忠心不貳，這等良臣，皇上定不會放任他受冤屈。」

齊靜又道：「皇恩浩蕩，實乃臣婦之幸運。」

齊真輝回頭看看碧彤，見她面色微紅，一臉感激，便笑著說道：「我話已經帶到了，就先回去了。」

齊靜忙帶著熠彤送他，一邊說道：「王爺實在是客氣，這樣的事情，派個隨從來告訴一聲便好，何須王爺親自前來。」

齊真輝自是不好說，他想來見一見他那未來的小妻子，便只說道：「皇上甚是重視這次的事情，我親自跑一趟也讓皇兄更放心些。」

果真不過十天，顏浩宇回來了，他消瘦了許多，頭髮也白了一大半，彷彿一下子老了十餘歲。

齊靜看著又是一頓流淚。

顏浩宇笑著說道：「平日裡瞧著妳最是堅強的，緣何流這樣多的眼淚？」

齊靜怒嗔他一眼，也不說話，替他脫了外衫，又命人傳膳，問道：「老爺是要先清洗一番，還是先吃飯？」

顏浩宇看著一旁巴巴的看著他的四個孩子，笑道：「怎的都不認識了？爹爹老了？」

青彤紅著眼眶，一頭埋進他懷裡，因害怕惹得弟弟、妹妹傷感，也不敢哭出聲。

顏浩宇撫著她的頭髮說道：「都這般大了，怎好做這失禮的舉動？應該多學學妳姊姊。」

雖是這樣說，卻任由她抱著，另一隻手去接向他伸手要抱已久的翠彤。熠彤覺得自己是男子漢了，倒是不肯去抱父親，只跟著碧彤一起紅著眼睛站在一旁，盯著父親仔細的瞧，彷彿一轉眼，父親又會消失了。

說話間，丫鬟們已經將飯食準備好了。

顏浩宇淨了手，坐下吃飯，邊說道：「還是家裡的飯菜好吃啊，懷州雖是老家，許是我不在那邊生長的緣故，實在吃不慣。」

齊靜想問問他發生了何事，又覺得此刻不該打擾他吃飯，欲言又止的，眼睛又紅了。

顏浩宇笑道：「孩子都這般大了，妳怎的還像個孩子，動不動就哭。」

這一說，齊靜的眼淚更是嘩啦啦流個不停。

青彤說道：「爹爹是不知道，母親這些天，把這輩子的眼淚都流光了。」

顏浩宇聽了這話，也不好意思再取笑齊靜，放下筷子說道：「是我不好，倒叫你們擔心了。」

熠彤忍不住問道：「爹爹，您當真無事了嗎？之前聽說您沒了……我們都嚇壞了。」

顏浩宇摸摸他的頭說道：「別擔心，爹爹無事了。」

碧彤倒有些不好意思。「都是我，貿然去豫景王府打探消息，卻得了您出事的消息……叫大家白擔心一場。」

齊靜聽到消息來自豫景王府，一愣，卻又立即明白了當初碧彤用意，溫言說道：「怎能怪妳？若非妳先去打探消息，要讓我們從旁人那裡知道了，還不知道會怎樣呢。」

顏浩宇嘆了口氣說道：「當時已經是活不了了，幸而遇到貴人，不然我哪裡有命回來見我的寶貝兒子、女兒啊？」

齊靜忙點頭說道：「是的，豫景王的大恩，實在是難以為報。」

顏浩宇愣怔片刻，倒是點點頭沒作聲。

正在這時，永嬤嬤走過來說道：「老爺、夫人，管家說是有事求見。」

顏浩宇又放下筷子說道：「定是刑部那邊要我去。」

說罷便站起來，齊靜跟著起身說道：「這飯還沒有吃完，好歹收拾收拾吧……老爺這個樣子……」

顏浩宇擺擺手說道：「回來再收拾吧，早點解決早點好。」

齊靜知道他說的是顏浩軒的事情，當下也不作聲。

顏浩宇走到門口，又折回來說道：「府內恐怕還得清理一番，老三……當初是我心軟，不該留著老三一起……」

齊靜一愣神，顏浩宇已經走了。

直到入夜，顏浩宇才從刑部回來。齊靜服侍他梳洗完畢，輕輕給他按摩頭皮，問道：「夫君，這事可有定論了？」

顏浩宇閉著眼，微有些難過，倒是定了定神說道：「父親從前說他最失敗的地方，就是心軟，其實我又何嘗不是呢？我一路上倒是聽老管家跟我講了當日靈堂上發生的事情……是我不好，總叫你們受委屈了。」

齊靜搖搖頭說道：「這怎能怪夫君您呢？是他們作惡多端……就是欺負父親和您會念著骨肉親情，不捨得對他們動手。」

顏浩宇說道：「這事情已經有了定論，明日便會審判……二弟是要被問斬的，三弟……三弟也有兩年牢獄之災。」

齊靜點點頭，她已經明白了，老三在這次事情當中，只怕也起了不小的作用。她又想想碧彤前陣子的表現，憂心忡忡的說道：「碧彤這孩子，實在是太過聰明了些，又向來多思。常言道慧極必傷，我實在是擔心她……」

顏浩宇皺著眉頭，仔細想了想，說道：「終究是我沒有照顧好她，這孩子自小就萬分謹慎，都是我不好，竟一直沒察覺母親與二弟的狼子野心。」

他的確想不到，幼年時候那溫暖的懷抱，原來藏著的竟是這般可怖的心。他微微閉了閉眼睛說道：「我這些天也在琢磨，洛城實在不太平，碧彤那孩子身分不同，留下也是個麻煩……我瞧著太妃娘娘心思不簡單，還是早日將碧彤遠嫁吧。」

齊靜聽了這話，心中更是擔憂了，說道：「碧彤是個有主意的，咱們不如跟她說一說，看她自己是怎麼想的。」

顏浩宇本想說父母之命媒妁之言，又想著碧彤面上溫柔嫻靜，萬一如她妹妹一般，來個寧死不嫁可就麻煩了，不如提早溝通一下，左右這個女兒眼光不差，懂得自己拿主意。

第二日一早，門房來通報，說是董氏帶著瀚彤、煒彤、柳夢岑、肖姨娘還有另外兩個姨娘，哭哭啼啼的上門了。三老爺、三夫人做主要放他們進來，被管家給攔住了，此刻正在門外鬧騰。

顏浩宇帶著齊靜走到門外，見到董氏正在破口大罵。

「你算什麼東西，不過是一條看門狗，我可是老侯爺三媒六聘八抬大轎娶過門的夫人，更養大了你們侯爺，你竟敢阻攔我？」

此時洛城上下都知道她並非顏浩宇生母，她也顧不得丟人，大吼出聲。

侯府從前的老管家是早年從懷州跟著顏顯中來洛城的，如今的管家是老管家的兒子，忠心耿耿，守在門口任由面前的婦孺打罵。

顏浩琪亦怒罵說道：「我乃侯府三老爺，你竟敢連老子的命令也不聽？信不信老子一刀砍了你！」

說罷上前便要踹一腳，此時門卻打開了，顏浩宇帶著齊靜走了出來。

顏浩宇沈著臉冷哼一聲說道：「侯府三老爺？好大的臉，顏長伺候父親這麼多年，連本侯都要給他幾分薄面，你竟敢上來充老子？」

顏浩琪見著大哥，氣焰立刻低下來，小聲辯白道：「大哥……這人對母親不敬，我氣不過才責罵兩句，並非真心的……」

董氏已經上前哭訴道：「阿宇、阿宇，我這些年撫育你長大，沒有功勞也有苦勞啊……你快去，快去刑部叫那些人……叫他們把你弟弟放了吧……牢裡哪是人待的地方？你弟弟怎麼吃得了那種苦頭啊……」

第五十二章

顏浩宇冷冷的看著她，真不知道她是真心還是無意，顏浩軒怎麼進牢房的，難道她自己不清楚？

董氏繼續哭訴道：「軒兒他不是故意的，你做大哥的大人有大量，饒了他這一回吧？」

碧彤正攙著青彤走到門邊，看到這樣一場鬧劇，撇撇嘴，走出去說道：「祖母？怎的這樣早就到這裡來了？我爹爹昨日傍晚才歸家，九死一生，還沒緩過勁來呢。」

青彤立刻上來幫腔說道：「不錯，我爹爹這次被二叔害得身中劇毒，好不容易才活下來，祖母可曾瞧見，我爹爹他一下子都老了這麼多，頭髮都白了。」

董氏忍著心中的氣，只眼淚嘩嘩流著說道：「阿宇，你向來疼你弟弟的，他這是一時想岔了……」

顏浩宇不欲與她多說，只道：「母親何必到我這裡來鬧？那些事不是我說了算的，軒兒他謀害朝廷重臣，勾結地方官員，以權謀私，多項罪名加在一起，便是我去了也救不回他。妳若是有心，回去做些他素日愛吃的，讓他好好上路吧。」

董氏愣在當地，一時間沒有反應過來。倒是瀚彤反應快，上前一步，吃驚的問道：「大伯父，您這是什麼意思？我父親他……他……」

董氏這才反應過來，大喝一聲喊道：「你說什麼？你這狼心狗肺的傢伙，竟是想要軒兒的命?!」

齊靜皺著眉頭說道：「母親這是什麼話，什麼叫侯爺想要他的命？侯爺向來行得正坐得直，若二弟他沒有這些花花腸子，又怎會落到如此下場？」

董氏猛的往顏浩宇身上撞去，好在管家及時將她攔住，她張牙舞爪的要去抓顏浩宇，邊哭邊喊道：「老娘一把屎一把尿拉拔你長大，你如今長大了翅膀硬了，竟然這般沒有良心。平日以為你是隻溫順的小貓，原來竟是頭豹子，一出手就是要你弟弟的性命？」

碧彤冷笑一聲說道：「祖母這話好沒道理啊，難道二叔的性命是性命，我們長房的性命就不是性命了？祖母，你們合謀害過我，害過青彤，害過母親、熠彤，還多次害過父親，難道我們就應該任由你們陷害，連自保都不可以嗎？這一次若不是二叔陷害我爹爹，怎會自己陷進去？」

董氏咬牙切齒說道：「妳爹爹？他如今可好好的站在這裡，我的軒兒命都要沒了。」

青彤冷哼道：「我父親差點就死了，難道祖母不記得半個月前，我們要給父親辦喪事的時候，你們又是怎樣的咄咄逼人？怎的？現在還好意思跑來怪我們？」

董氏回頭看看顏浩琪，意思是要他幫忙說話。

顏浩琪縮縮脖子，心中琢磨著，如今母親與二哥的計劃失敗了，自己若是一味幫著那邊，以後恐怕一點好處也拿不到了。

顏浩宇見此情況，說道：「母親也不必看三弟了，今日起，三弟便搬回顏府吧。」

顏浩琪吃驚的抬頭說道：「大哥……大哥，這是何意？分家的時候……父親是說讓我跟著你的啊。」

顏浩宇冷冷的說道：「當初你想要跟著我，父親不願意，是我答應的。可你又是怎麼對我們一家的？」

顏浩琪冷汗淋漓，大哥這是全都知道了，忙說道：「大哥……弟弟我也沒做什麼……不過是……畢竟母親對您有養育之恩，我不過幫著傳了幾句話。」

顏浩宇閉了閉眼睛，說道：「平日裡小打小鬧，我都由著你，便也是想著這份母子情、兄弟意，只是我萬萬沒有想到，你竟然勾結二弟，想要置我於死地。」

顏浩琪當下趴在地上磕頭說道：「大哥、大哥……沒有，我並不知道，我當真只是傳了些消息……大哥，你要信我啊！」

顏浩宇依舊冷冷的看他一眼說道：「你不用再說了，等你搬回顏府，便自己去刑部吧，不需要人再去顏府請你了吧。」

顏浩琪愣愣地看著眼前的大哥，見他眼眸中一片冰涼，平時那溫和好說話的模樣全然不見了。

尚氏忙跪下哭喊道：「大哥，我們真的……這事是我們的錯，但我們當真沒有要害您啊大哥……」

顏浩宇揮揮手說道：「刑部都查得清楚，放心，做過便是做過，沒做過也不會強加罪名的。」

尚氏還要再哭，顏浩琪一把拉住她，搖搖頭，又衝著顏浩宇磕頭說道：「大哥……是弟弟的過錯……只是我如今只剩下這妻女三人……」

說罷抬頭看看大哥，見他眼神依舊冰涼，便低下頭咬咬牙說道：「還請大哥幫忙，我們不想回顏府，既然早就分了家，便讓她們分府單過吧！」

碧彤詫異的看了三叔一眼，沒想到他竟有這般魄力，按道理他出了事，要麼哭求父親收留三嬸，要麼讓三嬸回顏府，好有個照應。可他非要分府單過，這是擺明態度要跟董氏劃清界限，依父親的性子，若是三嬸分家單過，他絕不會不管的。

果然，顏浩宇略略沈吟一番說道：「如此也好，我今日便讓你大嫂將當日分家時，屬於你的東西都整理出來。」

顏浩琪磕了個頭說道：「謝謝大哥……還請大哥以後略微照拂些，弟弟我去了也會好生自省，不再給大哥丟臉。」

說罷也不收拾，轉身就去了刑部。

夢彤追出來哭著喊著，不要他走，綺彤卻只冷冷的看著，上前扶尚氏起來。

董氏見狀，一下子滾倒在地，哭得撕心裂肺，邊哭邊喊。「作孽啊！當初我是怎樣對你的？難道你長大了便不記得了？我這個母親做得怎麼樣？你生病了，我日日夜夜守著；你幼時膽小，生了病不肯要旁人，都是我整日整日抱著，一口一口餵你吃藥……你不思怎樣報答我，竟想把我那唯一的兒子給殺了？」

顏浩宇聽了這些話，也記起幼時的點滴，心一軟，微嘆一口氣說道：「母親，於情於理，我都沒辦法插手這件事，這樣吧，等二弟去了，我便接妳回來住，瀚彤本就是我侄子，我自會帶著，煒彤我也會撫養他成人……」

董氏唾他一口說道：「軒兒呢？軒兒是你的親弟弟啊，你怎的這般狠心？」

顏浩宇無奈的說道：「軒兒這次不是我能阻止的，我本想著發配了便可，但沒想到他的所作所為如此惡劣。母親，妳知不知道，除了要害我，他還勾結朋黨、賣官鬻爵……」

董氏不等他說完，怒吼道：「你既然叫我一聲母親，便立刻去刑部，說你們兄弟只是開玩笑，救他出來！」

顏浩宇雖然心中惱怒，卻能理解董氏的心情，便只繼續勸慰。「母親……」

一聲剛出，便聽到旁邊一道冷冷的女聲高昂喊道：「你喊她母親，她可配？」

眾人一抬頭，見一中年男子騎在馬上，英姿颯爽，細瞧卻是一名女子裝扮的。

顏浩宇略略吃驚，半晌反應過來，喊道：「小公主殿下？」

小公主翻身下馬，冷冷的看了顏浩宇一眼，說道：「侯爺倒還認得？」

顏浩宇見著小公主如此模樣，眼中竟生出悲傷難捱的表情，當初他第一次遇見齊珍，她正與小公主做男子裝扮，那時候她們年輕，像兩個白面書生，煞是好看。

小公主將手中一疊紙扔在他懷中說道：「雖然孤做這身打扮，是想叫你記得珍兒，卻不想叫你如此傷懷。正事要緊，你先看看這個。」

說罷便走到齊靜身邊。

齊靜見著小公主這副裝扮，也是傷心難過，姊姊年輕的時候，總是偷偷扮作男兒與小公主一同廝混。現下瞧著自己夫君那悲傷的模樣，心中不免有些吃醋，又覺得自己醋得莫名其妙。

顏浩宇一頁一頁看下來，卻是怒不可遏，回頭問小公主。「殿下，這些東西是哪裡來的？」

小公主說道：「孤剛回京，因甚是關心碧彤、青彤兩個孩子，深恐你娶了新妻忘了珍兒，又恐靜兒有了自己的孩子，對她倆不好，便著人調查了一番。竟發現靜兒孕中凶險，且查出她懷孕時，以及熠彤出生後，你那二弟妹皆動手過。

「孤總覺得有些奇怪，想到當初珍兒便是坐胎不穩，最後更是為了給你生個兒子而難產，母子俱亡……孤這些年著意調查，竟讓我查出蛛絲馬跡，當年替珍兒看診的大夫、生產前後的女醫穩婆，皆有線索……

「前陣子你出了事，孤越琢磨越不對，機緣巧合得知董氏身邊的大嬤嬤家中出了事，孤便制住那楊家一家子，倒是當真讓我發現這些事情了。現如今，那些人證、物證，統統都在公主府，侯爺您若是不信，大可以親自去查。」

董氏此刻已經從地上爬起來，指著小公主說：「妳……妳、妳血口噴人！」

小公主也不計較，只冷笑道：「是不是血口噴人，妳自己心裡清楚得很。」

顏浩宇越看心越沈，越看越難受。董氏衝上去想要搶奪那些紙，卻被顏浩宇一腳踢翻在地。待看完，顏浩宇已是氣得氣喘吁吁，一口氣差點提不上來，齊靜連忙上前攙扶，一邊給他順氣。

顏浩宇突然哈哈大笑，說道：「董宛茹！妳說如果父親知曉了妳所做的事情，會不會氣得……不！悔得從棺材裡跳出來？」

董氏被踢了一腳，在地上支支吾吾半天，吐出一口血來，也不敢再怒罵他不孝順，只說道：「那是假的，齊珍她……她不是我動手的……」

圍觀的群眾還有什麼不明白的，這種豪門私密，是他們最好的談資了。

顏浩宇揮揮手說道：「你們滾回去吧，不許再踏入侯府一步。」

說完，他步履蹣跚，慢慢的走了進去。

齊靜從這些話中，聽出了端倪，原來她的姊姊，竟是面前這個老婦人所害，當下也恨不得上去踹兩腳。

齊靜自然不方便動腳，青彤卻上去了，狠狠踢了董氏兩腳說道：「竟然是妳害死我娘的，妳該死，該死，該死！」

董氏一邊護著頭，一邊喊道：「不是我，不是我！」

齊靜忙上前拉住青彤，將她拖到身後，低聲說道：「妳這樣子，旁人看了只會覺得妳凶悍，以後怎麼嫁人？」

青彤一扠腰，大剌剌說道：「這般惡婦，我恨不得殺了她！母親，妳不用擔心我，我這輩子都不打算嫁人的！」

齊靜嚇得面色發白，趕緊將她塞進門內，要湯圓將她送回院子。

一回頭，卻見小公主衝她直樂。

齊靜不好意思說道：「現在才曉得，當初我父母兄嫂給我操了多少心……」

小公主說道：「年輕時候更是要肆意，不然等她成婚了，便要變成妳這般模樣了。」

齊靜抬手請小公主進去，小公主搖頭說道：「今日過來，不過是為了妳姊姊罷了，侯爺他如今心情不好，妳事情也多。改日得了空，多帶著碧彤、青彤去孤府上玩玩。」

齊靜處理完外頭的事情，去書房一看，見到顏浩宇正坐在桌前，拿著那一疊紙，嗚嗚哭泣著。

她輕輕走過去，伸手摟住他的頭，說道：「夫君，這些都過去了，別傷心了。」

顏浩宇止不住大哭起來，許久才回過神，將那一疊紙拿起來，遞給齊靜說道：「靜兒，妳知不知道，當時我一直以為，珍兒她天生坐胎不穩……我甚至想著不如……不要孩兒，等二弟生了孩子，過繼一個過來。但是珍兒她不願意，她說我將來要繼承整個侯府，怎能沒有孩兒……」

齊靜聽到這裡，也是淚流滿面，她當時年幼，只知道母親總是偷偷流淚，只知道母親帶她去看姊姊，她那個神采奕奕的姊姊，總是臉色蠟黃，躺在床上勉強的笑看著她。

顏浩宇哽咽了一會兒，繼續說道：「後來生了碧彤、青彤，她身子大不如前，我說命裡無子，不再強求，這一雙女兒已經夠了……她……她甚至想給我納妾……我之前總是後悔，若我答應納妾，或許妳姊姊她就不會執意要生，也不會難產而亡……如今才曉得，是我天真，母親……不！董氏她怎會要我生下孩子……」

齊靜微嘆一口氣，說道：「夫君，這不是你的錯……」

顏浩宇搖搖頭，又道：「後來妳生下了熠彤，我還曾懷疑過，當初弟妹是否曾對珍兒動手……現在才曉得，何止是弟妹？二弟與董氏全都參與了，珍兒便是被他們害死的……不，珍兒是被我害死的，若是我早就知道，若是我早就防備……」

齊靜摟著顏浩宇，一動也不動，她閉著眼睛想，若不是碧彤機警，她與熠彤、翠彤，又豈會安然無恙？

顏浩宇抱著齊靜沈默許久，才又說道：「其實……小公主調查的那些，不只是珍兒的事情……還有、還有我母親……」

齊靜吃驚的問道：「過世的婆母？」

顏浩宇點點頭。「董氏心機這般深沈，當時竟已經計劃好了，一步一步，登堂入室……若是父親知曉他娶了一隻豺狼……」

齊靜不由得打了個寒顫，董氏竟然那般早就開始行動了。可恨公爹竟絲毫沒有察覺……但公爹已經過世了，她自不好說他的壞話。更何況當初連自己母親都說，姊姊出嫁前，她還特意派人查過董氏，連那般謹慎的母親都看走了眼，何況只顧著朝中大事的公爹呢？

顏浩宇繼續說道：「我今日在外頭，忍了又忍，才沒有動手打她……我親娘、我夫人，還有我那幾個未出世的孩子啊！」

齊靜握緊了拳頭，忍不住說道：「夫君……我們不能就這樣輕易放過了她……我知道，在你心中，她是有養育之恩的，可是這樣的蛇蠍婦人，你當真要替她隱瞞？」

顏浩宇紅著眼睛抬起頭說道：「怎麼會？她作惡多端，我從前是稀裡糊塗認賊作母，現在我已經知道了，又怎能輕放了她？」

顏浩宇鬆開齊靜，略略理了理頭髮。

齊靜立刻站起身說道：「不如先去梳洗一番吧？今日恐怕還有很多事情。」

齊靜出去給顏浩宇備水，也是給顏浩宇一點時間來緩和情緒。

剛出門，便遇到雲兮走過來，低聲說道：「夫人，三夫人帶著兩位姑娘，說是感謝老爺和夫人的照顧，打算先去租賃房子，等收拾妥當再來取東西，這會子在院門口等著您答允呢。」

齊靜躊躇一番，想著顏浩宇如今精神不濟，心情不佳。他怨著董氏，只怕對三房一家都有著氣，這時候若是去問他，恐怕三房都會被趕出去。

正想著，顏浩宇已經拉開門出來說道：「靜兒，妳即刻去把她們的東西都給打包好扔出去，一樣也不要多給。」

齊靜心中咯噔一下，想著要怎樣勸和勸和，畢竟老三一家子，也沒做太多過分的事情，若此刻被扔出去，外頭不好看不說，日後他想起來，豈不是又會難受一場？

猶豫間便不知道如何開口，卻見碧彤走了過來，對著二人行禮問安後方開口說道：「爹爹，女兒有一事相求。」

顏浩宇見著碧彤，就想起早逝的齊珍，深覺是自己沒有保護好先妻，害得碧彤小小年紀心思這般多，便和緩著語氣說道：「碧彤有什麼事？說什麼求不求的，妳想要什麼直接說，爹爹只要能做到的，自然都會給妳。」

碧彤上前挽著他的胳膊說道：「爹爹，是這樣的，前些日子外面說您出了事，母親和我們都一蹶不振，是二姊姊她特意過來，說懷疑祖母與二叔會對我們不利……這才叫我們警覺，沒有讓他們得逞。此次她們要搬出府，女兒總覺得欠著二姊姊這份情，很是不好意思呢。」

顏浩宇見著碧彤難得如同青彤一般撒嬌，又聽她這般說，不禁有些失笑。剛剛自己也是怒氣衝頭，沒多想便讓齊靜將三房的東西丟出去，話一出口便想著，董氏等人做的事情，尚氏他們最多是聽命而已，算不上什麼大錯，自己這樣也太不近人情了。現在女兒為了給他臺階下，竟然這般小心翼翼，當下又是感動，又是心疼碧彤的懂事。

他笑起來說道：「好，既然她有這個心，爹爹怎好將事情做絕？當然也要聽一聽我寶貝女兒的意思。」轉頭吩咐。「雲兮，去喊管家過來。」

等顏浩宇一行人走到清荷院門口，管家已經候在門口，而尚氏帶著綺彤、夢彤都等在前頭。

碧彤一看，尚氏果真機靈，換了一聲素衣，未施粉黛，臉色蒼白毫無血色，看著倒讓人有些憐憫她。綺彤依舊那副淡淡的樣子，彷彿家中的變故都與她無關，不過眼眶微紅，像是哭過的模樣。而夢彤的眼睛腫得跟核桃似的，若是大伯父將她們趕出去，只怕萬世驍立馬就會來退親。

顏浩宇對管家說：「你跑一趟，在附近給三夫人她們賃個院子，務必要安靜些，打聽下左鄰右舍，不要尋些下三濫的鄰居。還有丫鬟、僕婦、護院也要安排好……銀錢由公中出。」

話音才落，尚氏已經跪下去哭喊道：「大哥……大哥，從前都是我們豬油蒙了心，大哥，沒想到三老爺做出這種事情，您還如此照拂我們……您的大恩，我們如今也無以為報……」

說罷伸手去拉綺彤、夢彤，夢彤乖覺，立刻便也跪下磕頭，齊靜與碧彤已經上前來拉她們。

綺彤跪下後朗聲說道：「大伯父、大伯母、碧彤，你們也不用拉我們了，這幾個頭卻是我們應該磕的。從今以後，雖然我們沒能力回報你們，但我們一定會努力約束自己，不給顏家丟臉……是吧母親？」

尚氏略略皺眉，卻是毫不猶豫答道：「綺彤說得對……說得對！」

綺彤又看向夢彤，夢彤忙縮一縮脖子，眼眶一紅，活像綺彤欺負了她似的，說道：「大伯父、大伯母……夢彤絕不給你們丟臉。」

顏浩宇忙虛扶一番，等齊靜將她三人拉起來，才說道：「都是一家人，日後雖然分開了，有我顏浩宇一天，妳們的日子也不會太差。靜兒，她們孤兒寡母也沒個進帳，從前分家的時候，父親分給我們的田產鋪子，分兩成給她們。」

第五十三章

尚氏剛要感謝，綺彤說道：「大伯父，萬萬不可，其實從前祖父分家的時候，對我們已經很好了，田莊鋪面上的東西，也夠我們用了，怎能要大伯父的東西？」

顏浩宇嘆了口氣說道：「妳父親這樣……妳們日子也不大好過。」

綺彤笑起來說道：「大伯父無須憂心，我們母女三人都是女眷，花銷也都不大……」

顏浩宇點點頭，又對尚氏說道：「弟妹也莫要擔心，浩琪他這次犯事不嚴重，不過是兩年，很快便能出來了。」

尚氏本來不大高興綺彤把到手的莊子鋪子給弄沒了，此刻聽了這話，忙把不高興扔到一邊，說道：「多謝大哥體恤……只是弟妹還有一事相求……」

顏浩宇問道：「何事？」

尚氏眼眶一紅，又說道：「大哥……本來這事不該當著孩子們的面說的，但弟妹我實在是憂心，也顧不得那些了。綺彤這孩子被批了那樣的命格，本就不太好做親的……如今她父親犯了事，只怕是難上加難……弟妹我也是沒有法子，見著大哥大嫂與人為善，便只好厚著臉皮求一求了。」

顏浩宇沈吟片刻，嘆了口氣，說道：「我本就答允過的，只是……若是尋老四幫忙，弟妹可願意？」

尚氏如今哪裡還不願意？綺彤都已經十六歲了，當下點頭說道：「如今還能由得我們挑選嗎？只求著大哥幫忙多看看家世人品，綺彤這孩子也是大哥看著長大的……」

顏浩宇只點頭不言語，心中琢磨著之前收到的老四的信，倒是有家合適的商戶，在東邊也算是家大業大。小公主給碧彤看中的神威王亦在東邊，這次事件看來綺彤的人品還行，將來兩個姊妹也可以相互照應。

尚氏帶著兩姊妹告辭了便要走，夢彤一步三回頭，期期艾艾的看著顏浩宇。

顏浩宇這才想起來夢彤的事情，忙說道：「夢彤莫要擔心了，萬家少爺不是拜高踩低之人，還有半個月，去年秋闈結果便會出來了。」

之前就說好了，親事已定，只等秋闈結果出來，直接成婚。夢彤聽大伯父這般允諾，便知這親事不會再有變故，這才放心下來。而尚氏在前面，恨得牙癢癢，卻又無可奈何，只能拉著綺彤快步前行，不理會跟在後頭的夢彤。

午時，顏浩軒的審判下來了，三日後正午死刑。董氏等人得了消息，都是嚎哭不止，顏太妃也顧不得顏面，到皇上面前痛哭陳情，請求網開一面。

然而皇上只說，本來當株連九族，然老永寧侯與現在的永寧侯乃朝中重臣，於社稷有功，這才網開一面，未曾禍及家人。

董氏急得團團轉，卻又不敢再去侯府，只想著顏浩宇向來心思純粹，就算自己做出這樣的事情，應該也不會怪罪小輩的。又想著他向來喜歡瀚彤與妙彤，便將出嫁的妙彤喊回來，要瀚彤與她一起去侯府求情。

妙彤在婆家過得並不如意，她婆婆大林氏人還不錯，但總是打探碧彤的消息，話裡話外還透著惋惜，婆婆當初定是看中了碧彤。而且，那個所謂喜歡她的第一美男世子，從沒有踏入過她的房間，經常一消失就是半個月。

這次父親出事，公公很是不高興，看她的眼色都不對了，偏世子沒有站出來為她說過一句話，更別說幫她父親說情了。

孰料，瀚彤與妙彤乘馬車到了侯府門口，守門的不僅不開門，還直言：「侯爺吩咐過了，顏府除了老夫人，任何人過來都不必通報，也不許放進府。」

瀚彤氣了個倒仰，這真是牆倒眾人推，如今他雖然是駙馬，卻沒一個人看得起他；而那個慧公主，一點公主的樣子都沒有，好吃懶做、囂張跋扈，公主府內嬤嬤、丫鬟們，就沒有一個拿他當主子的。

更可恨的是，慧公主說他空有皮囊，床上床下都是一點用都沒有。前段時間他與公主吵架，去了春風得意樓，會了一次從前的老相好胭脂，結果他被公主的侍衛打了一頓，那胭脂姑娘生生被毀了容，扔去了最低賤的勾欄院……

然而就算再氣，還是得想辦法見顏浩宇，二人只得掉頭去顏府接董氏。因為事情緊急，瀚彤、妙彤並沒有分開坐馬車，而是共乘一輛，不過車內除了他們，還有一名嬤嬤、兩名丫鬟，大齊在男女大防上並不特別嚴格，因此這樣也無人會說閒話。

怎料車還沒行至顏府，卻被人攔了下來。

瀚彤與妙彤便聽到馬車外的車夫侍衛齊聲喊道：「慧公主安康。」

慧公主冷哼一聲，說道：「車內除了駙馬還有誰？」

車內的嬤嬤忙掀開簾子恭敬的說道：「公主，車內還有大姑娘。」

妙彤便露出頭微笑著說道：「長嫂好。」

本來妙彤應當下車行禮，但此刻她心情也很是不好，而且她心中由衷的看不上這個公主，因此竟然只喊長嫂而不喊公主。

慧公主豈是好說話的人，當下揮一揮手中的鞭子冷笑說道：「原來是燁王世子夫人，本公主倒要看看，你們孤男寡女乘坐一輛馬車，光天化日之下是想要做什麼？」

妙彤登時脹紅了臉，她身邊的嬤嬤與丫鬟剛剛下車，聽了這話也是吃了一驚。

嬤嬤忙說道：「慧公主誤會了，是少爺與姑娘，不是外人，而且車內還有奴婢們伺候著……」

話音未落，慧公主一鞭子抽在她臉上，一下子將她掀翻在地，又想要繼續抽打。

瀚彤氣極了，下了馬車，上前握住慧公主的鞭子，怒喝道：「妳又發什麼瘋？妙彤是我妹妹！她們都是燁王府的下人，妳怎能胡亂動手？」

慧公主用力一抽，畢竟力氣不如瀚彤，鞭子沒抽出來，心內更氣，大聲嚷道：「什麼妹妹？我看你早就有心思是不是？哼！怎麼，勾欄院的胭脂姑娘沒用了，你耐不住寂寞？我早就發覺你與妙彤她不一般，光天化日之下，竟在馬車中做這種事情，嘖嘖嘖……」

妙彤聽她這顛倒黑白的話語，氣得白了臉，伸出手指著她。「妳……妳……妳血口噴人……」

圍觀的百姓見了這麼一場鬧劇，哪裡捨得走？但又不敢太靠近了，只遠遠的竊竊私語，討論這個平日他們可看不到，顯貴人家齷齪的家內事。

慧公主霸氣橫生，索性扔了鞭子，雙手扠腰說道：「怎的？被我戳中了心事？嘖嘖嘖，聽聞燁王世子久不歸家，是不是知道了你們的醜事？真真是姦夫淫婦！」

那圍觀的百姓是第一次見著公主，可是沒想到這公主跟想像中的完全不一樣，竟是這般潑辣的橫貨，嘴裡如此不乾淨。又打量瀚彤、妙彤二人，見他們兄妹二人果真像是一對璧人，倒讓人遐想聯翩。說不準，就是這兄妹二人耐不住寂寞，滾作一團，被公主給發現了呢？

還有人細細打量妙彤與公主，見妙彤膚白貌美，此刻梨花帶雨好不可憐，而公主則怒目圓睜，齜牙咧嘴毫無儀態可言。當下與左右討論說，若自己是這男子，定也願意抱著那曼妙可人的妹妹，而不喜這凶神惡煞的公主。

瀚彤聽公主這般誣衊他們，又羞又忿，忍不住舉起鞭子，一鞭子往公主臉上抽去。他的力氣可比公主大得多，當下只聽公主尖叫一聲，倒在地上，再一瞧，公主那半邊臉都開了花，此刻正嘩嘩的流著血。

公主身邊的嬤嬤一聲驚呼，大喊道：「公主！公主……公主妳要不要緊？」

公主臉上火辣辣的，疼得要命，一摸，滿臉的血，當下哇哇大哭起來。「我的臉，我的臉……」

丫鬟們立刻上來扶她，她一把推開，指著瀚彤說道：「來人，給我把他剁了，大卸八塊，去餵狗，餵狗！」

瀚彤也沒想到會出這個變故，當下瑟縮了一下，扔掉手中帶血的鞭子。

公主的侍衛忙上前要拿住瀚彤，顏府的侍衛護著瀚彤不讓動。

公主繼續尖叫道：「還不快宰了他！他毀了本公主的臉，快殺了他！」

妙彤見狀不好，急忙下了馬車說道：「誰敢？誰敢?!他是駙馬……我們姑姑是當今太妃娘娘！」

公主還在尖叫，喊道：「還有這個賤人，一起給本公主宰了！哼，你們姑姑是太妃，本公主母妃也是太妃，難道還怕你們不成?!」

妙彤心中害怕，此刻也沒人可以護住自己，只好繼續硬著頭皮說道：「我是燁王世子妃，誰敢動我？誰敢動我！」

慧公主自是不怕她，但下面的人也不敢輕舉妄動，畢竟牽扯甚多，顏家大少爺和大姑娘可不像從前那對背後無人的死鴛鴦，若是一個不小心，公主是沒事，他們卻要遭殃。

公主身邊的丫鬟轉了轉眼珠子，流著眼淚說道：「公主、公主，莫要管他們了，以後再處置不遲，公主，奴婢們先扶您回去，先回去宣太醫看看好不好？公主，您的臉……」

公主聽她這麼一喊，心中一緊張，當下喊道：「快快快，快送本公主回去，快啊！回府……哦不，回宮，回宮，本公主要去尋母妃主持公道！」

公主很快上了馬車，絕塵而去。瀚彤、妙彤皆呆在原地，不知道怎麼辦才好。

妙彤只想著，此刻她的名聲，被污成這個樣子，回了燁王府，還不知道公爹和婆母要怎麼對她。這樣想著，便嗚嗚哭泣起來。

瀚彤腦中嗡的一聲響，只想著糟了糟了，他毀了公主的臉，公主豈是善罷甘休之人？而此刻，恐怕也無人能救他了。

瀚彤邊想，邊往顏府走去。顏府的侍衛瞧瞧前頭失魂落魄的大少爺，又瞧瞧後頭哭泣不止的大小姐，都不曉得怎麼辦。最後一合計，一半侍衛跟著少爺，一半侍衛守著小姐。

妙彤正哭泣著，旁邊一名書生樣子的男子，遞過來一塊手帕，說道：「夫人，還請擦擦眼淚。再難，日子也要過下去，活下去才會有希望。」

妙彤迷迷糊糊就接了帕子，倒是兩個丫鬟立刻上前怒視那男子，那男子作了個揖，轉身走了。

等到董氏知道來龍去脈，更是魂不守舍，兒子出了事，如今孫子也要出事了。慧公主那睚眥必報的性子，只怕瀚彤過不了今夜了。

董氏只好先把顏浩軒的事情放下，套了馬車就往董府趕。好在大哥董桀彰此刻正在府內，董氏順利的進去了。

董桀彰沈著臉看著她，而董夫人的臉則更黑了。

董氏硬著頭皮哭喊道：「大哥、大嫂，你們這一回，一定要幫幫瀚彤啊！最近妹妹家裡出的事情，你們也是知道的，這可叫妹妹怎麼活啊？」

董夫人不耐煩的說道：「宛茹，這事情本就是瀚彤的錯，再怎麼樣，他是男人，怎能對女人動手？」

董氏心中很不高興，這種不分青紅皂白，胡亂打罵人的孫媳婦，她早就不滿意了。只是面上哭道：「大哥、大嫂，瀚彤好歹是個男人，也有氣性的。上次慧公主把他打得半個月才能下地，我們不也是忍了？」

董夫人還想要說，董桀彰咳嗽一聲說道：「成事不足敗事有餘，妳瞧瞧妳現在過的什麼日子？兒子要被處決了，孫子還出了這等事情……」

董氏一聽，眼淚就嘩啦啦流下來。「這事真的不怪軒兒啊，大哥，如今竟連個幫他求情的人都沒有，大哥，你一定要幫幫你外甥啊！」

董夫人說道：「妹妹這話說得好笑了，我們怎麼幫？宮裡妳自家娘娘可都不管呢……」

董氏臉一沈，站起來說道：「大哥、大嫂，當年若不是為了這個家，我何須做出那些事情？何須嫁給大我十幾歲的顏顯中？若不是我，董家早就沒落了。飲水思源，你們如今過著好日子，怎的不念及妹妹當日的付出？」

董夫人冷笑一聲說道：「三十年河東三十年河西，自古都是這樣的。更何況當年那事情，妳自己也是願意的，現在怎的拿這個來要脅？」

董氏氣白了臉，眼淚嘩嘩流，指著他倆說道：「你們這是……這是要撇清關係了？」

董桀彰瞪了自己夫人一眼，說道：「撇清什麼關係？宛茹是我親妹妹！好了，妳也別哭了，叫妳嫂子趕緊帶妳入宮，同娘娘好生說說，這事也不是瀚彤一人的過錯！」

董夫人撇開眼，心中存著氣，又想著慧公主毀了容貌，若真鬧起來，且不說她也落不到好，要是瀚彤出了事，她豈不是要守寡？當下收拾一番，帶著董氏入宮去了。

在董太妃宮中，董氏說盡了好話，陪盡了不是，受盡了冷落，終於得到董太妃的答覆。而董太妃與董夫人又去勸摔了無數精美瓷器、珍玩的慧公主，分析利弊，好說歹說，強制要脅，總算是讓慧公主打消了弄死瀚彤的心思。

董氏答應等慧公主養好傷，回了公主府，立刻就讓瀚彤去賠罪，並叫他發誓，從今以後，絕不會有下一個女人，哪怕是逢場作戲也不會有。

解決完瀚彤的事情，董氏疲憊的跟著董夫人出去，正遇上顏太妃身邊的大宮女。

大宮女恭敬的說道：「老夫人，顏太妃娘娘得知您入宮了，但她最近頭風發作，實在是沒辦法召見，特意差奴婢準備諸多珍貴藥材，讓老夫人好好將養身子。」

董氏愣怔半晌，她身心俱疲，本是沒打算去看自己女兒的。但她沒想到，女兒竟主動對自己避而不見，這是根本不想管他們的事情了。

董夫人在一旁看著自家小姑子這個模樣，心中卻是得意萬分，從前董氏總自恃是侯爺夫人，又因她們的女兒都入了宮，但一個生了皇子，一個生了公主，這區別可就大了，總是端著架子。如今這般境地，董氏從前端著的架子，此刻哪裡還有一分一毫顯現出來？可不就吃癟得厲害了。

董氏昏昏沈沈回了顏府，想到還有兩日，軒兒便要被處決，心中又是難受。雖然她清楚得很，依著顏浩宇的性子是絕不會徇私救軒兒的，但是萬一呢？那總是顏浩宇的弟弟，顏浩宇自小最疼愛這個弟弟了，難道真會眼睜睜看著他死？

於是第二日一大早，董氏收拾了一番出了門。

肖姨娘邊送董氏出門，心中邊好奇，董氏頭上那支碧玉簪，雖說款式簡單大方，但似乎更適合年輕女子，老夫人都這般年歲了，怎的會戴這麼一支？

董氏到了永寧侯府，門房見著她也不吃驚，恭恭敬敬的迎了進去，等了許久也沒個人出來見她。董氏不由得心中悲苦，如今她哪裡還有侯府老夫人那高高在上的模樣？只能像個打秋風的鄉下窮親戚，卑躬屈膝的等著候著。

不知道過了多久，才有小廝走過來說道：「老夫人，侯爺讓您跟奴才過來。」

董氏警戒的看了他一眼，問道：「去哪裡？怎的大夫人不出來見我？」

小廝微笑著說道：「侯爺說了，您過來直接去找他，不要耽誤其他人的時間。」

董氏怒火中燒。好傢伙，怕自己耽誤齊靜？是怕自己借著老夫人的名頭磋磨她才對吧？

小廝見她不動作，又說道：「老夫人，侯爺在外書房等著您呢，您去是不去？」

董氏做慣了壞事，此刻見著小廝這般殷勤，頗有些猶豫。最終咬一咬牙，反正她人都來了，那麼多人看著她進侯府，若真有個三長兩短，旁人的唾沫星子都能淹死顏浩宇。

一路走到外書房，小廝恭敬的說道：「老夫人，侯爺在裡頭，奴才就不進去了。」

董氏進了書房，才明白，自己當真是小人之心了，那顏浩宇背對著她正坐在椅子上呢。

董氏努力調整氣息，放軟了聲音，喊了聲。「阿宇。」

顏浩宇轉過身來，沈默的看著她，臉上陰晴不定。

董氏說道：「阿宇，千錯萬錯，都是母親的錯……母親求您，救一救你弟弟吧。」

顏浩宇啞著聲音問道：「母親？妳配做我母親？」

董氏支吾半晌說道：「好歹，我也把你拉拔到這麼大……好歹你也喊了我三十幾年母親……」

顏浩宇又問道：「珍兒是妳動手的，對嗎？」

董氏早有準備，淚水漣漣說道：「珍兒當真是意外……當然我不是否認，的確是我的過錯……我本意也是著急，希望你早日生下兒子……就……就……沒想到她身子那般差，竟然……」

顏浩宇譏諷的笑起來說道：「身子差？呵呵，也是我傻。她父兄皆為武將，雖然她不曾習武，但是有強身健體的習慣……身子怎麼會差？當初她嫁給我的時候，身子骨好著呢，一而再再而三的失了孩子，這才壞了身子……」

董氏低下頭，狀若羞愧，說道：「是我不好，我太著急了……」

顏浩宇怎還會相信她，只冷笑一聲又說道：「靜兒……妳對靜兒也是如法炮製的對不對？」

董氏忙搖頭說道：「怎麼可能？阿宇，我沒有……那是你弟妹的錯……阿宇，靜兒她嫁給你，一共懷過兩次，都順利產下，沒有出過差錯。」

顏浩宇閉了閉眼睛，說道：「沒出過差錯？是妳忘記了才對吧？若不是……若不是靜兒自己警覺，只怕如她姊姊一樣……不，她第一胎便是男孩，只怕是生都生不下來。」

董氏搖頭還要再說，顏浩宇又問道：「還有我娘……我娘也是妳動手的，對不對？」

董氏大吃一驚，慌亂不已，片刻冷靜下來，忙說道：「不是……不是……怎會是我……難道你父親沒說過嗎？她當年受了苦，身子差……對，她是自己身子差的。」

顏浩宇冷冷的說道：「當初，妳與妳爹為了董家，為了這侯府的位置，下了好大一盤棋。我娘她在洛城不認識任何人，只有妳還有妳母親親近她、照顧她，她本性善良，以為妳們是好人……後來妳殺掉了妳先夫，妳父親逼迫父親娶妳做妾，對不對？」

董氏驚訝的退後一步，連連搖頭，心想楊嬤嬤竟連這個都告訴他了？

顏浩宇哈哈大笑，笑中帶淚，說道：「妳的同夥楊嬤嬤統統都說了，昨日，是本侯親自去審的，妳還有什麼話好說的？」

第五十四章

董氏一下子跌倒在地，咬一咬牙，說道：「不管怎麼樣，軒兒是你親弟弟，你們身上流著同樣的血啊！」

顏浩宇站起來，走到她面前，居高臨下的看著她問道：「我想問妳，妳是怎麼說服父親，要我認妳做母親的？父親那般愛重我娘，又怎麼肯讓我認妳做母親？」

董氏撇過頭不作聲。

顏浩宇轉身取出一把大刀，拿一塊軟布輕輕擦拭著，說道：「這把刀，是父親日日練身用的，如今，若是我拿這把刀割下妳的頭顱，妳說父親在九泉之下，會不會很高興？」

說罷，將刀刃就放在董氏的脖子上了。

董氏縮著脖子發抖，說道：「不不不，你不能這樣，那麼多人看著我進侯府大門，若是……若是我有個三長兩短……」

顏浩宇陰森森的笑起來，說道：「所有的證據，都在小公主府上，我只消先砍了妳的頭顱，再去刑部自首……妳說證據確鑿，旁人是會說本侯報得殺母之仇，還是說本侯大逆不道，手刃繼母？」

董氏瑟瑟發抖，一下子竟尿了出來。她一抖，頭上那碧玉簪一晃，入了顏浩宇的眼。

顏浩宇輕輕將那簪子取下來，放到董氏眼前，又哈哈大笑起來，那聲音停在董氏心中，彷彿地獄的厲鬼，想來索她的命。

顏浩宇說道：「妳戴這根簪子出來，是想我記得從前的母子情嗎？當年我剛入朝，做了個小小的秘書郎，第一次領了俸祿，歡天喜地的去選了這根簪子，高高興興的送給妳……現在才曉得，這樣簡單甚至可以說是寒磣的簪子，怎麼配得上妳？」

董氏邊抖邊說道：「不……不，阿宇，我是真的喜歡……這簪子我保留了這麼多年……阿宇不要殺我，阿宇……」

顏浩宇收回簪子說道：「我昨日審完，只恨不得立即去將妳碎屍萬段……只是後來想一想，就算碎屍萬段，也難解心頭之恨……董宛茹，母親……妳告訴我，妳是用什麼方法，父親竟肯讓我認妳做母親的？妳告訴我，我便不殺妳。」

董氏忙抖抖索索的說道：「是……是你兩歲半的時候……我懷了軒兒和金枝，我使了計謀讓你以為、以為有了弟弟妹妹……我與你父親便不喜歡你了……」

顏浩宇不明所以。「這跟父親讓我認妳做母親有什麼關係？」

董氏忙又說道：「我……你父親一直以為我對你……如同親子，他看到你竟然……竟然想要傷害我腹中的孩子……要處罰你。我假裝……假裝寧願不要腹中胎兒，你父親很是感動……我又藉此遊說，說你心思敏感，若是知道我並非生母，會……會……」

顏浩宇扔了手中的大刀，一言不發。

董氏忙說道：「都是我的錯，阿宇、阿宇，你別殺我……阿宇！」

顏浩宇閉上眼睛說道：「殺了妳，我怕髒了我的手，從今日起，妳削髮為尼，到家廟中日夜為我娘祈禱，祈禱她來生，不要再遇到妳這般無惡不作之毒婦吧。」

董氏頹然倒地，不甘心的說道：「我去，我去，阿宇，你救救你弟弟，救救你弟弟吧。只要你救他，我就去家廟。」

顏浩宇冷聲說道：「他是妳一手禍害的，我也救不了。不過如果妳不肯去家廟，我立刻將妳的所作所為公諸於眾……那樣以後瀚彤他們……」

董氏打了一個寒顫。是的，沒了兒子，她也得想一想瀚彤、煒彤，還有金枝和紹輝，若是東窗事發，紹輝有她這樣的外祖母，是絕不可能登上那個位置的，瀚彤他們也絕無起復的可能了。

顏浩軒在牢裡等啊等，都沒等到有人救他，只等到肖姨娘和煒彤，帶著好酒好菜來看他。

顏浩軒問道：「婷婷，母親呢？太妃娘娘呢？王爺呢？他們人呢？」

肖氏一下子紅了眼眶，搖頭說道：「他們……他們有事沒來……」

顏浩軒不甘心的問道：「不可能，母親呢？母親她不會不管我的，妳說！母親呢？是不是妳，是不是妳攔著母親不要她來？」

煒彤看著面前乞丐樣子的父親，如同發狂一般搖著自己的姨娘，忍不住說道：「父親，祖母去了家廟。」

顏浩軒不敢相信的看著他們二人，問道：「家廟？為什麼？她去家廟做什麼？」

肖氏與煒彤不敢作聲。

顏浩軒抓住肖氏的胳膊問道：「我明日就沒命了，還有什麼不能說的？妳說啊！」

肖氏咬咬牙說道：「老爺，昨日母親去了侯府求侯爺……回來囑咐我們給您送酒菜，母親自己……剃了髮入了家廟……」

顏浩軒吃了一驚問道：「剃了髮？剃髮？」除非遁入空門，否則是不可剃髮的。

肖氏點點頭。

顏浩軒傻坐在地上，琢磨著恐怕是母親做的事全被大哥知道了，大哥這是逼著母親入家廟……母親也才會讓他們給他送這最後一餐，意思很明顯，是沒辦法救他了。

顏浩軒焦急的又問道：「其他人呢？娘娘，還有慧公主，還有燁王……」

肖氏嘆了口氣說道：「該求的都求了……娘娘避著不見母親，五王爺倒是見過一次，說是實在無能為力……慧公主……慧公主……」

煒彤見著姨娘說不出口，立即說道：「大哥在外頭甩了公主一鞭子……」

顏浩軒吃驚的問道：「什麼？他……他……他這逆子！」

肖氏忙道：「也怨不得大少爺，是慧公主侮辱大小姐的清白……」

顏浩軒沈默半晌。其實連妹妹都不肯救他時，他就明白了，皇上與定遠侯是絕不會放過他的，旁人又哪裡有這個本事呢？只是他走後，他的孩子們又能怎麼辦？

又想著母親既然不是為他進家廟，那一定是為孩子們了，這樣想著，倒是稍稍放心了，大哥的性子耿直，應當還是會照拂他的孩子吧。

顏浩軒想了想又說道：「家裡還有什麼事情？一併告訴我。」

肖氏猶豫了又猶豫，總算是開口說道：「夫人她……昨日收拾細軟……走了。」

肖氏口中的夫人，正是柳夢岑，雖然當時柳夢岑只是做妾，但她好歹是董氏的外甥女，一張嘴很會哄人，倒是把董氏與顏浩軒哄得服服貼貼的。加上肖氏比不上她年輕貌美，自是不如她得顏浩軒的喜歡，因此很快，顏府便是由她來主理中饋了。

顏浩軒愣了許久，問道：「收拾細軟？什麼細軟？母親沒說什麼？」

肖氏輕咬下唇，開口說道：「母親沒將房子、鋪子等地契給夫人……而從前奴家存了私心，怕……怕她待煒彤不好……因此私下留了些……所以她帶走的不算很多，只是家中值錢的金銀細軟是都沒了，那些古董、字畫泰半也……沒了……」

顏浩軒早就知道肖氏私下留東西，他是睜一隻眼閉一隻眼，反正肖氏留的東西，最後都是煒彤、曼彤的。不過肖氏那些東西，與顏府中饋比起來定是九牛一毛啊！可憐肖氏怕他擔憂，還說被帶走財物不多……可恨那柳夢岑，竟是一點後路也不給他們家！

心念一轉，顏浩軒咬牙切齒的說道：「她算哪門子夫人！不過是個妾！婷婷，妳去問衙役要筆墨來，我現在便寫書，立即扶妳做正室……明日妳便去報官，告柳氏偷盜。」

肖氏淚水撲簌而下說道：「老爺說什麼話，奴跟您這些年，難道是要這些虛名的嗎？您出了這樣的事情，若非為了您的身後事，奴豈會還活著？等明日……等明日……奴自是要跟您去的……」

顏浩軒心中一軟，伸手摸了摸肖氏的臉。想她從十九歲跟著自己，已經十六年了，溫柔似水，還替自己生了一雙兒女，什麼都不圖，當真是一心一意愛著自己的，便說道：「婷婷，聽話，不為妳自己想，也要為煒彤、曼彤著想……曼彤已經嫁了，倒也沒什麼好說的，煒彤尚年幼，若是妳沒了，他將來怎麼辦？瀚彤、妙彤自是不怎麼會管他，曼彤恐怕也有心無力，只能靠妳了。」

肖氏淚流滿面，拿手握著顏浩軒的手在自己臉上摩挲許久，才說道：「奴聽老爺的……只是想到老爺一個人上路……奴就心如刀割……」

顏浩軒嘆了口氣說道：「等妳做了正室，煒彤便是嫡子，你們慢慢來，日子總是過得下去的……五王爺若是得了好，總不會放著你們不管的……」

肖氏捂著嘴嗚嗚哭泣幾聲，背過臉去不看他，半晌才道：「老爺您用膳吧，一會兒冷了就不好吃了……奴……奴去拿筆墨便是了。」

回去的路上，煒彤問道：「姨娘，您之前真的想跟著父親去？」

肖氏睜著核桃似的眼睛，一副苦大仇深的模樣，嘴裡卻是說道：「傻孩子，以後可以光明正大的喊娘了。娘又怎會不管你？你姊姊嫁了那麼個地方，娘若是不想想辦法，日後你也是由得人磋磨的。」

煒彤低下頭沈默半晌才說道：「那娘，柳姨娘實在沒帶走多少東西，咱們真的要去告官嗎？」

肖氏冷哼，神情再沒有方才牢中的楚楚可憐。「她不仁在先，也不消怪我不義了。之前若不是娘聰明，牢牢把控著中饋不叫她撈了好處，如今她帶走的可不止那麼一點。更何況就是那麼一點，原本也該是你的東西，自然是要報官，讓所有人知道，咱們家出了事之後，旁人都想著欺負我們孤兒寡母。」

煒彤猶豫片刻說道：「那些……應該是大哥的……吧。」

肖氏呵呵笑了兩聲說道：「傻孩子，從前他是嫡，你是庶，自是應當事事以他為尊。可是如今你也是嫡出了，而且他娶了那樣一位夫人，將來別說幫你，不扯你後腿就算好的。這顏府沒了名聲，就剩這麼點東西了，自然都是你的了。」

煒彤眼裡閃出一絲得意的目光，顏府的東西，都是他的，這是他從前想都不敢想的。從前縱使他很得父親的喜歡，也知道將來大部分家產都是長兄的，他是庶出，只能爭取多一點的寵愛，讓父親和大哥將來多給他一點東西，可那是乞討對方的施捨。如今雖然顏府沒落，但所有的一切都是他的，他將是這裡的主人。

二人回府的時候已經很晚了，門房守在門口，猶豫著上前說道：「姨娘、二少爺，二小姐回府了。」

肖氏愣了愣，曼彤回來了？三朝回門她都沒回，怎的現在回來了？

正想著，曼彤從裡面走出來，她瘦了許多，面色蒼白，走路都有點顫顫巍巍的樣子。她看著肖氏，眼淚先流了下來，甕著聲音喊道：「姨娘……姨娘……」

雖然這些年，曼彤與肖氏的關係並不好，但好歹是她身上掉下來的一塊肉，如今曼彤這副模樣，叫她立刻軟了心腸，上前一把扶住曼彤說道：「我的兒，妳這是怎麼了呢？」

曼彤壓根兒沒感覺到，為何一向膽小的姨娘突然這般稱呼她，只流著眼淚喊道：「姨娘，救我……救我啊！」

肖氏看了看身邊的婆子、丫鬟，她們立刻低下頭裝作什麼都沒看到。

肖氏拉著曼彤的手說道：「咱們進去說，乖。」

曼彤淚水漣漣的跟著肖氏進了梨裳院，待房內只剩下她們母女二人，曼彤哇的一聲哭開了，喊道：「姨娘，我真的受不了了，妳一定要救救我，不然我遲早被那個變態折磨死的啊……」

曼彤說著便掀開自己的衣袖，肖氏一看，只見她手臂全都是傷痕。曼彤又鬆開衣領，只見她脖子下面也全是燙傷。

肖氏一聲驚呼，瞬間反應過來。她年輕的時候也曾經見過，那些表面一本正經的，私下不曉得多麼可惡，那些個下作的手段有多麼可怕……可是從前，那些手段是對著旁人，如今卻是對自己的親生女兒啊。

曼彤繼續說道：「姨娘，我是偷偷跑回來的……辰王他還沒有回去，只怕回去就會發現我不見了……我實在是受不了了啊姨娘，我一天都待不下去了。辰王他不是人，他就是個魔鬼啊嗚嗚嗚！」

肖氏唬了一跳，忙問道：「妳偷偷跑回來的？他不准妳回來嗎？」

曼彤點點頭說道：「從新婚第一天起，他就不允許我外出，日日都將我關在院子裡……是最近他新得了個水靈的戲子，到我房裡去得少，看管我的人這才少了許多，今日我尋著機會，就偷偷跑出來了……我真的不想回去了姨娘……」

肖氏沈吟片刻說道：「他有了新鮮的戲子，就不會去騷擾妳了是嗎？」

曼彤恨恨的搖頭說道：「不，只不過不像從前那樣，日日糾纏我罷了，基本上三天還是要去我房裡一回……姨娘妳是不知道，他這樣大的歲數，根本就是不行的，但是他那花樣層出不窮，實在是叫人害怕啊！」

肖氏想了想說道：「如果妳今日不回去，只怕明天他就會打上門來。如今家裡的情況，妳也不是不知道，妳父親明天就要行刑了……」

曼彤抹了抹淚說道：「他死了更好，有哪個父親像他那樣，為了一己私慾，竟出賣自己的女兒。姨娘，妳就說妳也不知道我去了哪裡，好不好？現在我回去，不是送死嗎？」

肖氏嘆了口氣說道：「妳祖母剃了髮入了家廟，妳大哥打傷了公主，整日躲在他院子裡不敢出去。如今家中只有我與妳弟弟，又有誰能救妳呢？」

曼彤聽了這話，哇的一聲大哭起來，趴在桌子上哽咽道：「為什麼？為什麼妳要做妾？妳不做妾便不會有我，或者有我，我也是嫡出，不是庶出這樣任人欺凌……」

肖氏心酸的看著女兒，只恨不得自己也能出身貴冑，不至於像現在這般伏低做小籌謀十多年，還是家道中落了，才能弄到個正室的位置。可是如今，她又能怎麼辦呢？

肖氏聽著女兒的哭聲，心中一片煩躁，突然腦中閃過一個人，忙問道：「女兒，妳說那辰王，收了個戲子？因為那個戲子，他便少去妳房中？妳給我講講那戲子吧。」

曼彤見著姨娘這個模樣，知道她心裡有了想法，忙道：「那是一個普通的小戲子，也不出名，今年堪堪十二歲，我也不過遠遠的見過一面，看不真切，只曉得是個面皮白得很的男孩子……不過他雖然喜歡那戲子，總也要折騰折騰我，說我是千金小姐，細皮嫩肉……就是年歲大了些。」

肖氏聽了這話，笑得更高興了，說道：「我有辦法了，妳今日只管回去，跟辰王哭訴一番，說今日是為了妳父親才這般動作的，然後說妳如今是王妃了，曉得輕重。」

曼彤縮了縮脖子問道：「還回去？還去受他的折磨？」

肖氏笑道：「我從前有個老相好，這些年也算是斷斷續續有些聯繫。他是做那種事情……專門尋那樣貌好、家世不錯的小姐，賣去那種地方。這種養尊處優的小姐，比鄉野丫頭緊俏多了。」

曼彤一下子反應過來，當下欣喜不已，又不放心的問道：「但是這種事情不會被查到嗎？」

肖氏搖頭說道：「一般都是到外地，尋商戶女或者是低等官員的女兒。又是賣到相隔千里的地方，很難尋到的，便是尋到了，那都是交易很久以後的事情了。妳放心，娘會仔細看著的，不叫他出了差池。」

曼彤這才放下心來，慢慢收拾了一番，喊了馬車回辰王府去了。

相比顏府的悲劇，永寧侯府卻是一切安好。顏浩宇聽說弟弟被處決，連眉頭都沒有皺一下，只不過晚上獨自待在祠堂，對著顏顯中的牌位跪了整整一個晚上。

過了幾天，顏浩宇怒氣衝衝地回府。

齊靜服侍他換了衣裳，問道：「夫君，何事這般氣憤？」

顏浩宇沒有回答，半天才問道：「靜兒，碧彤的親事，妳與小公主說過了沒有？」

齊靜點點頭說道：「已經帶碧彤去了小公主府，小公主給神威王寫了信，只怕是要過些時日才能收到消息。」

顏浩宇嘆了口氣說道：「今日，我遇見太妃娘娘了。」

齊靜愣了愣問道：「太妃娘娘十五歲便入宮了，那些事情，想必她並不是很知情……夫君，她好歹也是你唯一的妹妹。」

顏浩宇冷笑一聲說道：「我從前也這般想，沒想到她竟然把主意打到碧彤身上。」

齊靜又是一愣，反應過來說道：「碧彤……碧彤身分高貴，洛城未嫁貴女中的頭一個……說起來她與廉廣王是表兄妹，娘娘有這個心思也屬正常。咱們碧彤這般模樣性情，一家有女百家求都是正常的，夫君不樂意，拒了便是。」

顏浩宇搖頭說道：「妳是不知道，只要是她看中的，便要千方百計拿到手，她絕不會就此善罷甘休的。」

齊靜沈吟片刻說道：「那這樣吧，從現在起，一直到碧彤的親事定下來，我能不帶她出去，就絕不帶她出門，一定不讓旁人有機可乘……」

顏浩宇點點頭，說道：「還有青彤，這幾個月過去了，她心思應該扭過來了吧？早點定下，免得夜長夢多。」

齊靜忙說道：「青彤這孩子性子彆扭，我已經跟她說過了，只要她姊姊定了，我便不再管她的想法，直接給她也定下。」

顏浩宇呵呵笑了兩聲說道：「讓妳操心了。」

說罷，便伸手攬過齊靜，齊靜紅著臉依著他，慢慢走進內室。

秋闈的結果已經出來了，萬世驍果然高中探花，前途無量。不過萬家久未上門定日子，尚氏只當不知道，夢彤抓耳撓腮急得不得了，最後竟自己偷跑出來，攔了顏浩宇的馬車。

顏浩宇當天就讓當時的媒人去打探一番，第二日萬家便遞了帖子。尚氏自是中間做了很多事情，不過那萬家禮數周到，不僅尚氏這邊，連侯府那邊的各種禮品都沒少一點。

尚氏氣得在綺彤面前哭訴。「這等好親事，本就是妳的，竟被那賤蹄子給搶走了……」

綺彤淡淡的看了她一眼，說道：「母親，我本來還略略有些可惜，如今見著那萬家，明顯是衝著大伯父的面子，若大伯父不管，只怕這些日子過來，便是要談退親的事情了。」

尚氏扠著腰說道：「人往高處走水往低處流，自古便是如此，那萬家雖是小門小戶，可是萬家少爺考取了探花，自是不一樣了……咱們若是沒有妳大伯父，這隔房的侄女，誰肯高看一眼？」

綺彤也不理她，轉身便去了院子，獨留尚氏在門口指桑罵槐。

第五十五章

八月初天氣涼爽，長公主廣發帖子，邀請洛城上下參加賽馬宴。這一次不僅僅是高官顯貴們，連宮內不理世事的張太后都要出來。

貴婦們竊竊私語，自從張皇后過世，皇上不過納了兩名低位妃嬪。後宮高位空懸，張太后這次出來，鐵定是為了皇上擴充後宮而來。畢竟唐太妃幾次想給皇上納妃，都被皇上給拒絕了。

秋高氣爽，賽馬場地勢廣博，因此次參宴人數眾多，左、右威衛全都出動，將賽馬場圍了個嚴嚴實實。

張太后帶著兩位太妃坐在上首，董太妃因為慧公主的臉尚未復原，還在宮中休養，便沒有一起過來。洛城高官顯貴們皆是傾巢而出，就連不出門的小公主也坐在長公主身旁，笑得一臉和藹。

張太后環視四周，對唐太妃說道：「怎的真兒沒有過來？」

唐太妃無奈的嘆了口氣。「姊姊您又不是不知道，那個猴子又不曉得哪裡蹦躂去了。」

張太后笑道：「今日賽馬，原想叫他們兄弟三人比試比試，少了真兒可少了許多樂趣呢。」

唐太妃心內一凜，自從父兄回歸之後，張太后雖然去了佛堂，眼線卻依舊布滿整個後宮前朝，張國公沒了，還有千萬個擁護過張國公與皇上的人，死死盯著齊真輝，只要他有任何一點異動，整個唐家都會立馬陷入萬劫不復。

唐太妃忙笑道：「真兒懶散慣了的，何況從前賽馬，他是從來都比不過明兒，便是不比試也無妨。」

顏太妃拿帕子掩嘴笑道：「唐姊姊這話可錯了，他們兄弟三人從來都喜歡切磋，輸贏無定，妳怎知這回不是真兒贏呢？」

唐太妃盯了她兩眼，點頭說道：「顏妹妹說得是，紹兒謙謙君子，近年來倒是看著長進不少。不如讓他與明兒先切磋一番，改日再讓真兒罰一罰酒。」

顏太妃也不答話，倒是伸手招碧彤說道：「碧彤，幾個月不見，真是越來越端莊了。」

長公主亦是點頭笑著，又看向齊靜說道：「碧彤也年有十五了，倒不曉得便宜哪家的後生去。」

齊靜忙笑起來說道：「說起來還要辛苦小公主殿下了。」

小公主卻老神在在，彷彿沒聽到，只百無聊賴的拿著一朵宮花賞玩。因小公主向來不給眾人面子，倒也沒人在意她，貴婦們又各自說著話，而顏太妃拉著碧彤依舊說個不停。

張太后上下打量顏太妃與碧彤，心中倒是略有計較了。

齊明輝眯著眼睛看了看這些女人之間的明槍暗箭，低聲對身邊的內侍說了幾句話，那內侍一轉眼便跑掉了。

張太后又開口說道：「等不到真兒，咱們便先開始吧，明兒與紹兒先比試比試。」

顏太妃又掩嘴笑道：「姊姊，每年比試都沒個新意，不如今日便弄個好彩頭，也讓他們玩得有勁兒些？」

張太后似笑非笑的瞥了她一眼說道：「噢，妹妹可準備了什麼彩頭嗎？」

顏太妃搖搖頭說道：「我不過是臨時起意，不如……贏了的便當眾請願，只要不是作奸犯科，這願望咱們便允了可好？」

齊靜聽了這話倒是吃了一驚，直覺不妙，對著顏太妃與她身邊的碧彤看了又看，想到夫君的話，心想莫不是她在打碧彤的主意？齊靜側頭去瞧小公主，卻見小公主朝她一笑，很是胸有成竹的模樣，她這才放下心來。

張太后沈吟片刻，伸手招了招碧彤說道：「從前哀家見興德郡主小的時候，就發現她是個美人胚子，果真，如今長大成人，出落得傾國傾城。」

碧彤行禮答道：「太后娘娘謬讚，臣女愧不敢當。」

張太后笑著取過一支步搖，給碧彤插上，說道：「哀家何曾說過假話？整個洛城，又有誰擁有妳這般姿容？」

長公主連忙說道：「洛城第一美人，興德當之無愧。」

碧彤面露羞色，心中卻很不是滋味，上一世她便是這所謂的洛城第一美人，這一世軌跡偏離了這麼遠，怎麼這名號還是落到她頭上？

她不自覺就往青彤看去，只見青彤彷彿壓根兒沒注意，臉上帶著敷衍的笑，不知道在想什麼事情。又見青彤忍不住偷眼看了看皇上，她順著視線瞧過去，只見皇上一杯酒一杯酒的往嘴裡倒，也是心事重重的模樣。

張太后又開口說道：「明兒、紹兒，你們便比試比試……彩頭就依著你們顏庶母的意思。」

齊明輝什麼也沒說，站起來便走進馬場，齊紹輝忙起身行禮，跟上他的步伐。

整個比賽的過程，張太后都低頭誇讚著碧彤。那些貴婦們瞧出了端倪，太后這是瞧中了顏碧彤，恐怕碧彤最少是個妃位，搞不好就是后位了。

顏太妃勾著嘴角，盯著場內的兩名男子。齊明輝不曉得是喝多了酒還是怎的，騎在馬上搖搖晃晃，而齊紹輝則穩穩當當的率先到達終點。

齊紹輝下了馬，回到眾人面前，卻是略帶羞愧的行禮說道：「母后，此次卻是兒子贏得不實際，皇兄剛剛喝多了酒，這才叫兒臣占去便宜了。」

張太后面上含笑，正想接話，卻聽顏太妃說道：「紹兒，還不多謝你皇兄，他這是有心把彩頭讓給你呢。」

齊紹輝忙對著齊明輝說道：「皇兄，承讓。」

齊明輝瞟他一眼，卻是往入口處瞧了瞧，微嘆一口氣，擺了擺手，什麼話也沒說，回到位置上坐好。

張太后沈了沈臉，又立馬恢復正常，說道：「紹兒，你有什麼心願，今日哀家便許了你。」

齊紹輝心中大定，忙跪下說道：「母后，兒臣懇請母后替兒臣賜婚。」

張太后頓了頓，點頭說道：「如此，紹兒是看中哪家的姑娘？」

齊紹輝抬頭看向碧彤，正要開口，卻聽身後一聲喊。

「母后，您這便把彩頭給了五弟，兒臣可不依！」

眾人一看，那風塵僕僕趕過來的，可不正是豫景王齊真輝？

張太后當下鬆了口氣，比起看不透的顏太妃與齊紹輝，她自是更相信唐太妃與齊真輝，至少整個唐家都低調行事，瞧了這麼久，也沒有奪位的意思。

齊真輝又說道：「咱們兄弟三人，怎能只你們二人比試？我一聽說今日有彩頭，可是馬不停蹄的趕過來了。」

齊紹輝看他一眼，笑得溫和說道：「沒想到四哥在外頭，我們這裡的一舉一動都盡在掌握之中呢。」

齊真輝點頭稱是。「我早就跟皇兄說過，有一個心願。今日這彩頭正合我意，自是要來試一試的。」

這意思是皇上讓人喊他過來的，張太后立刻看向齊明輝，只見他含笑朝齊真輝點點頭。

張太后放下心來說道：「既是如此，哀家是拒絕也不能了，那你二人再比試比試。」

顏太妃皺了皺眉頭說道：「剛剛紹兒已經比過一場，真兒卻是剛剛過來，這樣豈不是……」

齊真輝笑道：「顏庶母說得不錯，是兒臣來晚了，這樣也是不公允。賽馬太耗費體力，不如比試射箭，另外……兒臣自當罰酒三杯。」

齊紹輝忙說道：「射箭可以，但是四哥不必喝酒了，剛剛我贏了皇兄，便勝之不武……」

話音未落，齊真輝已經喝了三杯酒，朝齊紹輝擺擺手說道：「無妨。走吧，咱們比試去！」

齊真輝下去的時候一個踉蹌，險些摔倒，幸好齊紹輝反應快，一把扶住了他。

齊紹輝擔憂的問道：「四哥要緊嗎？」

齊真輝哈哈笑著。「無事無事……來的路上著急了些。」

齊紹輝亦笑道：「說了不必喝酒，四哥這樣，倒顯得弟弟我計較。」

齊真輝一把摟住他說道：「咱們兄弟，何須計較？」

齊明輝在上面瞇著眼睛看著他倆這般動作，又看看顏太妃，說道：「顏庶母，老四他一路風塵僕僕趕過來，倒也不比老五悠閒多少呢。」

顏太妃用帕子掩嘴笑了笑，心內不高興，她本不過是一提，如今倒像是她故意針對齊真輝，一定要讓紹輝贏似的。

待侍衛們將射箭的用具都準備好，齊紹輝略一彎腰說道：「四哥，您是兄長，您先吧。」

齊真輝伸手正準備拿弓，不想一陣反胃，轉頭就要吐，半天又沒吐出來，只擺擺手說道：「算了，你先來吧，讓哥哥我歇歇。」

齊紹輝眼神閃了閃，按道理，四哥這樣急著前來，必定是想要阻止他。可是他倆水準相當，射箭這東西不比別的，先手贏了滿堂彩，後頭那一個哪怕是也全都射中紅心，那也算不得贏，難道四哥這是故意讓他？

內侍將那弓恭敬的遞給齊紹輝，齊紹輝迅速張弓，唰唰唰三支箭都射進紅心，一支都未偏離分毫。

場下眾人倒吸一口氣，廉廣王這是贏定了，豫景王就算也三支正中紅心，那也已經失了先機了，更何況他這不舒坦的模樣，怎可能不差分毫？

碧彤眼睛暗了暗，她心中有了計較，太后和顏金枝這是槓上了，偏偏瞧中了她。雖然小公主給她看上的那位，她並不願意，但是比起皇上和廉廣王，她寧願嫁給一個不認識的人。

不自覺中，她又將希冀的目光投向豫景王，自上次他半夜探訪之後，她知道了他的心意。父親遭難的風波停歇後，她也有了心思在婚事上，為此煩憂了許久。畢竟她年歲已到，父親、母親定是不容婚事再拖下去，最近明顯想尋個吉時將她嫁出去。

而她與他也算是兩情相悅，可他是皇家中人，這總讓她憶起當年在宮中的事，所以一直未向他坦承心意。如今到了這般境地，她也只能將希望寄託在他身上，若當真是他……或許她留在洛城也好。可他這樣急急忙忙跑過來，總不會是特意來丟醜的吧？

碧彤正胡思亂想著，齊真輝已經拿起弓箭唰唰唰三下，三支箭全都從齊紹輝那三支箭尾射了進去，齊紹輝的三支箭均勻的散開來，像是三朵花開在紅心上一般。

整個賽馬場靜謐片刻，爆出雷鳴般掌聲來。

齊紹輝一陣錯愕，不可思議的看著齊真輝，見他歪著嘴衝他笑，那是胸有成竹的模樣。

齊紹輝也堆起笑容，並沒有失敗者的失落，反而彬彬有禮的向著齊真輝作揖道：「沒想到四哥深藏不露，弟弟我甘拜下風。」

顏金枝也反應過來，笑道：「雖然知道真兒功夫不差，沒想到卻是武藝高超，從前倒是藏拙了。」

張太后依舊滿目笑容的看著臺下二人，深藏不露的，自然不止一個人，這兩個人從前可不都是藏拙？她側頭去看皇上，皇上卻彷彿喝醉了一般，不知道神遊到哪裡去了。

齊真輝大步流星回到席間，向著張太后跪下行禮道：「母后，兒臣這可是贏了？」

張太后自是一副慈母模樣，點頭道：「好，真兒贏了，真兒這般匆忙趕來，又是如此全力以赴，可是有什麼願望這般重要？」

齊真輝臉頰微紅，說道：「回稟母后，兒臣知道，自古婚姻當由父母做主，只是兒臣心有所屬，今日這個機會難得，卻是懇請母后，替兒臣賜婚。」

張太后一手撫摸著碧彤的髮髻，一邊睇著眼睛看著皇上，心中琢磨著，明兒讓真兒這麼急切趕來，只怕是也看出老五的心思了。那麼真兒求娶碧彤，恐怕也是他們協商的結果了。

這麼思索一番，張太后便笑得更真切了些，說道：「傻孩子，母后巴不得你們早日成婚，說吧，是哪家的閨女，竟叫我們豫景王記掛成這般模樣？」

齊真輝眉眼彎彎，看著太后腿邊那個絕色少女，只見她耳朵微紅，淺淺帶著笑意，心中更是高興極了，這個覬覦已久的小妻子，終於是他的了。當下紅著臉說道：「稟母后，便是您身旁的興德郡主。」

碧彤雖早有準備，此刻真正從他嘴裡說出來，也是羞紅了臉，不好意思的撇過頭去。

張太后一副微微吃驚的模樣，笑著對唐太妃說道：「妳看看，之前恭兒還擔心她這義女年歲大了，想要許給神威王世子，這幸好尚未成功，不然咱們真兒可不就錯失良緣了？」

唐太妃聽太后的意思，是允了這門親事，當下也笑起來說道：「興德乃洛城貴女之表率，窈窕淑女君子好逑，小公主殿下也是過於擔心了。」

說罷，便將手中的鐲子取下來，招手讓碧彤過去，替她戴上鐲子，表示這已經是她的兒媳婦了。

小公主倒是給面子的站起來行禮，說道：「原本我與她母親，都是捨不得她遠嫁，這才一拖再拖，沒想到，倒叫她得了良緣，且還可以留在我與她母親身邊。」

齊靜聽了這話，也趕緊起身行禮。

大家都是巧笑嫣然，張太后看看不大高興的顏金枝，又瞧一瞧立在後頭沈默的齊紹輝，更是高興的笑道：「紹兒，之前你也說有心儀的女子，既是如此，也不消講究彩頭不彩頭了，今日大家高興，把你們的親事一起定下來吧？」

齊紹輝心中正在失落，聽了這話，頗有些吃驚，正想要說話，顏太妃已經開口說道：「說起來，兄弟二人倒是都有眼光，真兒是瞧中了碧彤丫頭，而紹兒他……」

話音未落，卻見小公主站起來說道：「皇嫂、庶嫂，恭兒不舒坦，先行告退了。」

顏金枝不高興的看了她一眼，這小公主真是無法無天，這般沒有禮貌，貿然就打斷別人的話，更何況她哪裡有一點不舒坦的模樣？

張太后笑道：「恭兒不舒服，趕緊回去歇著吧。」

顏金枝正想接著說話，小公主又道：「對了，本來恭兒打算明天去淨慈寺為國祈福一年……恭兒孤單慣了，倒是琢磨著這一年，尋個人陪陪我，免得叫我一如既往的孤寂。原是想著帶我那義女碧彤過去的，如今碧彤定了親，自是不好讓她久居佛門之地……便帶著青彤去吧。青彤，妳隨我回去吧。」

眾人都訝然，這個小公主，怎的毫無徵兆就要帶旁人的女兒走？

顏金枝更是吃驚，這小公主就是衝著她來的！她本來看中了碧彤身分高貴，又是齊國公的外甥女，但是被齊真輝搶了先，便想著青彤也是不錯的。小公主明顯是看出了她的心思，才在這個時候開口要帶著青彤走。

齊靜尚未分析得這麼深遠，當下有些吃驚的拉著青彤，若是青彤一去一年，這親事豈不是要徹底耽誤下來？她要怎麼樣跟嫂子說，才能讓睿兒再等一年呢？

張太后看看小公主，又看看顏金枝，笑道：「恭兒真是的，從前把人家閨女碧彤弄去做了妳的義女，現下又瞧中了人家另一個閨女？」

小公主點頭說道：「皇嫂這倒是提醒了我，不若明年回來，也收青彤做個義女吧。」
張太后瞪了她一眼，笑道：「只要妳瞧中的，統統收做義女好了。」
小公主無奈的聳聳肩說道：「皇嫂知道的，恭兒可不是什麼人都看得上眼的。」
顏金枝忙插嘴說道：「只是這樣，豈不是耽誤我那侄女了？不若提前給她訂下親事吧。」
小公主翻了個白眼說道：「定了親的人，怎好久居佛寺？放心吧，孤的義女，怎可能嫁不出去？」
話音一落，齊明輝拍掌笑道：「好！小姑母這片愛國之心，想來青彤姑娘也是能理解的，便去吧，等回來，朕封她做郡主，絕不叫她嫁不出去。」
齊靜急著想要上前請命，青彤死死拉住她搖搖頭，低聲說道：「母親，姊姊讓我應下。」
齊靜這才反應過來，抬頭去看碧彤，見碧彤微微頷首，倒是冷靜下來，雖不懂碧彤的意思，可碧彤總不會去害青彤，當下便只叮囑嬤嬤和丫鬟好生伺候著二姑娘去公主府。
待小公主走了，張太后心中更是高興，有些得意的看著顏太妃問道：「妹妹剛剛說到哪裡了？噢，是說紹兒看中的姑娘，是哪家的閨女？」
顏太妃回過神，深吸一口氣，倒是面不改色說道：「是我舅父家，董家的嫡小姐，今年也已經十三了，我想著早日定下來，也是好的。」

齊紹輝吃驚的看著母親，想要張口拒絕，他不喜歡董家的表妹，不管是模樣性情，與碧彤都相去甚遠。但他看著母親警告的目光，只得生生將那些拒絕的話吞了回去。

張太后挑一挑眉，點點頭說道：「不錯，董大姑娘端莊大方，頗有董妹妹的風範，配紹兒也是極好的。」

這話一說，親事自然也是定下了，董夫人雖然意外，卻又覺得是意料之中，忙拉著兒媳婦與孫女下跪謝恩了。

一場宴會定了兩門皇家的親事，然而宴會結束，太后的臉色更難看了。她好不容易出來一次，是想給皇上相看的，結果皇上挑三揀四，竟是一個都沒看上。偶爾一、兩個出眾的閨女，未等她開口，皇上就直接給人訂下了……這讓太后不敢再說話，若是出挑的姑娘全都被亂點了鴛鴦譜，只怕前朝都要動盪起來了。

齊靜壓著心中的疑惑，因為碧彤的身分是郡主，今日這樣大的宴會，她們是分乘馬車出行的，回去也是分乘兩輛馬車。她只得按捺住心中的著急，實在不明白為何碧彤要讓小公主帶走青彤，要知道這一走就是一年，青彤十六歲了，就算被封做郡主，年歲大了，也找不到合適的男子來配了啊。

回了府進了清荷院，卻見顏浩宇滿面怒氣地坐在廳內。齊靜忙上前問道：「夫君這是怎麼了呢？」

顏浩宇緊了緊拳頭，問道：「碧彤呢？」

齊靜心中擔心，不明白顏浩宇為什麼生氣，忙招了丫鬟問道：「大姑娘怎的還沒回來？我不是吩咐過，讓大姑娘回來就來這邊的嗎？」

不一會兒便有丫鬟回話，說道：「稟老爺夫人，大小姐的馬車中途被攔住了。」

齊靜看了顏浩宇一眼，像是詢問，又像是自言自語。「攔住了？難道是豫景王？」

那丫鬟聽了這話，以為是問她，忙搖頭說道：「回夫人的話，不是豫景王，是廉廣王。」

第五十六章

齊靜皺著眉頭問道：「廉廣王？他這是做什麼？」

顏浩宇卻怒氣騰騰站起來，說道：「都是幹什麼吃的?!由著小姐的馬車被外男攔住嗎？還不快去把她接回來？」

顏浩宇一向溫和，甚少對下人發脾氣，此刻這般怒吼，嚇得那丫鬟急忙退了出去。

齊靜忙安撫說道：「夫君，算起來廉廣王是她表哥，說幾句話而已，侍衛和丫鬟、婆子跟了一堆，別擔心了……」

顏浩宇冷哼一聲說道：「顏金枝心思果然大得很……」

他脫口便稱呼太妃娘娘的閨名，齊靜嚇了一跳，忙問道：「夫君何出此言？」

顏浩宇嘆了口氣說道：「今日妳沒看明白，我卻是清清楚楚，他們今日是衝著什麼來的，我心裡明白得很。碧彤、青彤有那樣的舅父，所以才一個個都把主意打到她們頭上……」

齊靜張口結舌，半天才問道：「你是說，今日廉廣王本來是想要求娶碧彤的？我當時也琢磨出不對來，之前您跟我說過，太妃娘娘打碧彤的主意……」

顏浩宇點點頭說道：「不錯，這是他們皇家三兄弟的博弈，咱們碧彤避無可避。」

齊靜糾結道：「早知道就早些定了碧彤的親事……也不至於有這些麻煩，如今碧彤與豫景王是板上釘釘的事情了。不過豫景王曾經救過夫君您，我倒不是很反對。」

顏浩宇說道：「父親過世前曾經說過，絕不允許碧彤或者青彤嫁給紹輝。我當時還以為他是因為當年金枝入宮的事，不喜歡與皇家有牽扯。如今想來，卻說的是金枝與紹輝心思大了……」

齊靜愣怔半晌，才戰戰兢兢問道：「娘娘她……」這是想要更上一層樓，一個王爺不滿足，想要那九五至尊的位置？

顏浩宇接著說道：「碧彤不成，他們便將主意打到青彤身上……好在小公主早有準備。靜兒，在這些籌謀上，我們不如小公主。」

齊靜這才恍然大悟，為何碧彤會同意青彤跟著小公主去淨慈寺禮佛了。她猶豫片刻問道：「可是青彤這一去，親事可就要耽擱了……只怕我嫂子那邊，也不肯再等一年了啊，睿兒馬上二十歲了。」

顏浩宇深吸一口氣，說道：「都怪我從前優柔寡斷，竟將一雙女兒害得如此地步。」

齊靜忙道：「這如何能怪您？說起來碧彤日後留在洛城，離我們更近，那豫景王看著與咱們家裡親近，咱們碧彤何等容貌性情，豫景王不也說了，恐怕是傾慕碧彤已久了。」

顏浩宇看了看眼前天真的小妻子，又嘆了口氣。「妳想得太簡單了，他們之間的博弈而已……只怕這天是又要變幻無常了。如今我也沒有別的所求，只願我的孩子們都平安喜樂……」

齊靜驚魂未定，心中更是擔憂，若那豫景王並非真心喜歡碧彤，碧彤可不就慘了？雖說豫景王曾救過顏浩宇，但……畢竟豫景王在外頭的名聲並不好聽啊。

碧彤獨自坐著馬車，跟在齊靜後頭。因為參加賽馬宴的人很多，不一會兒馬車便擠散了，不過碧彤也並未在意，反正侍衛、丫鬟們跟了很多。

沒一會兒，馬車停下來，便聽到外面傳來嬤嬤的聲音。「廉廣王殿下萬安。」

碧彤微微皺了皺眉頭，齊紹輝這時候攔住馬車，是做什麼？

外面響起齊紹輝的聲音。「表妹，可否單獨談一談？」

碧彤輕輕掀開車簾，只露出一隻白嫩的手，說道：「表哥，如今你我年歲大了，自不能像兒時一般不顧男女大防。」

齊紹輝語氣有些焦灼，有些無奈，帶著威脅說道：「若是表妹不肯下來相見，表哥上車與妳談話便是。」

說罷，就作勢要上車。碧彤雖知他未必真的會如此，但總是小心才好，當下便說道：

「表哥這般威脅，我只能聽命下車了。」

說罷，銀鈴便推開車門，小心的扶碧彤下了馬車。

碧彤走到街邊僻靜的地方，示意下人們站遠一些，只帶了元宵貼身照顧。

齊紹輝看了看元宵說道：「讓她走開，咱們單獨談談。」

碧彤皺著眉頭說道：「雖說你我為表兄妹，但咱們這般說話已是逾矩，若我叫她走開，豈不是坐實了我私見外男？還是……表哥巴不得毀了我的名聲？」

齊紹輝愣了愣說道：「我沒有這個意思。」

他看了看碧彤冰涼的眼神，心中頗有些難過，這麼久以來，他一心等著的就是今天，希望這個表妹早日成為自己的囊中之物。當下便說道：「表妹，我知道今日妳是被迫的，妳回去求唐太妃娘娘，說妳不願意嫁，唐太妃和善，是絕不會難為妳的。」

碧彤第一次發現，齊紹輝竟是個傻子，不僅失笑道：「表哥如何知道我不願意嫁？這門親事在洛城上下都傳遍了，若我自己退親，豈不是於我名聲有礙？我腦袋又沒有壞掉，怎會做這種事情？」

齊紹輝心中焦急，也不介意碧彤語氣裡的不滿，只說道：「我早跟妳說過的，我喜歡妳，妳遲早會是我的正妃。今日若不是齊真輝他橫插一腳……」

碧彤打斷他問道：「若說你喜歡我，今日你怎不開口？」

齊紹輝猶豫說道：「是齊真輝他捷足先登……」

碧彤不耐煩說道：「你也知道他捷足先登？你不敢開口與他較量，就讓我自己去退親？呵呵，還真是我的好表哥啊。」

齊紹輝急了，說道：「表妹，我真的會對妳好的，我會娶妳做正妃，我喜歡妳，這一生一世，我都會對妳好的。我真心喜歡妳的啊，表妹！」

碧彤譏諷的笑了笑，問道：「你喜歡我，與我何干？我不喜歡你。」

齊紹輝愣了片刻，他無論長相、身分、性情，在洛城都算得上上品，多少貴女哭著求著嫁給他，哪怕是做側妃，甚至妾室都願意的，他有些不甘地說道：「那齊真輝呢？難道妳就喜歡他？」

碧彤心底一跳，面上聳聳肩說道：「不論我喜不喜歡，如今他都是我的未婚夫了。至少今天他盡全力讓太后給我們賜婚了，而你失敗了，不是嗎？」

齊紹輝這下徹底愣住了，他想了想，碧彤為何會拒絕，難道是二舅的原因？於是忙道：「碧彤，我知道，因為我外祖母與二舅的事情，讓妳對我有所偏見……」

碧彤擺擺手說道：「雖然有他們的原因，的確讓我討厭你，但你不用解釋，我既然討厭你，就不會因為你說的幾句話改變的。」說罷，便也不想同他多說，轉身要走。

齊紹輝心中一灰，果真是因為這個，當初他就該攔住母親，不要她與大舅作對的。

又見碧彤要走，急忙上前兩步攔住她說道：「表妹……妳知不知道，齊真輝他是斷袖？」

碧彤詫異的看著他，有些吃驚，心中略略一琢磨，上一世和這一世都沒見過齊真輝娶妻生子，難道真如齊紹輝所說，他是斷袖？可他分明對自己是有情意的樣子呀？

雖然這樣想著，碧彤心中仍動搖了。在這世上曾叫她動過心的男子，只有齊真輝一人。今日齊真輝的求娶，雖冷靜分析下來，應當是他權宜之計，可是她以為他也帶著幾分真心的，畢竟那日他就那樣抱著她、安慰她，難道……真是她自作多情？

若真是如此，那她豈不是還要過那上輩子的孤苦生活？那她寧可像林先生，終生不嫁、自由自在。

齊紹輝見她面色有異，心知她是聽進去了，忙繼續說道：「妳知道為何皇上久不肯納妃？」

碧彤還來不及傷心失落，聽了這個消息更是詫異，齊紹輝這是說，皇上與齊真輝二人有關係？沒道理啊，皇上不是喜歡青彤的嗎？況且上一世皇上也沒有絲毫喜歡男子的癖好啊。

齊紹輝仔細看碧彤臉上的表情，心中有些得意，忙說道：「表妹若當真嫁給他，除了王妃的位置，恐怕沒有別的好處了……若是退親，我願意立即求娶，表妹，我早就跟妳說過了，我是真心喜歡妳的，絕對會一輩子都對妳好的。」

碧彤冷靜了下來，看著他嗤笑一聲說道：「你說你喜歡我，他也說他心悅我，我緣何不信他卻要信你？」

齊紹輝愣了愣，一時不知該如何回答。

碧彤又道：「再說了，我嫁給你，不過也是王妃而已，他是皇太弟，誰輕誰重，我總還是分得清的。」

齊紹輝聽了這話，脹紅了臉，頗有些生氣的說道：「沒想到，妳竟然這般勢利。」

碧彤嘲諷的看了他一眼，說道：「不錯，你如今見識到我的為人了？還請今後莫要再來糾纏。」

齊紹輝片刻便想到，碧彤不過是拿這些話堵他的嘴而已，於是又說道：「妳以為他是真心求娶的嗎？妳對於他，不過是一場博弈，他看中的，是妳的郡主之尊，以及身後的永寧侯與齊國公。」

話音剛落，只聽身後一道聲音響起。

「哦，五弟以為本王求娶興德郡主，是一場博弈，那麼，又是與誰對弈呢？」

齊紹輝回頭一看，正是他那個截了胡的好四哥。

齊真輝冷冷的看著他說道：「不知五弟在大庭廣眾之下，攔下本王的未婚妻是意欲何為？」

齊紹輝看著他，不動聲色，雖然他們互相猜忌，但在明面上卻是一副兄友弟恭，如今四哥自稱本王，這是明擺著對他不滿，也不想假裝了。

齊紹輝堆著笑說道：「四哥這是哪裡的話？碧彤是我表妹，不過是同她閒聊幾句而已。」

齊真輝盯著他看了一眼，笑起來說道：「願賭服輸，有些東西，不是你的，便不是你的。」

齊紹輝臉色難看，卻也不管他，只對著碧彤說道：「表妹，我說的句句屬實，只願妳能早日看穿，棄暗投明。」

齊真輝臉一沈，問道：「五弟這是說，本王是暗，你是明了？」

齊紹輝不答話，只一抱拳，轉身欲走。

碧彤開口說道：「表哥，你適才跟我說，豫景王當眾求娶乃是一場博弈。那我問你，是你打算求親在先，難道你就不是博弈嗎？」

齊紹輝愣住了，回頭看著她，卻見她眸子裡依舊是那副無所謂的樣子。

碧彤又道：「我的身分與家世，對於你們來說，都是一樣。你或許以為我是他眼中的棋子，不過在我看來，我就是我，不論是他，還是你，我都絕不會成為旁人的棋子。」

齊紹輝低下頭想了想，說道：「表妹一番話，如醍醐灌頂，只是……我心中絕不願將妳視作棋子。」

碧彤微微一笑。「表哥心思機敏，或者以為你的所作所為，都是迫不得已，但在我看來，那些不過是藉口而已。」

齊紹輝沒說話，彷彿灰了心一般，又抱一抱拳，快速離去。

碧彤側頭看了看齊真輝一眼，突然很有些不高興，遂道：「多謝王爺解圍，臣女先行告退。」

齊真輝摸摸鼻子，忙說道：「不是，我的確是有話要說，才來找妳的。」

碧彤冷聲說道：「男女大防還需注意，雖然我們訂親了，但尚未成親，大街上如此拉扯，實在是有失體統。」

本來她以為，這般冷聲冷語，對方至少會知道自己心情不好，不會過於糾纏。怎想那齊真輝竟開懷大笑，低聲說道：「碧彤，妳這是提醒我，讓我早日定下日子娶妳過門？放心，我今日便入宮催母妃和皇兄……」

碧彤瞪圓了眼，真想敲開他的腦袋看看裡頭裝的是什麼。好似自己莫名其妙為這個人生了一肚子氣，他卻毫不在意一般。當下轉身不想理他，直接便要走。

齊真輝見她真要走，忙說道：「我是真心喜歡，並非如同他所說是拿妳當棋子……皇兄知曉我的心意，這才……這才……」

碧彤紅了臉，聽著他結結巴巴表明心跡的語言，心中那一絲不快瞬間便消失了。

齊真輝見她不回頭，有些著急，又趕緊說道：「還有，我不是斷袖，我不喜歡男人……我身邊沒有女人，只是因為我不喜歡她們……碧彤，我喜歡的，只有妳一人。」

碧彤猛然聽他這般直言直語說出來，著實有些害羞，更不敢搭話。又生怕自己若是一走了之，他還要追上來，忙點點頭表示自己知道了，疾步回到馬車前，就著銀鈴的手上了車。

齊真輝詫異的看著她跑遠，忙拉住元宵問道：「妳家小姐這是怎麼了？她聽沒聽到？我是真的喜歡她，不喜歡男人的。」

元宵吃驚的看著他，心想王爺的腦子是不是壞了？這種事情竟對她一個小丫鬟說？於是連忙行了禮，跟著碧彤跑了。

剩下齊真輝一人，莫名其妙的摸摸自己的鼻子發愣。

齊紹輝有氣無力的回了府，遇上隨從守在門口，見了他，忙迎上來低聲說道：「王爺，娘娘來了。」

齊紹輝心內一凜，只得打起精神進了內室。

宮裡的太妃娘娘，沒有太后的允許，是不得出宮的。顏金枝每次出宮，都是稟了太后，而她這次，卻是偷偷出來的。

齊紹輝見了母妃，忙行禮，立在一旁。

顏金枝瞟了他一眼，語氣冷淡，說道：「這樣攔郡主的馬車，可配不上你溫潤的名聲。」

齊紹輝忍了一口氣，說道：「母妃，娶不到碧彤便罷了，緣何要我娶董家表妹？我不喜歡她。」

顏金枝失笑。「喜歡？紹兒可知自己在說什麼？」

齊紹輝皺緊眉頭說道：「我知道，母妃，我知道我們的計劃，也很清楚的在行動，但是……但是難道我就不能娶我心愛的人嗎？母妃，我喜歡碧彤，我一直都喜歡她，我想娶的是碧彤。」

顏金枝斂下眼眸，說道：「我們的計劃一觸即發，只等御南王發兵了，本來若是有碧彤做籌碼，我們穩贏不輸，可惜今日我們失算不說，還打草驚蛇了。若此刻我們不拉攏董家，整個洛城，還有誰能助我們？」

齊紹輝深吸一口氣，強迫自己不去想碧彤，又說道：「母妃，燁王那邊不好辦……他是個膽小怕事的，不肯接我們拋出的橄欖枝。」

顏金枝瞇著眼睛想了想說道：「燁王向來膽小得很，不過辰王就不一樣了。」

齊紹輝忙問道：「母妃，按理說辰王這都是半截身子入土的人了，怎會跟著我們？」

顏金枝笑看了他一眼說道：「辰王這些年的荒唐，一半是他真荒唐，一半卻是假的。當年他可是勾結外敵對付過先帝，不過他無足輕重，提前告降免了罪。至於他為何會跟我們……

「你可知辰王有一個兒子，今年已經二十歲，算起來那孩子是你叔叔了。不過因為當年的事情，辰王不敢讓他認祖歸宗，只能養在外頭。現在有他照拂自是無事，等他去了，那孩子無名無分的，又是齊家的血脈，只怕是……」

只怕是活不了幾日了。這個道理齊紹輝自然是懂的，辰王這是打算擁護他，給那兒子掙個從龍之功。

齊紹輝又皺著眉頭，說道：「只是……只是若是燁王，手中有左威衛，裡頭又是我們的人，還能得用一二，那辰王又有什麼用處？三位藩王，只一位肯擁護我們……」

顏金枝笑起來說道：「擁護我們的藩王，最有用的便是他了，其他兩個不足為懼。倒是辰王，你還真是小看了他……不過燁王的左威衛的確要好生處理，若辰王能拿到手，我們便如虎添翼了。」

齊紹輝點點頭，又問道：「母妃，御南王過來，尚需兩個月，我們可要加緊步伐了。如今他們可都知道我們的動作了。」

顏金枝勾起嘴角笑道：「是啊，他們都知道了，所以我們要來個措手不及……皇上無用，這大齊早該換主人了。」

齊紹輝看向窗外，舔了舔嘴唇，沒有出聲。他有些澎湃，等他坐上了那個位置，便可以留住碧彤了。

碧彤坐在桌前，聽著元宵說她打探來的那些消息，都是些小事，不值得她去費神。

元宵想一想，說道：「姑娘，今日太妃娘娘實在是……還有廉廣王，若不是豫景王，姑娘今日可就……」

碧彤微微笑著，她不知道齊紹輝真正的心思，但這一切與上一世何其相似啊？上一世，他也曾那般信誓旦旦的說：「表妹，我喜歡妳，此生我只喜歡妳一人。」可是最後呢？最後妙彤當了皇后，而她死在冷宮之中。

不管齊紹輝怎麼想，至少顏金枝的心思她還能琢磨一二。她如今是興德郡主，名聲大好，就算舅父與爹爹什麼都不做，只要她嫁給廉廣王，就等於是一個巨大的籌碼押在廉廣王身上。

想必顏金枝已經找過父親，被父親拒絕了，她才會出此下策吧？

碧彤開口說道：「元宵，來而不往非禮也，妳說，我若是給顏金枝送一份大禮，她會不會很高興？」

元宵遲疑片刻問道：「姑娘，但是我們的人，沒辦法進去宮內和廉廣王府啊。」

碧彤冷笑說道：「沒辦法動他們，可是有辦法動旁人。說起來，我還有一個敵人沒有解決呢。」

元宵眼睛一亮，笑道：「燁王世子妃？姑娘是想將那消息傳出去？」

碧彤撇撇嘴說道：「我當然不會自己動手，本來想讓她自生自滅，可是燁王府實在是太安靜了，我可不想再等下去。」

元宵點點頭問道：「那麼姑娘打算怎麼做？」

顏妙彤，上一世妳欠我的，此刻我們也該結算結算了。碧彤勾起嘴角說道：「聽聞辰王妃最近的日子過得不錯。」

元宵答道：「辰王妃特別喜歡在西街逛，一逛就是一整天……」

碧彤笑道：「說起來很久沒有見到這個妹妹了，明日我們也去西街，會一會她。」

第二日，曼彤怒氣衝衝的握著拳回了王府，她坐在桌前，回想碧彤的話。

「五妹妹以為，妳是被妳祖母與父親算計的。可妳不知道，真正算計妳的，卻是妳那位好姊姊。雖然我們自小不對盤，但是比起妳，我更厭惡的是妙彤……當然，妳若當她是親姊，也無妨，我不過是……特意出來挑撥妳們姊妹關係的。」

曼彤深吸了幾口氣，才慢慢張開緊握的手。不是她相信碧彤，只是碧彤說得那樣詳細，她稍稍調查，便能查出真偽。

曼彤對身邊的丫鬟輕聲吩咐。「妳親自跑一趟顏府，叫我母親查一查……」

她閉上眼。顏妙彤，若嫁給辰王的真的本該是妳……

她想著碧彤給的信息——東街菜場，張家胡同，左邊那一間。

第五十七章

沒過幾日，熚王府便鬧得人仰馬翻。原是秦家旁支的一房人家，來洛城投靠秦家，因勉強沒出五服，也不好意思長久住在秦家。而洛城自是寸土寸金，秦家旁支手中不寬裕，只在東街菜場賃了個兩進的小院子住下。

偏巧那小秦夫人圓滑會討巧，討得秦家老夫人很是喜歡，因此秦夫人也帶小秦夫人出去幾次，認得了些許達官貴婦。

那小秦夫人某日回家，正遇上熚王世子妃打扮樸素往張家胡同裡鑽。小秦夫人覺得詫異就跟了上去，這就發現那熚王世子妃與張公子的姦情了。

小秦夫人一琢磨，想到之前秦家老爺瞧中了這世子妃的娘家大哥，曾與前永寧侯私下談過，結果他們顏家二房竟然看不上。於是存著報復的心，她將這件事情鬧得洛城人盡皆知。

熚王妃大怒，將妙彤關起來，還往顏家如今的夫人肖氏遞了話，要她給個說法。肖氏自是想由熚王府處置，不過也不敢自作主張，只登門慧公主府，請瀚彤與慧公主拿主意。

自從慧公主身子康復，回了公主府，瀚彤便是暗無天日了，慧公主毀了臉，性子越發陰沈，日日都要鞭打瀚彤一頓。瀚彤白日在戶部忙碌，晚上回來還要受刑，卻不得不忍著，只希望表哥齊紹輝早日登上大寶，讓他也有扭轉乾坤的一天。

肖氏雖然做了當家主母，心中卻是無比清明，也曉得慧公主的性子，自是伏低做小，直言要慧公主拿主意。

慧公主心中深恨妙彤，自是大手一揮，說道：「早就知道她不知廉恥，從前在閨中就勾引她哥哥，如今嫁了本公主那容貌最甚的堂兄，竟然還不知足，當真是個千人騎萬人睡的婊子！如今妳是顏家當家主母，算是她嫡母了，自是妳自己去處理，怎的跑來問本公主？」

肖氏趕緊諂媚說道：「還是公主知道體貼我，雖然我勉強算是個主母，只怕世子妃她看不上我這名不正言不順的嫡母……我思來想去，琢磨著公主的身分高貴，我等自是遙不可及，便想著來求殿下拿一拿主意，不然我這沒見過世面的樣子……」

慧公主雖然是聽慣了奉承話，卻仍覺得順耳，當下點點頭說道：「也是，妳也不是她親生母親，說起來，她最親的人，也就是這與她不清不白的大哥了……我名義上是她嫂子，便差人跑一趟，說她做出這種無恥之事，任由燁王府處置吧。」

瀚彤聽了這話，抬頭說道：「公主，妙彤她怎麼樣都是我妹妹啊！」

慧公主冷哼一聲，問道：「怎的，你是心疼那個淫婦了？倒也不嫌棄她髒？」

瀚彤氣惱的看她一眼，不敢反駁，只開口說道：「公主……不然我還是去問問我姑母的意見吧……」

慧公主譏諷的看了他一眼，他那身子瘦弱不堪，面色奇差，看了讓人不舒坦，磨磨牙說道：「你想去便去，緣何要問本公主？」

瀚彤從這普通的話語裡聽出威脅來，當下縮縮脖子，也不作聲。妹妹可以說是他在這個世上唯一的親人了，可就算是親人，也不如自己的命重要啊。

沒幾天，燁王府一封休書給了顏妙彤，趕妙彤回娘家顏府。

妙彤被關了這幾日，已是人不人鬼不鬼的模樣，當下跳起來大哭大嚷，說是她嫁進來這麼久，世子連碰都沒碰過她，又說世子鬼鬼祟祟，定是喜歡男人，是個斷袖。

燁王與王妃目瞪口呆，當下捉了齊津章來問，只見齊津章面露難色，竟是跪地給顏妙彤求情，直說是他對不起她在先。

燁王當機立斷，關了齊津章，秘密處置了妙彤。

而齊津章得知妙彤被處決之後，竟是趁著天黑，隨從也沒帶一個，離家出走再無所蹤。

第二日，燁王上奏，說他治家不嚴，䩄居高位，不夠資格做左威衛大將軍，請皇上收回成命，於是皇上轉頭，就將左威衛交給辰工了。

唐太妃做事迅速，很快便上門下定，日子定在來年二月，碧彤便安靜的待在家裡繡自己的嫁妝。

她心中很高興，陳氏死了，顏浩軒死了，妙彤死了，瀚彤還在傻傻的希冀著旁人。就剩下顏金枝和齊紹輝，她上一世的仇人，只剩下他們了，而他們，並不需要她動手。上一世他們占盡了天時地利人和，這一世他們卻是強弩之末，再也回不了頭。

碧彤靜靜地放下手中的絲線，還有董氏，怎能把她忘記了？就算她已經剃髮進了家廟，她也還活著。

碧彤微微勾起嘴角，上一世在冷宮中生活的那半個月，叫她明白，有時候活著比死了更可怕。董氏還活著，只是她被看管得不知世事，那又有什麼可怕的？若她知道外面發生的一切，那才能生不如死呢。

元宵此刻走了進來，一臉複雜的看著碧彤。

碧彤瞬間就懂了，抬了抬眉稍，說道：「還是下午，他這樣跑來，豈不是引人注目？」

元宵的臉唰的一下子紅了，想不到自己姑娘這般清明，什麼都知道。更重要的是，姑娘這話的意思有些奇怪，下午過來不合適，難道晚上過來才合適嗎？

元宵斟酌一番，說道：「姑娘，王爺說有急事找您。」

碧彤也覺察了那番話不對，登時紅了臉，背過身去，不理她。

元宵察言觀色了一陣，忍不住笑起來轉身出去，將打掃的小丫鬟趕遠一些。

齊真輝灰頭土臉的進來，說道：「沒想到白日人那樣多，我這好不容易才進來的……」

碧彤瞪他一眼，心道這傢伙拿她的閨房當什麼了？竟是想什麼時候來，就什麼時候來的嗎？

齊真輝瞅著小妻子不高興的樣子，趕緊摸摸鼻子，上前坐好，當個狗腿子討好的笑著說道：「實在是想妳想得緊……我發誓，絕對不是有意逾矩的，而且我萬分小心，絕對沒有人瞅見……」

碧彤聽他這般說，哪裡還生得起氣來，只問道：「不是說急事嗎？什麼急事？」

齊真輝又摸摸鼻子，心道這小妻子也太一本正經了，怎的不是見了他便你儂我儂？心裡這樣想，嘴裡只敢老實回答。「是這樣的，碧彤，我要出去一段日子，可能有一、兩個月不能來找妳了。」

碧彤翻了個白眼說道：「誰要你來找我了？」

話雖如此，一雙眼睛卻是回到他身上，似乎想問，你要去哪裡。

齊真輝見小妻子的目光注視著自己，忙挺挺胸，頗有些得意，想等著她問出口再說出來。

無奈碧彤見他不答，又跟鵪鶉一樣縮起來了。一時間房裡安靜極了，兩人都不說話。

齊真輝假裝咳嗽一聲，東看看西看看，伸手摸了摸碧彤繡的嫁衣，說道：「妳還要動手繡這個？這個傷眼睛，怎不讓繡娘繡呢？」

碧彤見他顧左右而言他，心中知道他這是拉不下面子，當下也有些不好意思，便老實回答道：「嫁衣最好是自己繡的，不過時間來不及，我也不是所有的都自己繡，只繡一部分，大部分還是繡娘繡的。」

齊真輝點點頭說道：「那就好，妳少繡一點，咱們不講究這些，這些東西，不過是心理寄託，其實只要努力，人在哪裡都會過得很好。妳放心，妳日後跟我在一起，我是一定會讓妳幸福的。」

碧彤聽他突如其來的表白，一下子紅了臉，嗔道：「胡說。」

齊真輝趕緊解釋。「不，不是胡說，是真的，碧彤，我喜歡妳，妳既然肯嫁給我，我就一定會努力讓妳幸福的……」

碧彤不好意思的撇過臉，聲若蚊蚋的答了聲。「嗯，我相信你。」

齊真輝興奮的搓搓手，又說道：「我現在做的一切，都是為了我們將來，碧彤，我有信心，將來我們的日子，會越過越好的。」

碧彤看他眼睛一亮一亮的，心中有些好笑，人前那般果斷勇猛的豫景王，此刻就像一個大男孩一般，幼稚可愛的對她許著將來。

碧彤紅著臉說道：「你話說完了？說完了快走，一會兒過了午睡時間，丫鬟們該過來了。」

齊真輝愣了愣，說道：「可是，我還沒說正事呢……不對，我說的都是正事，見妳就是最正的事。但是有件要緊的事兒，我還沒告訴妳呢。」

碧彤聽他胡言亂語，心中卻有些美滋滋的，便放軟了聲音問道：「是何事？」

齊真輝說道：「御南王要造反了。」

碧彤心中咯噔一下，上一世御南王是七年之後才造反的，這一世變化太大了，估計是顏金枝與齊紹輝的野心昭昭，藏不住了，便提前行動了。

碧彤皺緊眉頭，上一世是御南王打到門口來，皇上與張國公才知曉的，趕緊派了尚在洛城的齊睿兄弟幾個，調動洛城所有的兵力，包括左、右威衛去對抗。

這一世，皇上看樣子是已經知道了。而齊睿，在夏初的時候，舅舅那邊出了點小狀況，加上想著讓齊睿歷練歷練，省得他在洛城，也不曉得是為了青彤還是為了蔣青姿魂不守舍，便早早的讓他過去。只不曉得皇上到底是如何打算的。

齊真輝見小妻子低頭沈思，以為她是擔心自己的安危，忙說道：「妳也不要擔心，我們早有準備，只是我這段時日肯定無暇顧及妳……妳這段日子一定要小心，莫要出去走動，我擔心顏太妃他們會對你們不利。」

碧彤感激的向他笑道：「你放心，我自有分寸，不管是我還是家人，都會注意的。」

齊真輝伸手想要撫一撫她的額髮，又想到他們現在在古代，雖然已經訂親了，這樣親密的動作確實不合適。那手便硬生生停在半空中，默默的縮回去，開口說道：「我今日來，就是想告訴妳……告訴妳一聲，我怕妳……怕妳擔心我。」

碧彤知道他向來大膽，本來還打算扭捏的接受他的親撫，沒想到他竟然縮回去了。當下心中很是感動，感動他的尊重，卻沒來由的有一絲失落。

等她回過神，那人已經消失了。

銀鈴正好走進來，瞧了她一眼，抱怨說道：「姑娘太不愛惜身子了，中午當是午休會兒才好，怎能一直繡個不停？」

碧彤低頭淺笑，淡淡的說道：「無妨，我也沒怎麼繡……不過是坐在這裡，作了個甜甜的夢。」

銀鈴張嘴想問是何夢，又瞧著自家姑娘那個樣子，似乎沈浸在那甜夢之中，終是沒有打擾，默默的收拾東西又出去了。

十月，洛城上下一片安詳，碧彤卻感受到風雨欲來的危機。顏浩宇回來就叮囑齊靜，這幾天帶著孩子們千萬不要出門，又調集府內所有的侍衛，日夜巡邏。

齊靜倒是不擔心家裡，只格外擔心在城郊淨慈寺的青彤。想要派人去看看，或者把小公主與青彤接回來，可這時洛城卻封城了，不許任何人進出。

碧彤安慰說道，就算有什麼，也是針對洛城來的，沒道理去城郊一座寺廟，青彤那裡，當是比洛城安全才對。

十月初十，只聽到外頭人心惶惶，四處都在討論，說是御南王造反了，而且竟是已經打到洛城來了。

不多時，又有人歡呼，說是皇上早有準備，讓齊睿帶十萬大軍回來，豫景王則調集了玖岳王與神威王的十多萬兵力，對抗御南王是綽綽有餘。皇上封了齊睿做兵馬大元帥，整個齊國公府男子齊齊上陣，對抗御南王。

這也是碧彤最擔心的，上一世齊睿便是兵馬大元帥，帶著所有兵力對抗御南王，儘管上一世是猝不及防，兵力不足，這一世他們充分得很，碧彤仍舊擔心，生怕齊家出了與上一世一樣的事情。

只是就算再擔心，那些戰場上的事情，她是毫無辦法的。

戰事自然是對齊睿有利的，御南王節節敗退，御南軍士氣大敗，告降的呼聲越來越大。

誰知廉廣王竟與辰王在城北起義，打的名義是清君側。

碧彤心中好笑，上一世廉廣王清君側，清的是張國公。這一世皇上已經親政了，定遠侯雖說大權在握，卻處處小心謹慎，萬事以皇上的意見為主，絕非佞臣。

廉廣王除了手中的親衛，以及辰王的左威衛，竟還屯有私兵，那私兵全在城北之外。

城南有御南王造反，城北有廉廣王起義，為的就是亂皇上的陣腳。

然而皇上卻眉頭也沒皺一下，只命親兵將廉廣王府與辰王府圍起來，又將早就監視起來的顏太妃關起來。至於城北的廉廣王，自是交給豫景王了。

本來齊紹輝以為，就算齊真輝有著右威衛，與他的左威衛不過是剛剛持平，而他們屯了大量私兵，定能將齊真輝打個措手不及。可惜戰事還沒開始，整個左威衛竟泰半投了齊真輝麾下，齊紹輝與辰王，不戰而敗，只能一路逃亡。

偏巧他們無處可去，竟是逃到南郊的淨慈寺。淨慈寺裡寺僧死的死、跑的跑，小公主的侍衛自是抵不住齊紹輝的私兵，很快就被齊紹輝挾持了。

齊真輝趕來的時候，便見到齊紹輝挾持小公主，辰王則挾持著青彤，逼著齊真輝放他們走。

小公主倒是淡定得很，說道：「真兒莫要擔心孤，孤活在世上也太久了，早就不耐煩了，早日去了那極樂之地也是好的。」

齊紹輝的匕首抵著她的脖子，冷笑一聲說道：「姑母當真是大義啊！」

那匕首往前送了兩分，小公主的脖子立即滲出血來。小公主尚無表示，青彤卻驚呼一聲說道：「你既然知道公主是你的姑母，豈敢還做這等大逆不道之事？」

齊紹輝哈哈笑了兩聲，像看傻子一樣看著青彤說道：「我如今做了這事，本就是大逆不道，即便殺了姑母，也不過是多一項罪名而已。」

青彤還想要說，辰王按住她的頭說道：「不許說話，真輝，我可是你叔爺爺，你若是不放我們走，我即刻便將她們都殺掉。」

齊真輝緊皺眉頭。千算萬算，倒是把這個給漏算了，沒想到他們竟跑到這裡，還挾持了小公主和青彤。就算被挾持的是普通人，他也不能隨意決定旁人的性命，更何況這還是他將來的乾丈母娘和小姨子。

青彤用力想要掙開辰王的手，卻是掙不開，只大喊道：「四王爺，你莫要管我，莫要管我！你若是此刻放他們走，將來後患無窮。我青彤雖是一介女流，卻也知道孰輕孰重……」

還未說完，辰王甩了她一耳光，惡狠狠的說道：「我叫妳閉嘴！」

齊紹輝皺著眉頭，他心繫碧彤，對與碧彤長得差不多的青彤也是心疼得很，當下只說道：「叔爺爺，莫要動手……」

辰王瞪了他一眼說道：「你瞧中她了？」

齊紹輝咬咬牙，如今到了這個地步，他們的命都要沒有了，喜歡又算得了什麼？便撇過頭去搖頭說道：「總是我表妹，咱們拿她做人質便可，無須傷她。」

辰王冷笑。「哼，這兩個女人性子倔強得很，若不給她們點顏色瞧瞧，她們怎會乖乖聽話？」

齊紹輝心中慌亂，擺擺手由得他去。

正在這時，外面一陣嘈雜的聲音。「皇上，皇上，莫要進去！」

齊真輝回頭一看，可不就是他那個皇兄齊明輝趕來了。他嘆了口氣，得了，皇兄見了青彤被挾持，只怕是立馬放人了。

齊明輝走進來看了兩眼，淡淡的說道：「辰王、老五，朕念你們是朕之親人，便放過你們，將她們放了吧。」

旁邊的侍衛和內侍又一迭聲的喊道：「皇上，皇上！他們可是亂臣賊子……」

齊明輝沈著臉說道：「這般會出主意，不如朕這位置，換你來當？」

那內侍立刻不敢作聲。

齊紹輝眼珠子轉了轉說道：「皇兄，如今已經到了這個地步，你以為我們還會相信你的話嗎？這樣吧，你給我們準備車馬，我們的兵衛三千人不許動，等我離洛城千里，就立刻放了她們。」

齊真輝生怕皇兄腦袋一抽就應了，忙怒喝道：「精兵三千？還有車馬？老五你想得真好，這是想要捲土重來？」

齊紹輝冷哼一聲說道：「廢話別多說，若不願意，我也沒辦法，左右不過是多兩個陪葬的人而已。」

齊真輝擔心齊明輝要應下，上前拉住他，又準備開口呵斥。

青彤不知什麼時候握了一把簪子在手中，此時趁辰王不備，對著他的左眼就刺過去！辰王避之不及，那簪子直插進他眼睛裡，他當下捂著眼睛尖叫起來。

齊紹輝傻眼了，手一抖，匕首掉到地上。齊真輝反應快，一個飛身上前，將齊紹輝踢倒，控制住他。

小公主急忙退到一邊，躲到柱子後面去。

那邊青彤刺傷辰王，便往階下跑去，辰王傷了一隻眼，更是怒火中燒。當下手中匕首飛出，直刺青彤後背。青彤往前跑著，壓根兒沒有回頭看，齊明輝卻看得真真切切，想要上前救她，卻是遲了一步，眼睜睜見那匕首正中青彤背心。

齊明輝一把摟住青彤，大喊道：「太醫、太醫！快喊太醫過來，快啊！」

後頭的侍衛立刻湧上前來，將辰王與齊紹輝都制在地上，內侍慌慌張張出門找太醫去了。

青彤一聲悶哼，趴在齊明輝懷中，後背的血汩汩流著，齊明輝面色煞白，伸手捂住她的傷口，輕聲說著：「青彤，妳撐住，太醫馬上就來了，馬上……」

青彤揚起小臉，勉強笑道：「皇上……皇上，臣女有一事……有一事相求。」

齊明輝拚命搖頭說道：「不，我不答應妳，青彤，妳好好活著，妳活著我就答應妳，好不好？」

他邊說邊瞧著那傷口，血彷彿流不盡一般，青彤的臉越來越白，氣息也是越來越弱。他回頭吼道：「人呢？太醫人呢？」

青彤伸手摸摸他的臉，說道：「皇上……臣女……請您務必要答應臣女……臣女的表哥，被臣女所誤，其實……其實他與悅城蔣家……蔣家三姑娘……兩情相悅，卻因臣女不能在一起……臣女、臣女請求皇上，請求皇上替他們賜婚……」

齊明輝眼淚撲簌而下，摟著她說道：「我知道，青彤，我知道妳喜歡妳表哥……我不賜婚，妳活下來，我給你們賜婚好不好？我不阻攔你們的婚事了……」

第五十八章

青彤想要搖頭，卻毫無力氣；想要辯解，卻說不出口。

此時內侍領著太醫急匆匆趕來，瞧著擁抱成一團的二人，見皇上哭得不行，又瞧瞧在場這麼多侍衛，當下頭疼不已，只能硬著頭皮說道：「皇上，太醫過來了。」

齊明輝立即回過神，將青彤小心的放在地上，說道：「快，快，給她看看。」

太醫急忙上前，又是檢查傷口、又是把脈，好不容易處理完傷口，才抹了把額頭的汗，剛才皇上摟住這姑娘的模樣，他看得一清二楚，自是明白這姑娘在皇上心中的分量，可是此刻也只能開口說道：「皇上……顏二小姐失血過多，恐……」

齊明輝惡狠狠瞪了他一眼。

太醫一個哆嗦，忙改口道：「臣已經給她止血包紮好了……但她能不能保住性命，只能看她的造化了。」

本以為皇上會雷霆大怒，沒想到他只是愣怔許久，伸手抱住青彤，說道：「回宮。」

齊真輝急忙上前說道：「皇兄！皇兄，顏二姑娘不能回宮，送她回侯府吧。」

齊明輝看了他一眼，低頭沈吟片刻，對著那太醫吼道：「快走啊！發什麼呆？去侯府……」

那太醫既不敢走快，也不敢不走，只好跟在皇上身後半步。

內侍瞧著不對，趕緊說道：「皇上，皇上……」

還沒說出話，便見到定遠侯世子趕了過來，跪下說道：「皇上，兵馬大元帥殲滅御南軍，御南王畏罪自殺，抓獲俘兵三萬餘人。」

齊明輝也不管他，抱著青彤直往前快走，邊走邊喊。「馬車，馬車！快，將所有的太醫宣去永寧侯府！」

定遠侯世子詫異的看著皇上，又回頭看著齊真輝。

齊真輝也不含糊，當下上前拉住齊明輝。「皇兄，政事要緊，咱們雖然贏了，但是後續一堆的事，還是派人送顏姑娘回去吧……」

齊明輝瞪他一眼說道：「什麼事情比得上她的命重要？」

說罷，就要鑽進馬車。齊真輝回頭看著浩浩蕩蕩的人群，覺得頭大得很，又不得不耐下性子繼續勸道：「您是天子，當以國家為重啊皇上，您又不是太醫，治不了她……」

齊明輝甩開他說道：「我就是想陪著她，我只問你，若此刻受傷的是興德你會如何？」

齊真輝聽得他這般問，倒是能體會他的心情，便也鬆開手。

齊明輝不耐煩的喊道：「來人，傳朕旨意，皇太弟齊真輝監國……快走啊，你不會趕馬車嗎？」

最後那一句，自是對車夫說的，車夫領命，趕緊駕車往永寧侯府的方向奔去。

齊真輝見他絕塵而去，登時石化在原地。

過了許久，內侍小心翼翼的走過來說道：「王爺……王爺，不如，咱們先回宮……只怕諸位大人都正候著的……」

齊真輝回過神，一咬牙，招呼眾人說道：「走，回宮。」

齊明輝一路抱著幾乎沒氣的青彤去了永寧侯府，顏浩宇早得了消息去宮裡候著了。府內齊靜和碧彤忐忑不安，又不敢貿貿然出門打聽消息，突然聽到皇上來了，都是大吃一驚。待她們迎出來一看，才曉得，青彤竟是命懸一線了。

齊明輝顧不得她們，只嚷嚷道：「快，快，她放哪兒？」

齊靜還沒反應過來，碧彤已經領著齊明輝迅速的來到青彤的房裡安置下了。

齊明輝將青彤輕輕放在床上，回頭瞧見竟只有之前的太醫跟著，當即怒氣衝衝，吼道：「人呢？怎麼就你一個人？」

那太醫額頭的汗滴答流下來，忙答道：「回皇上的話，他們……他們應當是在趕來的路上……」

齊明輝不耐煩的說道：「還不去給顏姑娘瞧瞧。」

太醫忙上前，又把脈一番，又細細看了看青彤的眼睛，戰戰兢兢的回頭說道：「皇上……她這是失血過多……失血過多……」不敢抬頭看皇上，又忙說：「臣這便去熬藥……熬藥……」

等到太醫都來了，卻是全搖頭說道：「皇上，實在是沒辦法，失血太多了，人又昏迷不醒，藥都餵不進去……」

齊明輝抬腳將太醫正踹翻在地說道：「連人都救不活，要你們何用？她若是有半分閃失，你們全都給她陪葬。」

太醫正也不敢起來，只跪在地上不作聲。

還是碧彤上前說道：「就不能想辦法把藥灌進去嗎？」

太醫正抹了一把汗應道：「臣等……臣等再試試？」

又得了齊明輝一聲大吼：「那你還在這裡幹麼？快去啊！」

入夜，顏浩宇才急急忙忙趕回來，跟他一起回來的，還有幾個內侍，說是豫景王請皇上回宮。然而齊明輝理都不理，直愣愣的坐在床前看著青彤，彷彿她下一刻便會醒過來一般。

碧彤站在門口，就那樣看著床上床前的兩個人，她知道青彤幾乎是活不了了，她以為自己會傷痛欲絕，可是並沒有。她一直在想，是不是自己做錯了？上天或許就是那樣安排，她逆天改命，付出的卻是她的妹妹青彤。

不，不會的！若不叫她逆天改命，上天又何必要她重活一世？這一世，她所有的敵人都已經受到了懲罰，明明已經是萬無一失了，為什麼上天要拿走她的妹妹？明明對付那些人、做壞事的是她顏碧彤，與青彤有什麼關係？若是要懲罰，應當懲罰她顏碧彤啊！

敵人？碧彤眼睛一亮。董氏！對，董氏還沒死，她才是罪魁禍首，她此刻還待在家廟中，外頭的消息，壓根兒傳不進去，她還安穩的活著。

碧彤轉身出去，對著銀鈴說道：「快去準備馬車。」

齊靜嚇了一跳，忙上前拉住她問道：「這麼晚了，妳要去哪裡？」

碧彤說道：「不管是不是真的，我都要去一趟，也許我去了，青彤她就會醒。」

齊明輝聽到她提青彤，皺著眉回過頭，問道：「妳有什麼辦法？」

碧彤淚流滿面，就算所有人疑心她，她也不在乎，只要有一線生機，她都要去試，她堅定的說道：「我要去一趟家廟。」

顏浩宇不明所以問道：「妳去家廟做什麼？」

碧彤沒回答，眼睛閃著異樣的光芒，看著顏浩宇不說話。顏浩宇心中咯噔一下，長女自小就成熟懂事，此刻卻如此怪異。

齊明輝聽說她有法子救青彤，哪裡還顧得上別的，忙說道：「既是有辦法，快去，永寧侯你多安排些侍衛送她。」

家廟中，董氏已經睡下了，她的嘴角還帶著笑容，似乎夢到她的外孫就要登上皇位，她的孫子、孫女都過得更好。

門砰的一聲被踹開來，將睡夢中的董氏驚醒了。她驚慌的爬起來看向門口，黑漆漆的，什麼都看不見，她恐懼的喊道：「來人，來人……」

然而外面一點聲音都沒有，只剩下風呼啦啦的吹著，將那破掉的門吹得嘩嘩響。

董氏裹緊了被子，害怕的瞧著外頭，伸手將枕頭邊的佛珠抓在手上，口中唸著佛經。不一會兒，她見到馬韻從門口慢慢的走了進來，就著月光，她彷彿看到馬韻從地獄帶出來的死氣籠罩著她。

她驚叫一聲喊道：「姊姊，姊姊！姊姊求求妳放過我……我不是故意的……我真的不是故意的……」

「馬韻」又往前走了兩步。

董氏抖抖索索的跪在床上磕頭，喊道：「姊姊放過我吧……不要帶我走……姊姊，我已經遭到報應了，往後我日日為您祈福，祝您早日投胎成人……」

等了很久，都沒聽到任何聲響，董氏壓著內心的恐懼，慢慢的抬頭，卻見「馬韻」依舊站在那裡，冷冷的看著她。

碧彤一直等到她抬頭，才冷笑一聲說道：「祖母這是魔怔了嗎？」

董氏愣怔片刻，才反應過來，面前這個是馬韻的孫女，並不是馬韻。董氏平復了下心緒，說道：「不知興德郡主半夜前來，有何貴幹？」

碧彤譏諷的笑了笑，說道：「白日夢到祖母身子不好，特意前來探望一番。」

董氏也不生氣，哼了一聲，坐在床上說道：「妳父親逼我到這裡來，可不就是希望我身子壞掉嗎？可我偏不如你們的願，我等著……等著將來……」

碧彤摸黑走到桌前，用袖子擦了擦凳子上的灰塵，說道：「等著將來紹輝表哥登上那個位置，然後救妳出去？」

董氏被她猜中了心中所想，抿著嘴沒作聲。

碧彤又道：「可惜祖母要大失所望了，祖母還不知道外頭發生的事吧？昨日御南王起兵造反，皇上封我表哥齊睿為兵馬大元帥，御南王已死，俘兵數萬……」

董氏嚇了一跳，她雖不熟悉女兒與齊紹輝的計劃，可想碧彤如此說來，那御南王定是齊紹輝的人，此刻是兵敗了？她搖搖頭說道：「妳來，就是為了騙我？讓我受驚病倒，最好是一死了之對嗎？」

碧彤冷笑道：「對妳？妳是死是活，與我何干？我不過是……覺得祖母您的子孫出了那樣的事情，而妳還毫不知情的活在這家廟中，心中於心不忍罷了。祖母，紹輝表哥勾結辰王起兵，被豫景王鎮壓了……妳說豫景王他，會讓紹輝表哥活著嗎？」

董氏手一抖，心中狂跳，依舊搖頭說道：「不，我不相信妳的話，妳一定是騙我的，我不信……」

碧彤也不管她是何反應，敲了敲桌面，一副毫無心機的模樣，說道：「對了，祖母還不知道吧，大姊姊她……大姊姊不在了，而且大姊姊是死無葬身之地，燁王府休她出府，顏府不肯接受她的屍身，只好送到亂葬崗去了。」

董氏吃驚的問道：「為何，為何？燁王他怎敢……是不是妳，是不是妳做的手腳？」

碧彤嗤笑一聲。「多行不義必自斃，祖母，孫女怎敢做手腳呢？雖然我恨毒了你們，但是若我與你們一般，豈不是要叫我爹爹傷心？至於顏妙彤，她是自己不甘寂寞，竟在外頭找了個姘頭，結果被人發現了……哦，對了，祖母還不曉得，燁王世子是個斷袖呢。」

董氏愣愣的看著月光下的碧彤，突然大笑起來，說道：「我就說吧，妳是魔鬼，妳是魔鬼……我就不該心軟，不該留下了妳……」

碧彤偏頭笑了笑，點點頭說道：「是的，祖母，一步錯步步錯……祖母我還沒說完呢，紹輝表哥勾結諸多官員，想必旁的妳也不感興趣，只有董家……明日便會有消息，自是滿門抄斬。還有，紹輝表哥兵敗的消息傳開之後，大哥哥就自盡了。」

董氏一用力，手中的佛珠便扯斷了。她慌張的趴在床上，心中想著，不可能，不可能！她做這一切，都是為了兒子、孫子，如今軒兒死了，難道瀚彤也死了嗎？

碧彤仍舊在說。「大哥哥活著做什麼？他日日被慧公主折磨，早就生不如死了。」

董氏搖著頭，像是自言自語，又像是對著碧彤說的。「不可能，不可能，瀚彤怎麼可能死？他都沒留下後代……」

永寧侯府，齊明輝坐在床前一動也不動的盯著青彤。顏浩宇的心一顫一顫的，他算是知道為何女兒不肯嫁給齊睿了，原來這是與皇上有了私情。又格外後悔，為何要阻止女兒們入宮？若是當初不阻止，讓青彤入了宮，好歹也能留下一條性命……

齊靜思來想去，鼓起勇氣上前說道：「皇上，夜深了，不如您先去歇息？臣婦安排好了客房……」

齊明輝揮揮手。「你們去睡吧，我守著她。」

齊靜看了顏浩宇一眼，心道皇上不休息，他們哪裡敢休息？室外的熠彤和翠彤都候著，院子內外的下人們也是一個都不敢休息。

顏浩宇斟酌著想要再勸一勸的時候，床上的青彤竟睜開了眼睛。

齊明輝激動的伸手拍著站在一旁的顏浩宇。「她醒了，她醒了！太醫，太醫……」

外面候著的太醫魚貫而入，上前細細診視討論一番，最後是太醫正跪下說道：「恭喜皇上，賀喜皇上……」

許是太過激動，話出了口，才覺得這恭喜的對象不大合適，尷尬地轉頭又對著顏浩宇說道：「恭喜侯爺，顏二姑娘有上蒼保佑，竟是起死回生了。」

齊明輝也不在意他對誰說，忙問道：「那她無礙了？」

太醫正忙道：「姑娘失血過多，還得好生休養，臣等再開幾帖藥，慢慢補養著……」

齊明輝明白這意思是無大礙了，便揮揮手讓他們開藥去。

又回頭看著青彤，心中有種失而復得的歡喜，見著她茫然的眼神，急忙說道：「這是在妳家，妳自己的院子。妳知不知道，妳昏迷了五、六個時辰，我都嚇壞了。」

顏浩宇又抖了三抖，心想皇上連朕字都不用，而且還用這麼溫柔的聲音說話。

青彤思緒跟不上來，半晌才反應過來，問道：「皇上，我表哥他，他……」

齊明輝心酸不已，又安慰道：「妳放心，我答應過妳的，只要妳活著，我就給你們賜婚。」

青彤頭暈腦脹，想搖頭又搖不動，有氣無力的說道：「表哥他勝了？」

齊明輝這才反應過來，原來青彤問的是戰事，忙點頭說道：「妳放心吧，我們早有準備，唯一的意外，是妳。」

說到後面，他聲音都低沈了。

內侍急匆匆走過來，低聲說道：「皇上，回宮吧，豫景王派人催了好多次了……二姑娘也醒了……」

齊明輝瞪他一眼說道：「出去出去。」

內侍一臉無奈說道：「皇上，宮裡還有很多事情，等著您處理呢。」

齊明輝說道：「有豫景王和定遠侯……永寧侯爺，你也去宮裡，協助皇太弟吧。」

顏浩宇愣了。「啊？」

青彤掙扎著想要起來，但是完全動不了，只能虛弱的說道：「皇上，國事……要緊……皇上您快……回宮吧……臣女、臣女無事了……」

齊明輝趕緊放低聲音說道：「沒事，我陪陪妳。」

齊靜走過來說道：「皇上，臣婦要照顧青彤喝藥了。」

齊明輝回頭瞧瞧她手中的藥碗，說道：「我來，我來。」

顏浩宇與齊靜急忙跪下說道：「這樣的事情，怎能煩勞皇上？」

齊明輝呆呆的看著跪在地上的二人，愣住了。

青彤咳嗽兩聲，支撐著身子說道：「臣女多謝皇上厚愛……」

齊明輝又看看虛弱的青彤，將藥碗遞給齊靜，嘆了口氣，有些不甘地對內侍說道：「走吧，回宮。」

第二日，皇上封齊睿為御南王，即刻前往椹州，只是賜婚的旨意久久未曾下來。

洛城上下的官員又是一番變動震盪，不過這一切與碧彤毫無關係。

董氏那一日便死在家廟之中，大夫診查後說是自然死亡。然而顏浩宇並不相信與碧彤無關，雖然他不曾責罰碧彤，卻再不許碧彤出門了。

碧彤日日陪在青彤身邊，倒也沒覺得有什麼不好。

碧彤看著她又在發呆，半月裡來，她每日總有小半日，不知道在想些什麼。碧彤沒話找話說道：「睿表哥今日便啟程去了椹州，我從前還擔心皇上不喜歡他，沒想到皇上對他倒是好，直接封了御南王。不過也是表哥應得的，他這次可算是立了大功。」

青彤皺眉想了想，問道：「怎麼沒聽到賜婚的旨意？我之前求了皇上，給表哥和蔣三姑娘賜婚的。」

碧彤吃驚的問道：「不會啊，我聽母親的意思，皇上是要給妳與表哥賜婚的，應當是妳身子還未復原……我一直想問妳來著。」

青彤半晌才反應過來，抿著嘴不作聲，許久才說道：「姊姊，我不喜歡表哥，又知道了表哥的心思，自是不肯嫁給他的。」

碧彤猶豫片刻，問道：「本來我也是不想妳進宮的，但這次看到皇上拋下國事不顧，守著妳那麼長時間，我覺得……青彤，妳怎麼想呢？」

青彤苦笑了一聲，說道：「姊姊，我早就想過了，就算你們都同意，我也是不願意的。我自小的願望，便是一生一世一雙人，我要的不是寵愛，而是唯一。」

碧彤躊躇片刻，說道：「若是皇上……」

青彤嗤笑一聲，她明白姊姊想說什麼，她只是淡淡的搖了搖頭。

臘月初五，皇上病重，傳位予皇太弟齊真輝。

新年伊始，齊真輝即位，改號為景。

二月，碧彤入主中宮，成為景帝的皇后，也是後宮唯一一人。

多年後，翠彤十歲，跟著齊靜入宮面見皇后。

碧彤牽著翠彤，站在院子裡看著高高的宮牆，後頭的宮女、內侍們正陪著兩歲的太子玩耍。

翠彤問道：「大姊姊，娘說二姊姊有一天會回來，是什麼時候？」

碧彤笑著說道：「誰知道呢？」

翠彤又問道：「娘說二姊姊也要給我生小外甥了，我想看看與太子像不像。」

碧彤依舊笑著說道：「那一定是像的吧。」

番外——青彤

青彤身子大好後，齊靜仍整日拘她在院裡，生怕她磕著碰著再受了傷。百無聊賴，碧彤便拉著她幫忙繡嫁妝。

是的，廉廣王夥同御南王造反一事塵埃落定，百姓安居樂業，洛城許久沒有大事發生了。

現在最大的事，便是不久之後，豫景王與顏碧彤的大婚。

碧彤成日嘴角帶著笑，時不時的發會兒呆。每每這時，青彤便扔了繡花繃子，噘著嘴瞪她。「如今可真是，姊姊要出嫁，臉上嘴上成日裡犯癡不消停！」

碧彤紅著臉嗔她一聲。「若是嫌累，便去院子裡逛逛，何苦在我跟前，又尋我的不是來了？」

青彤伸伸懶腰嘆了口氣，撐著臉瞧著窗外。「姊姊，聽聞皇上封了表哥做御南王，明日便要去樵洲了。」

碧彤手一抖，斜著眼打量她片刻，放下手中的繡線，頗有些猶豫問道：「青彤，這些日子……爹爹，母親還有我，都不敢提、不敢問妳……只是眼瞅著妳就要大好了，我實在忍不住，想問問妳……」

青彤抿著唇，忽又莞爾一笑。「我知道，你們想問我關於皇上的事。姊姊，我不要入宮，也不想入宮。」

碧彤皺眉沈吟片刻方問道：「皇上的意思是……等妳大好了，要替妳與表哥賜婚。」

青彤面色一白，著急的抓住碧彤的手。「姊姊，皇上他誤會了，我是想讓他給表哥與蔣三姑娘賜婚……姊姊，妳是知道我的，我不喜歡表哥，又怎能嫁給他呢？」

碧彤認真的看著她。「青彤，爹爹與母親的意思是，若妳心中有皇上，便入宮。若是沒有，嫁給表哥將來遠在樵洲，天高皇帝遠，倒也不錯。」

青彤沈下臉，眼裡漫出淚水。「姊姊，若是可以，我倒是想自私的跟表哥遠走高飛……偏偏我心裡……心裡明明有他，我放不下，怎麼都放不下……我太瞭解我自己了，若我入了宮，我就不是青彤了……」

她仰起臉，倔強的抬起眼眸。「我怕我會變壞，變成一個不擇手段的人。姊姊，我愛上他，就只想做他的唯一，他從前和現在的妃嬪，我都接受不了，更接受不了將來……」

碧彤看了她良久，沒有作聲。

建章宮，齊明輝盯著摺子一動也不動。一旁的內侍心驚肉跳，這本摺子皇上瞧了一刻鐘了，怎的還拿不定主意嗎？

正當內侍想要上前問問的時候，皇上合上摺子，起身往外走去。尚未走到大殿門口，只見他腿一軟，整個人跌倒在地上。

內侍一聲驚呼，慌忙上前扶，卻是扶也扶不起來。

臘月初五，是碧彤、青彤的生辰。因開了年碧彤就該出嫁了，這是在侯府的最後一個生辰，齊靜特意讓廚房辦了席面，一家人聚在一起吃個飯。

席間碧彤、青彤高興，一面逗熠彤一板一眼的背書，一面惹得翠彤格格笑個不停。

突然，只聽遠遠的鐘聲轟轟響起，眾人皆是一愣。

青彤最先反應過來，素白著一張臉，筷子都掉到地上去了。

顏浩宇抖抖索索，瞪大眼睛，不可置信的看著外頭。「喪龍鐘，怎麼會……」

話沒說完，青彤一頭栽倒在地上……

等青彤睜開眼，卻發現皇上坐在床頭，她愣了一會兒，才記起那喪龍鐘的聲音，她帶著鼻音軟軟的問道：「我也死了嗎？我們現在在哪裡？」

齊明輝滿心歡喜，輕輕將她扶起來，又端來水看著她喝過了才道：「我們還在妳家裡，青彤，我們沒有死，都好好活著呢……」

青彤瞪大眼，又看看四周，忍不住將手伸出來，摸摸他的臉，可以觸碰的溫熱的臉，他是活的。

青彤的眼淚大滴大滴的滴下來。「你……你沒死？你還活著？你……你知不知道我有多擔心？又有多絕望？我以為……」

齊明輝心疼的抱住她，撫摸著她的臉，吻著她的髮說道：「是我不好，我應該早些告訴妳的！青彤，只是事情準備得匆忙，我在宮裡弄清楚了才能偷偷跑出來的。」

青彤擦了淚，抬起頭問道：「可是……可是你這樣偷偷跑了，以後怎麼辦？您可是皇上啊！」

齊明輝笑起來。「青彤，往後我再也不是皇上了，我早就不想當這個皇帝了，若不是真真，若不是妳，我早就認命了。大齊交給真真，我放心。不過……青彤，妳願意跟我走嗎？我不是皇上了，甚至不能留任何姓名，不能讓別人知道我還活著……」

青彤明白他的顧慮，若旁人知道他還活著，定有人要以此威脅豫景王的皇位了。她遲疑的說道：「你是不是皇上，我並不在意，也願意跟你走，可是我……」

齊明輝打斷她的話。「只要妳願意跟我走，沒有可是，我都安排好了。等風頭過了，我帶妳去南邊，椹州以南，有山有水，那裡氣候宜人，妳一定會喜歡那裡的。」

青彤還是不敢相信，問道：「那……你還有三位妃嬪呢？」

齊明輝愛憐的撫了撫她的額髮，笑道：「我都安排好了，我心中只有妳，她們……除了萍美人，另外兩個都是完璧，我讓真真放她們出宮，至於萍美人，她若不願意出宮，真真也會安頓好她的。」

青彤心中忐忑，覺得若是這樣，對她們又何其不公？

齊明輝渾然不知青彤的擔憂，只擁著她說道：「從……從那次妳撞進我懷裡，就像是撞進我心裡。青彤妳知不知道，我總覺得，似乎我們很久很久……不，我們上一輩子就認識，或許那時候我也是個失意的人，是妳陪在我身邊，是妳讓我有了精神支柱，青彤，這輩子，妳就是我的唯一。」

新年伊始，齊真輝即位，改年號為景。

新帝與碧彤大婚之後，青彤染病，香消玉殞。

許多年之後，御南王齊睿決定巡視樵州，路過蕭縣的時候，只帶了一隊輕騎，說是要尋訪故友。

齊睿看著這青山綠水，農莊裡傳來陣陣笑聲，他推門進去，只見一個兩歲的小姑娘急急的跑出來，一下子撞到他腿上，跌倒在地上卻也不哭，只眨巴著好看的大眼睛看著他。

青彤挺著大肚子走出來，喊道：「湘兒，這是妳舅父。」

齊睿一把抱起湘兒，伸手摸摸她額上的汗，笑道：「湘兒，妳同妳娘幼時，真的是一模一樣啊。」

齊明輝聽到動靜，也走出來，將他迎了進去。

到了晚間，齊睿壓低聲音問道：「皇上……您，可曾後悔？」

卻聽外頭一陣喧譁，一個婆子急匆匆跑進來喊道：「老爺、舅老爺，夫人要生了……」

齊明輝立馬跳起來，大驚失色，一個箭步衝出去喊道：「青彤，別擔心，我來了！」

齊睿走進院子，正看見齊明輝直接跑進產室內。他微微錯愕，又見丫鬟、婆子們忙進忙出，誰也沒有攔著那個男人。

齊睿抱起一旁的湘兒，不自覺的笑起來。

青山綠水，有最愛的人相伴，他怎會後悔？

番外——碧彤

碧彤躺在床上，眼淚止不住的往外冒，她不敢想，又不得不想。

做這個皇后已有一年了，禁錮在宮內也有一年了。儘管無法常見家人朋友，她依舊很開心，因為每天都有他。無論他多忙多累，每天總會抽空過來陪她，哪怕只是抱著她，同她說說話。

而且，因為她成日處理宮務忙累，只要得了機會，他總會想方設法帶她出宮，或去永寧侯府看看母親、弟弟、妹妹，或去小公主府陪陪小公主。

她總覺得，他是喜歡她的吧？他不肯納妃，也不肯選秀，有朝臣上奏，他當面直斥，毫不留情。即使……一年了，她未曾有孕。

今日之前，她都是這麼以為的，她何其幸運，遇到這個她愛，且愛她的男人。

今日，定遠侯府第四代長孫滿月，唐太后特意去侯府參宴。齊真輝怕碧彤長久不出宮門，心中無趣，便央了唐太后帶碧彤一起去。

這一去，便遇上故交好友林添添了。林添添嫁給定遠侯世子的第五子，乃庶出，已生一女，年滿一歲了，正是將將會走路，又不大穩妥的時候。

宴會結束，林添添拉著碧彤到房裡說私房話，久未再見，這對閨中密友嘰嘰喳喳說個不停，倒是比在宮內開懷得多。

林添添見碧彤眉間似有鬱色，掩嘴笑道：「娘娘，如今您入主中宮，且後宮只妳一人，可見皇上有多寵愛，妳作何還鬱鬱寡歡？」

碧彤乾笑兩聲，看著窗外那稚童撞撞跌跌，跌進丫鬟懷中便開懷大笑的模樣，低頭不作聲。

林添添拍拍她的手說道：「娘娘，臣婦知道您的心思，皇上不肯選秀納妃，如今登基一年有餘……皇嗣自是最要緊的……」

碧彤勉強勾了勾嘴角，是的，林添添說到她心坎裡去了。皇上總說他們不著急，可是太后急、朝臣急，甚至她爹爹、母親都替她著急啊。

林添添拉著她的手說道：「妳知我自幼身子不好，甚至從前有太醫斷言我將無嗣……」

碧彤眼睛一亮，問道：「那妳是……」

林添添湊到她耳邊說道：「今日我是特意將您留下的，太醫院裡的大夫，都只求無過。我娘給我尋了個神醫，調理了三年，妳瞧瞧，我那寶貝康健得很吶。」

碧彤頗有些激動，又有些不好意思，由著林添添將她引入內室，果然見著一名髮鬢全白的老人家。

碧彤拿被子蒙住臉，她很想問問，若是皇上不想她生下皇嗣，又娶她作甚？又作何不肯納妃？

那老者的話，一直縈繞在她耳邊，趕也趕不走，由不得她不去想。

「這位夫人是不是一直在吃藥？雖說那藥不傷身，但只要再吃，便不得有孕了。」

是呢，每次侍寢過後，她都會喝藥。

皇上說，那是調理身子的藥，喝了對她有好處。她自己也覺得的確如此，至少每次癸水將至，她再沒有身虛腰痛等症狀了。

可她萬萬沒想到，那竟然是避子湯。

聽到齊真輝進來的聲音，她默默的在被子裡擦乾了淚。

齊真輝察覺到她的異樣，有些焦灼的問道：「碧彤，妳不舒服？是不是今日出去吹了風的？」

質問的話在肚子裡轉了又轉，碧彤最終只是甕聲甕氣的應了聲。「許是吹了風，不舒服。」

齊真輝忙說道：「叫太醫來過沒有？」

說罷他便起身要出去宣太醫。

碧彤忙說道：「不必了，這般晚了，臣妾也不想折騰……早些歇息吧。」

齊真輝聽了這話，卻是一愣，向來沒人的時候，他都是不讓碧彤自稱臣妾的。他輕輕揭開被子，卻發現碧彤從裡面死死拉住，不要他掀開。

齊真輝用力將被角扯開，發現碧彤背對著他，枕頭上全都被淚水浸濕了。他只覺得心都要碎掉，急忙將碧彤的被子全都扯開，卻見碧彤捂著臉哭得唏哩嘩啦。

齊真輝啞著嗓子，問道：「碧彤，我們曾經說好的，有任何事我們一起度過的，妳這樣背著我不告訴我，就讓我在一旁乾著急擔心嗎？」

碧彤這才放下手，正面對著他，眼睛腫得如核桃一般。

齊真輝一把摟她在懷中問道：「是因為我嗎？妳告訴我，碧彤，我不要看到妳哭，我要妳每天都高高興興的。」

碧彤哽咽著問道：「皇上，您……是不是不想我有子嗣？」

齊真輝愣住了，這才明白，原來他讓小妻子避孕的事情被她發現了。他趕緊搖搖頭，吻了吻她的額頭，說道：「不是，碧彤，我巴不得我們有孩子，可是妳太小了，我想……我想等妳再長大一點點我們再要孩子。」

碧彤止了淚，有些吃驚問道：「可是……可是我如今都十七歲了，並不小了啊，你看大齊的女子，多是在十五、六歲生孩子的。」

齊真輝摩挲著她的臉道：「我問過太醫，說是女子太過年幼，生產會很危險的。而且太醫還說，妳現在還沒長大呢，起碼要滿了十八歲。碧彤，我們不著急，便是再晚一年、兩年有孕也無妨的。」

碧彤沒想到，原來他讓她喝避子湯，竟是擔心她生產危險，她有些感動，又有些內疚，自己竟然那般疑他。

她笑道：「哪裡有那麼多危險的呢？你瞧旁人家，不都是如此的嗎？何況我在宮中，有太醫和女醫們日日照看著，不會有危險的。」

齊真輝搖搖頭，捧著她的臉，認真的說道：「不，碧彤，妳記住，這一生，我們都是彼此的唯一，我不願意妳有一絲絲的風險……實際上這勞什子皇帝我也是壓根兒不想做的，偏偏皇兄他使出一招金蟬脫殼。若我只是王爺，便可以不要妳受生產之苦了。」

碧彤大受感動，將頭埋進他懷中，又遲疑著問道：「可是，若中宮遲遲不能有孕，朝臣們肯定不依的啊。」

齊真輝不在意的說道：「管他們作甚？碧彤，我說過，這一生我只有妳，也只要在乎妳便夠了。他們若當真逼迫於我，我便叫他們另擇明君吧。」

碧彤急忙掩住他的嘴，嗔怒道：「皇上怎可胡說?!這種話若是傳出去，大齊豈不又要亂一場？」

齊真輝擁著她笑道：「往後有什麼事妳都不許再胡思亂想了，妳與我一起，沒什麼是不能直說的。」

碧彤害羞的紅了臉，又忍不住嗔道：「哼！明明是你從前瞞著我……」

齊真輝最喜歡她這副樣子，心癢癢的低頭吻上去，許久才鬆開她說道：「是是是，是我不好，我應該早早的跟妳說。不過當時我發現連岳父、岳母都催著妳早日誕下孩兒，便擔心妳會不同意……碧彤，妳不用顧慮我，朝中那些老匹夫都不是問題，實在不行，我便讓太醫說我身體有恙，暫不能有子嗣便是了。」

齊凌煊皺眉站在建章宮內，一手執筆，一手撫袖，端端正正的坐在桌前書寫。

本來在他旁邊，有他父皇指點著。可是剛剛母后宮裡的銀鈴姑姑跑過來，說母后身子不適，父皇便立刻拋下筆去了母后宮裡……也拋下他。

齊凌煊微嘆一口氣，放下筆。

父皇說了，要他好好學習，等再大一點，就要他監國。

他不過七歲，父皇卻說七歲已經很大了。而外祖家的善彤舅舅已經八歲了，學識還遠不如他，外祖父、外祖母卻認為舅舅年幼，應當多玩耍。

父皇說，他是皇長子，理應如此，這是他的責任。

什麼狗屁……他們說皇子不可以說「屁」字，但是父皇背著人不也說過嘛，父皇可是天子啊！

好吧，這就是他的責任。

齊凌煊九歲，坐在御書房的書桌前，桌上都是奏摺。自從母后再次有孕，父皇便要求他來批閱奏摺。父皇開始還會本本複閱，到現在變成了，除非有不能處理的要事，否則都由他自己決定。

後面還加了一句，若是不明白怎麼做，便去問舅舅熠彤。

舅舅熠彤——一想到他就忍不住縮縮脖子，聽聞熠彤性子尤似他那曾外祖，一板一眼從不多言，據說連表嫂在他面前都不敢多說多笑呢。

正想著，他聽到有人跑過來的聲音。齊凌煊不用抬頭，就知道是他五歲的弟弟齊樂煊。

齊樂煊跟他比起來，沒有輕鬆多少，父皇說既為男子，就當為大齊貢獻，故而樂煊與他幼時一樣辛苦，日日練字學習，勤耕不輟。

齊樂煊用亮閃閃的大眼睛看著他說道：「大哥哥，你可知道，母后就快要生了。」

齊凌煊微嘆一口氣，母后若是給他們生個妹妹還好，若是弟弟，與他二人又有何異？

他看著弟弟的眼睛，心思一動，抓住弟弟的手說道：「若是又生弟弟，咱們就好好培養他吧？」

齊思煊沒想到，原來他是承載著兩個兄長這般大的期待來到這個世上的，從他三歲開蒙，不……從他一歲會說話開始，兩個兄長便日日教授他各種各樣的學識。

一直到他長到十歲，父皇傳位於他，自己做了太上皇，日日帶著母后四處遊山玩水，據說去尋他那不曾見過的伯父與姨母去了。

他當了皇上也從不敢偷懶，由舅舅顏熠彤輔政——那是連兩個兄長都害怕的人啊！整整兩年皇帝生涯，齊思煊突然覺出不對來了。若是大哥、二哥，當真如他們表現的那般無用，怎的他幼時，二人教他政事時都是頭頭是道呢？

他忍不住問二哥齊樂煊。

齊樂煊只睜大眼睛，摸著自己腦袋嘿嘿乾笑兩聲。「皇上您終於看出來了嗎？」

他氣鼓鼓的看著二哥。

齊樂煊伸手拍拍他的肩膀說道：「思兒長大了，您瞧您將大齊打理得井井有條，臣等甚感欣慰。」

所以當年每次父皇考校之時，他自豪的挺直小身板，以為自己比兩個哥哥還厲害，根本都是假的？嗚嗚嗚……哥哥們實在是太壞了。

齊思煊欲哭無淚，只想把手中的摺子統統扔掉。

內侍快速走了進來，低聲說道：「皇上，永寧侯求見。」

齊思煊立即坐直了，一本正經的批起摺子來，生怕舅舅看出端倪。

碧彤沒想到，她都是做祖母的年紀了，竟還能見到青彤一面。

齊真輝將皇位傳給皇三子齊樂煊，又讓凌王齊凌煊與新的永寧侯顏熠彤輔政之後，就帶著碧彤離開了皇宮。

「碧彤，說起來我還沒皇兄有魄力，他當初說放就放，將朝政一股腦兒扔給我，帶著青彤遊山玩水，快活極了。如今都過了二十來年，碧彤，我終於也能帶著妳看遍整個大齊了。」

他們來到蕭縣，來到齊明輝與青彤的宅子。

「姊姊。」

還未進去，便聽到身後一個聲音。碧彤回頭一看，一名中年女子，可不就是她心心念念了二十年的青彤？

青彤上前一把抱住她，又是哭又是笑。

齊明輝手中抱著一個嬰兒，面帶笑容走了過來，對齊真輝笑道：「真真，早聽說你傳位了，怎的到如今才來尋我們？」

齊真輝撇撇嘴。「若按照我的個性，先將大齊遊個遍才好，偏碧彤著急，要早早的過來瞧你們。這是你幼子？男孩還是女孩？」

齊明輝將孩子遞到他手中。「我都這把年紀了，這是我外孫子，將將四個月，你瞧他笑的樣子，是不是很好玩？」

齊真輝一聽說是個男孩，忙將孩子還到他手中。「男孩子？得了吧，你自己捧著，我自己生了三個臭小子，一個閨女都沒有，我才不想抱他。」

齊明輝眉飛色舞說道：「那你可真慘，我跟你講，閨女兒才貼心，我那三個小千金，一個賽一個可愛……」

這邊齊明輝一邊拉著齊真輝，說他那三個寶貝女兒的趣事，一邊讓他進到屋裡。

那邊青彤則上上下下打量碧彤，頗有些不高興的嘆了口氣。「妳瞧瞧，咱們都這般年歲了，妳還如同二十來歲的年輕婦人，我……我這腰身都圓了不少了呢！」

碧彤刮刮她的鼻子說道：「這是說，妳後悔了？」

青彤搖搖頭。「不後悔，他這般待我，便是再醜上十分，我都不後悔。」

番外——小公主

那一年，齊恭傑十歲，站在太液池邊上看著來來往往的人。今天宮宴，洛城三品以上官員及家眷，都要入宮參宴。

她不喜歡宴會，那些貴婦們，只會圍著姊姊送上各種溢美之詞。

母妃不喜歡她，總是呵斥她，讓她好生討好母后與大姊姊。她為什麼要討好她們？嬤嬤說，她是母妃的女兒，以後都是。可是，她明明是那個沒有姓名的采女的女兒。

她爬上了樹，沒人找得到她，反正除了嬤嬤也沒人找她。

她低頭，看見一個與姊姊一般大小的小姑娘，跟在一個男人後面。那乖巧懂事的模樣，讓她看了就心煩。她伸手，摘下樹上的鳥窩，往那個姑娘身上扔去。

那男人反應很快，一下子就接住那鳥窩，又一個飛身，跳到她旁邊，將鳥窩放好，順便將她帶下地。

那姑娘睜著大眼睛，似笑非笑的瞧著她，問道：「妳是誰？」

她歪著腦袋，看著姑娘那明亮的大眼睛，這樣看也並不像姊姊嘛。

男人呵斥了一聲。「珍兒，怎可這般無禮，先要自報家門。」

她抬頭看那個高高的、國字臉的男人，雖然是在呵斥，語氣卻滿是寵溺，父皇從不曾這樣對她說過話。珍兒，名字真是好聽啊！

那珍兒姑娘撇撇嘴，對她狡黠一笑，才一本正經說道：「我是齊國公府的大小姐，齊珍。妳作何要拿鳥窩扔我？」

齊珍，名字果真好聽。

齊珍見她不答話，又問：「敢問姑娘是何人，可是找不到家人了？」

她翻了翻白眼，以前她總是窩在小小的宮殿，除了采女娘，根本無人關注她。當然她也不知道外頭的人和事。

她看著齊珍咧嘴笑的樣子。嗯，果真跟她姊姊不一樣，她姊姊笑起來從不咧嘴，那些貴女們也從不咧嘴。母妃跟她說，咧嘴笑不是淑女所為。

齊珍說道：「妳跟我們一起走吧，我們要去大殿，一定能遇到妳的家人的。」

齊珍向她伸出手，從沒人想要向她伸出手的。

她忐忑不安的將手放到齊珍的手上，暖暖的，很舒服。

齊珍還在說話，喋喋不休的。

「以後不可以拿鳥窩扔人哦！我爹爹是武將，接得住，若是旁人，豈不是要被妳砸傷了？」

「也不要拿鳥窩，鳥兒回來，會找不到自己家的。」

「那裡面還有鳥蛋，那是鳥爹娘的孩子，若是砸碎了，牠們豈不是要傷心死了？」

後來她才知道，原來齊珍比她還要小兩個月。

齊珍不像旁的貴女，與她相處中帶著輕蔑，或者是帶著討好。

她對母妃說：「我喜歡齊國公府的大小姐。」

母妃很高興，第一次不在父皇面前，也肯給她好臉色，摸著她的頭髮說：「喜歡就多跟她一起玩吧。」

齊珍說她生在悅城，長在悅城，直到八歲才回洛城。

她問。「悅城好玩嗎？」

齊珍嚮往的眼睛閃閃發亮，卻說：「不好玩，悅城風沙大。」

她不相信，不過不要緊，有齊珍的地方才好玩，齊珍不在悅城了，那悅城一定是不好玩的。

齊珍說：「我在那裡，都做男兒裝扮，但是回了洛城，娘和哥哥都不准我穿男裝。」

她從地上爬起來，看著齊珍略帶英氣的臉，笑起來說道：「這好辦，我們偷偷穿男裝去玩。」

齊珍猶豫著問道：「可以嗎？」

齊珍雖在悅城長大，皮膚卻瓷白細膩得很，穿著男裝，也讓人覺得是個女嬌娥。她卻不一樣，她從小在內宮中混鬧慣了的，耳邊還有一道淺淺的傷痕，不過因為偏黑的皮膚，倒也看不大清楚。

這樣一對小人兒，穿著男裝倒也別有一番滋味，騎著馬在外頭鬥雞遛狗，旁人遠遠看著只以為是哪一家富貴兒郎胡鬧呢。

不知不覺中，她們都十四歲了。最喜歡的，便是在城郊，二人策馬揚鞭，恣意瀟灑。

齊珍的馬術比她好，所以總是跑在前頭，一邊回頭對著她喊。「阿恭，妳真慢。」

齊珍的笑臉在陽光下熠熠生輝，讓她不自覺的也笑了。

正在這時，斜刺裡跑出一個孩童，那孩童跑到路當中，方才發覺危險，只是他彷彿嚇傻了，竟呆在當地動也不動。

齊珍勒馬不及，只狂喊著。「讓開，你讓開啊！」她臉嚇得煞白，卻毫無辦法。

此時一名錦袍華服的男子摟住那孩童一個翻滾，躲過了齊珍的馬蹄。

她們驚魂未定的走上前，孩童無事，那男子皺著眉頭，手擦傷了。

男子拍拍孩童的頭。「以後玩耍小心些，怎可在路上做耍？去吧。」

又起身對她二人作揖。「還請二位兄弟往後莫要這般瘋狂，這附近百姓家裡孩童甚多，不懂事，喜歡亂跑……」

她不記得怎麼回宮的，她只記得她與齊珍都沒有說話。

母妃笑得溫和。「恭兒，永寧侯爺替世子爺求親……」

她愣住了，她不願意。

母妃的笑容凝固。「恭兒，妳要記得，妳與妳姊姊不同，她是嫡出的長公主，婚姻大事，自然是可以自己做主的。」

她低下頭，回去便著人打聽永寧侯的世子。

原來竟是他？她的臉紅了，如果是他，也許，很好。

齊珍似乎哭過了，眼睛紅彤彤的，她問：「怎麼了？」

齊珍搖搖頭。

天陰了，她們沒法策馬狂奔，她知道齊珍心情不好，便只陪著她四處逛逛。她瞧著丫鬟、婆子和侍衛，這樣逛又有什麼意思？若是只有她們二人恣意遊玩，齊珍一定會開心起來的吧？

她擺脫了那些下人，她笑著帶著齊珍左拐右拐，便拐到一個繁雜的天橋下了。齊珍果然高興起來，這些小雜貨鋪，跟她們平日逛的完全不一樣。

可是，她們遇到幾個地痞流氓，把她們堵在死胡同裡，他們淫笑的目光上下打量她們。她喊：「珍兒妳快跑。」

齊珍搖搖頭，她連忙推了珍兒一把。「快去喊人。」

他們圍著她，扯她的衣裳，她大哭大喊，沒人來救她。

她絕望了，腦袋裡浮現的，是永寧侯世子的臉，可惜再也不可能了。

絕望中她聽到喊聲。「阿恭，阿恭……」

為什麼齊珍沒有走？

她看到一個高瘦的男子，大聲呵斥著。「你們不要命了，我乃定遠侯唐家三少爺……」

那群人登時作鳥獸散。

她看見齊珍抱著她哭，也聽見唐家三少說：「妳沒事吧？」

雖然他是對她說的，但他的目光炙熱，是看著齊珍。

齊珍說道：「多謝三少爺，如果不是你，我們可就……」

他聲音溫和，他說：「妳們住在哪裡？我送妳們。」

嬤嬤帶著侍衛們急匆匆的跑過來，邊跑邊喊：「小公主殿下、齊小姐，妳們無事吧？」

她被宮女們簇擁著，她回頭看，看見他正小心翼翼的扶著齊珍，直到齊珍被丫鬟帶走。

而後母妃禁了她的足，她整整半個月沒有見到齊珍了。等再見到齊珍的時候，齊珍的眼睛卻腫得更厲害了。

她著急的問道：「珍兒，我們是最好的姊妹，為什麼妳什麼都要瞞著我？」

齊珍眼淚撲簌而下。「阿恭，我爹爹……我爹爹要將我……將我許給定遠侯府的三少爺。」

她心中一滯，那個溫和的男人，那個消瘦卻精神的男人。她知道他，他是庶子，他配不上齊珍，齊國公定是因為上次的事情，要齊珍嫁過去報答他。

可是齊珍為何不願意？齊珍絕不是介意身分的人，她問道：「妳不喜歡他？或者，妳有喜歡的人了？」

齊珍抿著唇。

她豎起眉毛。「妳連我都不說？」

齊珍淚流滿面。「上次郊外策馬……那男人，是永寧侯世子。」

她恍然大悟，原來如此。

齊珍說道：「但他是妳的未婚夫。」

她笑起來，摸著齊珍的臉。「我連他長得怎麼樣都沒看清。」

齊珍猶豫的問道：「但是……」

她打斷齊珍的話。「我是姊姊，妳要聽我的。更何況，我瞧著唐家三少爺不錯，他是我的救命恩人。」

她哭著鬧著要嫁給唐家三少，母妃生了大氣，父皇也面色陰沈，但她就是要。

她偷跑出宮，去了定遠侯府，見到三少爺。

三少爺也許還不知道她要嫁給他，也許他還以為，他與齊珍的婚事不會有問題。

她說：「你放過齊珍吧。」

三少爺臉色晦暗不明。

她又說：「阿珍她不喜歡你，你放過她吧。」

三少爺低聲說道：「婚姻大事，我不能做主。」

她就知道，他怎麼會放棄齊珍那麼美好的女子？她說：「我有辦法，你叫你父親，向父皇求娶我。」

三少爺直愣愣的看著她，並不說話，許久，他才問道：「為了她？」

她點點頭。

三少爺低下頭，良久才吐出一個字。「好。」

她眼中閃過一絲倔強，一絲心疼，為了自己。她又說：「婚後，我們離開洛城吧。」

三少爺又說：「好。」

等她與他的婚事昭告天下，齊亮勃然大怒，將齊珍關起來，要帶回悅城，那樣齊珍與永寧侯世子，就再沒緣分了。

但她要跟著他離開洛城，於是她跪地請求父皇替齊珍賜婚。

後來他很忙，她不是很懂，明明他聰明有能力，為什麼定遠侯要將他外放到這個地方？就因為他是庶子？

每天再晚，他都會回來看看她，然後回自己的院子。

尹嬤嬤說，如今做了夫妻，自然要在一處，這樣總是分房而睡，將來沒有子嗣，可怎麼好？

尹嬤嬤的話有道理，她煲了湯，坐在他的房內等他。

他看到她很詫異，卻什麼都沒說，只低下頭喝湯。

她也不知道說什麼，想了許久，才說道：「阿珍她……失了孩子。」

可是一說出口，她就後悔了，這時候提阿珍，他豈不是更難受？

果然，他滿眼都是傷感。

她轉身出去，回了自己的院子。

她看著銅鏡，分房？也好，至少，不用面對那個心中沒有自己的他。

後來她發現，阿珍的信裡，總是騙她，或許是怕她擔心。

他似乎也發現了，開始同她說話，給她講洛城的事情，最重要的，是講阿珍的事情。

一場瘟疫，奪走了方圓百里那些貧苦百姓的命，也奪走了兢兢業業、一心為民的他。

她要去看他，他的隨從攔著，說他不讓。

她淚流滿面，執意要進去。他掙扎著起來，隔著厚厚的簾子，他的聲音滄桑而低沈。

「我這已經救不活了……妳萬萬不可進來，會傳染的……是我……耽誤了妳。」

她哭得傷心。「不，沒有！你沒有耽誤我，讓我見見你最後一面，好不好？」

他搖搖頭，才意識到搖頭了她也看不到。他已經站不穩了，咳嗽幾聲，支撐著說道：

「齊珍她……生了一對雙生女兒……」

直到這時候，他掛念的還是齊珍？她有些不甘，捂著臉大哭，半天才止住哭聲，說道：

「好，我這便寫信恭喜她……」

他走了，齊珍寫信給她，讓她回洛城，回去做什麼？見著齊珍，她就會想，是她對不住他，是她逼著他娶她。她哪裡都不去，她就在這裡守著他。

他出生是庶子，上頭有兩個嫡子哥哥。

祖父曾說，他們唐家所有的兒郎都很能幹，哥哥們是這樣，他也是。

然而父親不許他們露出絲毫鋒芒，除了長兄，他與二哥都只做個紈袴便好。直到那一次，他看到一個梨花帶雨、拚命喊救命的女子。

這種魚龍混雜的地方，這樣的事情天天都發生，沒人管，他不忍心，跟著去了。

地上那個姑娘倔強又絕望的眼神，看他的時候，彷彿看到了希望。

他心兒一顫一顫的，那姑娘衣衫不整，他不好直視，只能轉而看著之前那女子問道：「妳沒事吧？」

後來他知道原來那是小公主，另一名女子則是齊國公府的小姐。

父親說齊國公想將掌上明珠嫁給他，他知道，若是當日之事流傳出去，對小公主有多大的影響？他點點頭。

父親又說，小公主哭著鬧著要嫁給他。雖然他知道皇上是絕不會讓小公主嫁一個庶子的，但他還是心生歡喜。

他琢磨著，等皇上的雷霆大怒過了，他便去求父親，讓父親為他求娶小公主。

小公主找到他，額頭上的汗都滴下來。她說：「你放過齊珍吧，阿珍她不喜歡你。」

他問：「為了她？」

她的模樣理所當然，他的心都暗下來，原來是他自作多情。他早就聽說，小公主與齊國公的嫡女關係匪淺。

甚至她再一次忤逆皇上，卻是跪求皇上，給永寧侯世子與齊珍賜婚。

永寧侯世子，便是小公主之前的未婚夫婿，她果真是為了齊珍。

婚後他只能寄情於公務，每日讓自己忙個不停。每天他都會去看看她，哪怕只是看看，都能讓他心生歡喜。

後來她端著湯主動找他，他激動得連話都不敢說，她想通了嗎？她是不是也有一點喜歡他？

然而她只是傷感失落的對他說：「阿珍她……失了孩子。」

他滿眼受傷，難道她看不到嗎？她當然看不到，她滿心滿眼，都只有齊珍。

後來他想通了，只要她開心，便好。

他每天給她帶去洛城的消息，給她帶去齊珍的消息。她果真高興，每天也跟他分享齊珍的點點滴滴。

只要她高興，便好。

番外——齊睿

齊睿乃齊國公長子，年滿六歲時，便常在悅城跟隨祖父與父親一起守衛大齊。他自小便知道，守住悅城，對抗北漠，是他們齊家的使命。他們是兵，是將，他們只能往前衝，不能說不，更不能後退。

十六歲那年，祖父戰死沙場，那一場戰役大獲全勝，大齊的士兵將北漠逼得節節敗退。然而也是因此，之後幾年，北漠瘋狂反擊。

父親說：「那是因為北漠知道，大齊最厲害的將領齊亮已經身死。北漠以為，大齊再沒人可以阻撓他們進攻了。」

父親對他說：「睿兒，記住，你是齊家男兒，是將來的齊國公，更是廣大士兵們的領袖。你要記住，只要有我們在一天，悅城絕不能破，大齊絕不能亡。」

守城的日子是艱辛的，但北漠也不是無休止的進攻。無戰事的時候，他們也可以回到城內，休養生息。

齊睿在城內，也有諸多好友，關係最好的，便是與他一般大的，悅城提督之子江楓。江楓是典型的悅城人，說話行事大大咧咧不拘小節，與之交往實在叫人舒坦。

江楓大口喝酒，拍著他的肩膀說：「齊睿，你曉得不？差一點咱們便成了表兄弟的！」

齊睿本是內斂男兒，見他這豪爽模樣，也忍不住哈哈大笑起來。「若是我姑姑嫁與你江家，說不準你就不存在了呢！」

是的，當初祖父很喜歡江楓的父親，想將姑姑齊珍嫁到悅城。若是姑姑當真嫁過來，碧彤、青彤，會不會生在悅城？姑姑是不是就能不那麼早便過世？

齊睿擺擺頭，甩掉這些也許，繼續與江楓嘻嘻哈哈。

旁邊有別的兒郎在笑，胡家公子伸著大掌拍在他們桌上嚷道：「江小郎，聽說你那表妹要來了？」

江楓應聲而起，怒目圓睜說道：「老胡，你瞅瞅你這德行，還敢肖想我表妹？」

旁邊兒郎又哄笑起來，一個面皮白嫩的跑過來喊道：「老胡，蔣三姑娘可是悅城最美的一枝花，就你這般模樣，怎配得上她？」

胡家公子脹紅了臉，黝黑的面龐卻沒絲毫變化，只瞪他一眼。「去去去，我當然配不上，你呢？就你這弱雞模樣，人家怕是看都不想看你一眼。」

齊睿跟他們一起哄笑。蔣三姑娘蔣青姿，他記得。他很小的時候跟著祖父來悅城，那個活潑的姑娘站在樹下，忽閃著大眼睛，歪著腦袋奶聲奶氣的看著他。

「我喜歡那個哥哥，他長得好看。」她指著他，對身旁的嬤嬤說著。

不知道十年過去了，那個小小年紀竟曉得美醜的丫頭，會長成什麼樣子？

一群人說說笑笑結帳離開酒館，勾肩搭背說著胡言亂語。

齊睿亦是將胳膊勾住江楓的肩，嘴角含笑。若是洛城女兒家見到他這副模樣，哪裡還會覺得他是翩翩少年呢？

一匹駿馬疾馳過來，停在他們面前。即使最喧鬧的老胡都忍不住放下搭在夥伴身上的胳膊，站直了身體。

駿馬上坐著恣意飛揚的少女，月光下笑得格外張揚。

洛城的女孩子，晚上是不可以出門的。齊睿看著那少女，無端端想到這個。

那少女勒馬行至江楓面前，清亮的聲音，帶著笑意喊道：「表哥，我今日隨阿爹過來，你怎的不在家等我？」

齊睿打量她一眼，原來她就是悅城最美的姑娘蔣青姿。她變化很大，只剩那一雙眼睛，依稀還有小時候的模樣。

江楓笑道：「我約了人吃酒，沒空陪妳呀！」

少女看了看齊睿，嘟囔道：「可以帶我一起吃酒嘛！你瞧瞧，現如今你偷跑出來吃酒，舅母說了，等回去了叫你好看！」

江楓大驚，問道：「我娘……我娘如何知道我是出來吃酒？」他也來不及招呼，翻身上了少女的馬背，朝著齊睿喊道：「改日咱們再聚！表妹，趕緊回去！」

那少女發出銀鈴般的笑聲，拉著馬繩轉了轉，指著齊睿說道：「我記得你，你是齊家少爺。你長得真好看！」

說罷，她揚起馬鞭，帶著江楓絕塵而去。

老胡趕緊上前來勾住齊睿嚷道：「你小子不夠意思啊，原來你認得她？」

旁邊又是哄笑聲，有人喊著。「老胡，你能跟齊大少爺比嗎？人家可是洛城來的，那臉蛋兒都比你白好幾分吶。」

後來，只要齊睿在悅城，後頭就多了個小跟班，蔣青姿日日跟在他後頭。

「睿哥哥，你今日是要去喝酒嗎？你放心，我酒量很好的，你再不用擔心喝不贏我表哥了。」

「睿哥哥，你可是要去郊外騎馬？我舅舅新給我一匹黑馬，甚是好看，不然我借給你玩玩？」

「睿哥哥，今天去校場嗎？我還沒去過呢，帶我去看看吧！你放心，我自幼習武，比表哥還厲害呢！」

齊睿留在悅城三個月，蔣青姿就跟了他三個月。

一日，齊睿終於忍不住說道：「蔣三姑娘，妳這樣日日跟著我，旁人會說閒話的。」

她笑得開懷。「不要緊的，沒有人會說我的閒話，我也不介意。」

齊睿皺緊眉頭。「我介意，蔣三姑娘，我們非親非故，妳又何須對我這般好呢？」

「因為，我喜歡你啊。」

齊睿脹紅了臉。「蔣三姑娘，請妳自重，莫要再這般胡言亂語了。」

蔣青姿不明所以問道：「我不是胡言亂語啊！睿哥哥，我喜歡你，我想要做你的夫人。」

齊睿後退兩步，不自覺紅了臉。「蔣三姑娘，婚姻大事當由父母做主，妳怎能……怎能……這般……」他想說她不該將這樣的話宣諸於口，但看到她那雙純真的大眼睛，他不知為何說不出口。

蔣青姿想了想，倒是恍然大悟。「是呢，我聽我阿娘說，你們洛城的兒郎閨女，都不可以自定親事。但是我們悅城不一樣，我們可以的，睿哥哥，我可以叫我阿爹去你家提親。」

齊睿眼神頓了頓，忙搖頭說道：「不……蔣三姑娘，我們……我們並不熟悉。」

蔣青姿困惑。「怎會不熟悉？我們在一起都三個月了啊……還是說，睿哥哥你並不喜歡我嗎？」

齊睿低著頭支吾道：「我……我的婚事不能自己做主，我也有……也有……」

蔣青姿抿唇看他。「你……有喜歡的女子了，對嗎？」

齊睿沈默許久，才點點頭。

再見蔣青姿的時候，已經是三年後了。

蔣青姿依舊策馬來到他面前，笑得張揚好看，說道：「睿哥哥，許久不見。」

他只淡淡微笑，並沒有多說話。

蔣青姿也沒有在意，依舊時不時尋他喝酒玩耍，卻不再像從前那般，日日跟著他。

蔣青姿說：「如今戰事越發膠著，阿爹已在前線待命。阿娘說，我們是大齊的一員，也是要去戰場的。」

齊睿吃驚的問道：「妳們？妳和妳母親嗎？可是，妳們是女眷，妳們應當待在家裡，我們會保護妳們的。」

蔣青姿揮著長槍，目光堅定。「保家衛國，人人都應當如此。睿哥哥沒聽說過蔣家女將嗎？」

蔣家女將不遜於兒郎，齊睿自是聽過的。但他總以為，女子怎麼可能上戰場，她們只會耍花槍吧！

戰場上，齊烈帶著大軍金戈鐵馬，叱吒風雲，叫北漠知曉，原來齊國公齊亮的後人，亦是不輸先祖。

齊烈拍著蔣將軍的肩膀說道：「從前在洛城，便聽說過悅城蔣家，兒郎女眷皆是驍勇善戰。」接著他上前對蔣青姿豎起大拇指。「蔣三姑娘本領高強，比我那幾個兒子都厲害得多。」

蔣青姿眨巴著眼睛笑道：「齊伯父說笑了，我見識過睿哥哥的本事，我自是遠不如他的。對吧，睿哥哥？」

齊睿不好意思拱手道：「三姑娘自謙了。」

後來，江楓帶著齊睿喝酒，許是喝多了胡言亂語，只嚷道：「齊睿，你可知我那表妹在悅城，多少兒郎搶著想要娶她，偏她瞧中了你……你既知她的心思，又作何處處躲著她？」

齊睿沈著臉，擺手說道：「我早說過，我的婚事，由不得自己做主，沒得耽誤了蔣三姑娘。」

江楓氣憤不已，站起來說道：「由不得你？你是瞧中了哪家姑娘嗎？難道那姑娘，比我青姿妹妹還要好看？」

齊睿沈默不作聲，江楓便一拳揮了上來，齊睿生生受了那一拳。

相安無事了三個多月，一天晚上，江楓急匆匆的跑過來。

「齊睿，青姿她還沒回來。」

齊睿心內一凜，看看天色，天色已經很晚了，縱使悅城女兒家並不如洛城那般講究名節，可也沒有誰這麼晚了還會待在外頭的。

江楓氣喘吁吁。「今日守衛笑說，城外有北漠士兵埋伏。偏偏那群女子軍鬧嚷著要去捉了奸細進來。」

齊睿倒吸一口涼氣。「這種事情你們也不攔著？不見了幾人？」

江楓著急上火，也顧不得之前與他產生了齟齬。「只青姿未曾回來，她們三三兩兩的回來，都以為青姿與旁人在一處……悅城北邊山坡眾多，地勢不明，雖然她們說不曾發現埋伏，但或許她們沒注意，青姿寡不敵眾，若是被抓……」

話音未落，只見齊睿已披衣出門，翻身上馬，疾馳而去。

齊睿一路尋一路喊，天色已晚，下起了淅淅瀝瀝的雨。

一直尋到山坡深處，齊睿一面護著不讓火摺子熄滅，一面大喊著。

突然，他似乎聽到隱隱傳來聲音，他急忙停下腳步，仔細辨聽，果真聽到一絲絲動靜。

「我在這裡……」

他瞪大眼，循聲趕去，卻見蔣青姿落在一個陷阱當中。那是山林裡的獵人挖的陷阱，只是戰事接連不斷，獵人們多年都不曾來過了。

蔣青姿此刻格外狼狽，凍得瑟瑟發抖，蜷縮在陷阱裡。

齊睿趴下去，伸手給她說道：「蔣三姑娘，來，手給我，我拉妳上來。」

然而蔣青姿只蜷縮著發抖，沒有任何反應。

齊睿心中詫異，眼見著雨越下越大，蔣青姿卻只繼續迷迷糊糊喊著「我在這裡」。他一咬牙躍入陷阱，伸手拍拍蔣青姿，她竟一下子歪倒在地上。

齊睿驚呼一聲，急忙扶住她一瞧。她面色通紅，全身抖得厲害，已是發燒了。他忙脫了大氅包住她，借著力跳出陷阱，一路跌跌撞撞抱著蔣青姿，尋了個乾燥點的山洞，打算避一避雨。

他生了火堆，將蔣青姿抱到火堆旁。

蔣青姿昏昏沈沈，卻是睜眼看了看他，忽然莞爾一笑。「睿哥哥，你這是，在我夢裡嗎？」

齊睿將火堆撥旺一點，正色道：「我們是在林子裡，雨大起來了，我們也不好回去，要麼是等人來接，要麼只能等雨停了。妳……妳還有力氣嗎？」

他想叫她脫了濕衣服烘一烘，可見她那模樣，顯然是沒力氣的。

他嘆了口氣，男女授受不親，他也沒辦法，只能撇開頭去。

蔣青姿卻掙扎著爬起來，發癡一般的看著他笑，一個不穩，險些一頭栽進火堆裡。幸而他眼疾手快，及時抱住了她。

蔣青姿伸手摟住他的脖子，眼淚卻嘩啦啦往下流。「睿哥哥，你……你為什麼不喜歡我呢？他們都說我是最美最好的姑娘，為什麼你不這麼覺得？」

齊睿閉上眼，輕聲說道：「不……我……亦是這般覺得的。」

他只覺得唇上一陣溫熱，不可思議的睜大眼睛，她……竟然吻了他。

她的眼淚順著臉頰一直往下流。「睿哥哥，我只喜歡你，我只喜歡你。今生今世，我沒辦法控制我自己啊！你告訴我，你喜歡……你喜歡誰？」

齊睿心如刀割，他忍不住伸出左手，將她腦袋扶住，深深的吻下去。

六年前，祖母過世之前，母親與小姑姑都陪在祖母身邊。

夏氏病入膏肓，拉著林清妍與齊靜的手。「妳們父親走了，我也該走了。原該了無牽掛，妳們我都是擔心不著了，只……只珍兒那雙女兒……」

齊靜淚流滿面。「母親，我定會將碧彤、青彤視作親生女兒。」

夏氏淒涼一笑。「我知道，那雙女兒性子彆扭，可她們再彆扭，也是妳姊姊的親生女兒……清妍，我知妳不喜她二人……但是，只當母親求妳了，她們是母親……最後的牽掛了。」

林清妍沈默許久，終是點頭。「母親，媳婦知道，將來，睿兒定是娶她二人之一。母親放心，不論碧彤還是青彤，媳婦定會護她一生周全。」

他的命運在那時候，就已經定下了，他的妻只能是碧彤或青彤，若不是兩個表妹的祖父與父親接連過世，只怕婚約早就傳了出來。

更何況，在來悅城之前他已經聽說了，碧彤表妹入了宮，做了貴妃。他與青彤表妹的婚事，已成定局，只等戰事徹底明朗，他便要回洛城成親。

他輕輕擁著蔣青姿，額頭抵著她的頭，氣息都噴在她臉上，說道：「青姿……我的表妹叫做青彤，她……是個與妳一般活潑的女子。等我下次回了洛城，她將是我的妻……」

時光如梭，在那日之後，蔣青姿回了老家，他再也不曾見過她。

他心中愧疚，既是對青姿，又是對青彤。明明心裡愛的是一個，要娶的卻是另一個。明明要娶的是青彤，他卻不能將心交付於她。

他收到來自母親的信，信中告訴他，青彤入宮，做了昭儀。

他還收到青彤的信，是血書，書中字字泣血，原來青彤是被迫的。隨信而來，是母親替他贈予青彤的玉釵。

他淚流滿面，祖母擔憂得對，他的表妹，該有多痛苦？可是他竟然在慶幸，慶幸自己不用娶她。

待他帶著青姿回洛城的時候，表妹碧彤已是皇后，青彤則是貴妃。

青姿入宮回來，抿著嘴對他說：「貴妃娘娘說，叫我好好照顧你。」

他微微一愣神，什麼都沒有說。

後來他們齊國公家，也沒能守護好大齊。父親被北漠人暗算，死在悅城。他本應披甲上戰場的時候，御南王造反，匆忙中，他帶著兩個弟弟在城南抵禦，沒想到永寧侯顏浩軒裡應外合，兩個弟弟與青姿皆為救他而死。

正無處可去，他聽說皇上死了，又收到青彤的信，青彤求他帶碧彤走。

於是他不顧危險，帶著碧彤逃出皇宮，可齊紹輝怎會放過他們？

他見到碧彤抱著他大哭，恍惚間，那好像是青彤。

他摸著青彤的臉說：「青彤，對不起，來世……」

來世我定護妳周全。

——全書完

2019年3月出版

硬頸姑娘

文創風 723～726

如果可以當個養尊處優的小姐，誰想處處爭強？
她阿爹是個孝順的，阿娘又是逆來順受的性子，
偏偏阿嬤卻是自私偏心且慣會欺負人的，
環境逼得她脾氣硬，她不服輸、不低頭，
因為唯有如此，才能保護她所愛的每一個人……

只願君心似我心　定不負相思意／鹿鳴

上輩子崔景蕙穿來時正被親娘生出來，沒多久她娘就血崩逝了，
於是，她那個忙得不可開交的爹爹又娶了個人照顧她，
偏偏就是這位人前溫柔嫻淑、待她盡心盡力的後娘謀害了她！
後娘與身為名醫的情夫聯手，先是將她丟棄在熱鬧的元宵街市上，
接著那個名醫出面將她擄走囚禁，一關便是十多年，
這十幾年來，她被灌下數不清的藥，活生生被製成醫治後娘的藥人，
而原該屬於她的一切卻被那毒婦找來的、與她有幾分相似的女娃取代了，
可笑的是，到她死前，她的親爹竟完全沒發現女兒早被掉包了！
如今，老天許是憐憫她上輩子活得太過悲慘，又讓她重生一回，
這回她順利逃脫，被路過的崔家夫妻撿回家，當成親生女兒般疼愛，
雖然生活貧困，但跟藥人比起來，這輩子她過的簡直是天堂般的日子啊！
然而好景不常，崔家阿娘懷孕期間，在外工作的阿爹為了救人意外溺斃，
她死命瞞著，不料弟弟生下沒幾天阿娘仍是得知噩耗，跟著一命嗚呼，
與此同時，村中竟傳出她弟弟是天煞孤星的命格，誰靠近誰沒命，
哼，這些嗜血的村民想動她的寶貝弟弟，得先踩過她的屍體再說！

天靈靈，地靈靈，小人退散，福星到來！／俊寶

2019年3月出版

我的老婆是仙姑

美女小仙姑×硬漢帥大叔
道高一尺，魔高一丈，誰怕誰？
驅邪鎮煞的修練旅程，原來愛情也將修成正果?!

狗屋小編特別推薦——驚心・動情・好看

文創風 727 1

重生第一天就見鬼，姜雅再淡定也不淡定了，
先是有願未了的女鬼，接著是心懷不軌的厲鬼，這世界會不會太熱鬧?!
還因此救下玄學大師，包袱款款下山纏著收她做入門弟子。
嗚……她不要，就算天賦異稟，也不想天天跟鬼打交道啊……
「師父……我怕鬼……」
「……入我玄門還怕什麼鬼?!」
聽說仙姑體質是福報加身，神選中了她，她只好硬著頭皮展開捉鬼人生——
但修練沒有最難只有更難，初學藝的她不是差點被鬼抓走，就是被鬼威脅，
幸好有驚無險，心臟越練越大顆，還協助軍方辦案，立下大功。
可是考驗未完待續，自家的買地計畫，竟又讓她捲入另一場靈界風波……

文創風 728 2

她，姜雅，大學一年級生，仙姑資歷八年，強項是——通靈、驅邪、看風水！
修練至今已小有所成，要算命、捉鬼、打小人、當學霸，她都沒在怕的啦～～
孰料新生軍訓第一天，就有份大禮等著她——
把大家操得不要不要的型男教官，居然是童年有過幾面之緣的大兵傅深，
這還不算，他身邊的女軍官蘇倩似乎把她當成頭號敵人，恨不得一舉殲滅！
唉，她忙著鎮魂抓鬼，還要幫師父揪出害他家破人亡的凶手，根本沒空管閒事，
可人家魔高一尺，她只好道高一丈，有什麼暗步儘管使出來，她奉陪！
而且她發現，蘇倩攻擊她似乎另有圖謀，不只是大吃飛醋這麼簡單，
加上傅深對她的保護與曖昧，種種線索指向師父一家當年遇害的真相，
嗯，不入虎穴焉得虎子，反正大塌下來有傅深擋著，先動手查清楚再說吧！

文創風 729 3 完

仙姑心懷善念是必須，但若對手作惡多端，就別怪她痛下殺手，替天行道！
姜雅原以為收拾完師門叛徒與助紂為虐的蘇倩，天下就此太平，
孰料事情還沒結束，教授的女兒陷入冥婚危機，命在旦夕，需要她作法解圍，
唉，都說「寧毀十座廟，不拆一門婚」，情之一字，她該如何解套才好？
接著，她捲進蘇倩橫死的人命官司，光天化日下被警察抓走，簡直流年不利……
但看見盛怒而來、踹開警局大門救她回家的傅深，她才明白心動是什麼感覺，
分明是鐵錚錚的硬漢一枚，卻願意為她煉出繞指柔情，將她護在他的羽翼下……
可年齡變成兩人跨不過的關卡，見家長根本是災難一場，連師父都加入戰局，
原來當仙姑最難喬的，不是神鬼之事，居然是婚姻大事?!
自己的幸福自己爭取，自己的男人自己護好，這次……換她來幫他過關啦！

文創風 743

吉時當嫁 3 完

國家圖書館出版品預行編目資料

吉時當嫁 / 杜若花著. --
初版. -- 臺北市 : 狗屋, 2019.05
冊 ; 公分. --(文創風)
ISBN 978-986-328-996-8(第3冊:平裝). --

857.7　　108004217

著作者　杜若花
編輯　林俐君
校對　黃亭蓁　周貝桂
發行所　狗屋出版社有限公司
地址　台北市104中山區龍江路71巷15號1樓
電話　02-2776-5889～0
發行字號　局版台業字845號
法律顧問　蕭雄淋律師
總經銷　知遠文化事業有限公司
電話　02-2664-8800
初版　2019年5月
國際書碼　ISBN-13　978-986-328-996-8

定價250元
狗屋劃撥帳號：19001626
網址：love.doghouse.com.tw　E-mail：love@doghouse.com.tw